奥斯卡畅销书

欢迎进入浮岛传奇幻想世界！

德赛的灯塔
天涯海岬
贾弗拉港口
巴拉哈海湾
沼泽
洛美
巴拉哈
莱亚
中部荒漠
萨尔河
海边树林
潟湖
索萨
纳尔瀑布
西部森林
太阳山脉
劳达梅尔
络斯
水之大陆
草原
风之大陆
萨拉扎
中心陆地
森林
达瑞斯（北山）
纳赛尔
岩之大陆
泽罕（山父
阿萨
石林
黑山
火之大陆
巴塞尔
死亡之地
奥拉（南口）

阿斯柯瑟礁石
尔港口
隆达尔山
拉玛尔
纳迪尔湖
北部森林
大陆
太阳大陆
玛克拉塔
大支流
大沙漠
小支流
泽泽特山脉
大沙漠的分支
昼之大陆
斯的远古森林
梅利瑟湖
（如今是沼泽地）
圣菲尔德
雷乌里
络翰
卢达里奥
亚斯特利亚
现为纳伯特）
夜之大陆
魔罗的大森林
（如今是死亡之林）
浮岛世界

三百年前，浮岛大陆动荡不安，八块大陆之间战乱连连。那是一场为了占据绝对统治权的战争：“两百年大战。”长期的战争让部分浮岛大陆的居民心生厌倦。他们选择抛下生养的土地，转向海里迁徙。而当年居住在昼之王国的半精灵族，是浮岛大陆最古老的民族——精灵族和人类诞下的后裔。虽然半精灵族崇尚和平，潜心科技研究、专攻知识领域，多年未介入到战事之中，可是在该族中最有雄心壮志的国王——莱文的统帅下，他们只用了短短几年的时间就组建了浮岛大陆最强大的军队，并且战胜了所有的王国。

但好景不长，在赢得最后一场胜利后不久，莱文就驾崩了。虽然他没来得及享受这份最高权力，但在临死前将王位传给了儿子纳蒙，希望子承父愿。纳蒙加冕后，召集来浮岛大陆所有的国王。他的一番话让所有人大吃一惊，“我不想操纵父王用鲜血换来的政权，你们八国将重获自由。”但他的条件是：每块大陆结成一个统一的联盟即中心陆地，并选举代表用以成立国王议会和魔法议会。最后，纳蒙废除了所有国王的王位，让各国的居民重新推选出新的执政者。

许多年过去后，有一位在夜之王国长大成人的年轻魔法师，从小天赋异禀，魔法能力超强。可就在他被任命为魔法议会首脑议员的那一年，暴露出了他的本性，从而受到数名颇具威望议员的排挤。而这个心怀不轨的魔法师，居然鼓动了所有被纳蒙罢黜的国王们，怂恿他们要回属于自己的领地，并带领军队向魔法议会发动了突然袭击，进行残忍的杀戮。仅有少数魔法师在这场屠杀中幸免于难，逃到了太阳王国。

在短时间内，这只邪恶的队伍就迅速占据浮岛大陆一半的王国。接着，魔法师又废掉了所有扶持过他的老君主们，彻底统治了昼之王国、火之王国、岩之王国和夜之王国，成为了独霸一方的独裁者。而他最令人发指的行为是对半精灵一族的屠杀。昼之王国在一个月之内被他夷为平地。从那时起，浮岛大陆又陷入了独裁者与其他自由王国的持久战争中……

CRONACHE DEL MONDO EMERSO I

# 浮岛传奇

## 少女战士尼哈尔

[意大利] 莉奇亚·特洛伊斯　著
张鑫　译

天津教育出版社
TIANJIN EDUCATION PRESS

**图书在版编目（CIP）数据**

少女战士尼哈尔 /（意）特洛伊斯著；张鑫译.
—天津 ：天津教育出版社，2012.6
（浮岛传奇）
ISBN 978-7-5309-6742-3

Ⅰ.①少… Ⅱ.①特… ②张… Ⅲ.①儿童文学－长
篇小说－意大利－现代 Ⅳ.①I546.84

中国版本图书馆CIP数据核字（2012）第086087号


Original title: Cronache del mondo emerso, I - Nihal della terra del vento

Text by Licia Troisi

Original cover by Paolo Barbieri



版权登记号 图字02－2012－47

**少女战士尼哈尔**

---

出 版 人 胡振泰

---

作　　者 【意大利】莉奇亚·特洛伊斯
译　　者 张　鑫
封面插图 保罗·巴比利
策　　划 李　萍 Liping314@126.com
选题监制 陈禺舟
责任编辑 王轶冰
特约编辑 康　琪
封面设计 马顾本
版式设计 新兴工作室

---

出版发行 天津教育出版社
天津市和平区西康路35号 邮政编码 300051
http://www.tjeph.com.cn
经　　销 全国新华书店
印　　刷 三河市国源印刷厂
版　　次 2012年9月第1版
印　　次 2012年9月第1次印刷
规　　格 16开（720毫米×1000毫米）
字　　数 250千字
印　　张 19
书　　号 ISBN 978-7-5309-6742-3
定　　价 32.00元

# 少女战士

风之王国是浮岛大陆上最小、最偏僻的王国。地理位置偏西，国土一侧以萨尔(浮岛大河)为界，另一侧紧邻中心陆地的威胁。独裁者盘踞的岩石巨塔高耸入云，人人可见，仿若一团随时可夺人性命的恐怖阴云笼罩在每个居民的头上。这片国土的一部分暂时未遭入侵，但是众所周知，独裁者的魔爪能够伸到任何一个角落。

——节选自《魔法议会年度报告》

风之王国的城镇建筑物独具一格，高塔林立，不可尽数。塔内井然有序，在各个塔内的核心地带开辟出一块区域作为中心天井和耕作区。每个居民区被指派了不同的职能，可做到自给自足。塔城萨拉扎是离森林最近的前哨。这片茂林的边界处即是岩之王国。

——源自埃纳瓦城失落的图书馆，作者不详

# 萨拉扎塔城

这个秋天格外暖和。阳光洒满大地，路边的小草依旧绿意盎然，在墙角懒洋洋地随风摇摆，宛如一片波光粼粼的大海。

在这秋日的清晨，尼哈尔站在天台上，微风拂面。这儿是整个萨拉扎塔的最高点，放眼望去，荒原无边无际，一直延伸到世界的尽头。宏伟的萨拉扎塔矗立在这片广袤的土地之上。萨拉扎塔高两千多米，容纳得下一万五千多人，十五层的土地上，住房、店铺、马厩，应有尽有。

尼哈尔很喜欢待在巨塔的天台上。她将木剑放在身边，闭着眼睛，盘起双腿。只有在这远离喧嚣的地方，尼哈尔才能感到真正的平静，抛却所有的杂念，想想自己那不为人知的秘密，还有从小就莫名其妙出现并跟随她的声音。

除了尼哈尔，天台上还坐着十来个少年。尼哈尔站在他们中间，身材修长，淡紫色的眼睛波光潋滟，一头柔顺的亮蓝色长发里冒出两只尖耳朵。尼哈尔说话的声音并不太大，男孩们却不敢放肆，都在认真听她说话。

“今天，我们要为那些没人住的房子而战。法冥都在那儿整装待发呢。我们要出其不意，争取一招制胜，在最短的时间内打败他们，赶走他们。”尼哈尔表现得气势轩昂，男孩们也跃跃欲试。

“尼哈尔，那我们要怎么做？”一个小胖墩问。

“我们先全部到店铺上面，然后从城墙后面的维修管道里抄近路，从那儿直取他们的老巢。这次的作战计划就是这样。如果不出问题，这场仗只是小菜一碟。一会儿我先在前面打前站，主力队员跟着我。”

队伍中的两个男孩露出自信满满的神情。

“然后是弓箭手。”

另外三个手持弓箭的男孩点头示意。

“最后就是步兵，要随时做好冲锋的准备，知道了吗。好了，目前先这样安排，所有人要见机行事。总之，大家有信心战败敌人吗？”

“有!”声音整齐划一。

“出发！”

尼哈尔举起木剑，打开天台上的活板门跳进了塔里，其他人围成一圈，挨个往下跳。

萨拉扎塔的走廊上，尼哈尔和她的士兵们整齐地行进着。一路上，城里的人们一扫往日乏味木然的神情，兴致勃勃地看着他们。尼哈尔和这帮少年在这里可是名声远扬，整天上下打斗弄得鸡飞狗跳。

“早上好啊，我们的少女战士。”

尼哈尔转过身来。刚才打招呼的侏儒人和她差不多高，却胖很多，稠密的胡子都快遮住了整张脸。看到尼哈尔转过身来，他鞠躬行礼，样子滑稽可笑。

尼哈尔命令队伍停下后，也向他行了个礼。

“早上好。”

“今天你们又要去驱逐敌人吗？”

“是的，今天我们要将法冥从塔里赶走。”

“哦，是和法冥……不过，话说回来，如今大家都知道法冥的厉害，如果我是你的话，就没那么轻松咯，恐怕连想都不敢想。”

“我们才不怕！”角落里传来一个男孩激愤的呐喊。

“没错，我们不怕。”尼哈尔傲气地扬起头，“哼！打败法冥，人人有责。更何况，萨拉扎塔城现在还很安全呢。”

侏儒人对尼哈尔眨着眼，冷笑道："那么，随便你吧，战士。祝你凯旋。"

少年们继续前进。一路上经过无数间住房和店铺，只听得见老鼠的嘈杂声和人们的七嘴八舌声。每下一层楼，都要通过巨塔的螺旋走廊，菜园上的阳光总会透过窗户照射进来。风之王国的每座塔城里，都会有一个隧道，这个隧道具有两种功能：第一采光，让城里更亮堂些；第二渠道，用来灌溉每层塔楼外围的菜园或果园。

走了好一会儿，尼哈尔拐进一条小巷，打开了一扇破旧发霉的门。

门里面，十分黑暗。

"就是这儿。"尼哈尔低声说，"从现在开始，不要害怕，要像往常一样。我们肩负的使命不允许我们向敌人屈服。"

男孩们也绷紧了脸。于是，一群人钻进隧道，开始匍匐前进。

隧道里什么也看不见。连空气都十分凝重，充满了发霉的气味。楼梯上已经开始断裂的台阶湿滑，一不小心就有可能会坠入看不到底的深渊。

"今天不会有人来这儿吧？我听说这边的塔墙上有些裂缝，需要有人去修补……"一个男孩说。

"早修补好了。"尼哈尔回答道，"一个杰出的战士，这点必须得考虑到。别说废话了，赶紧前进！"

七零八落的脚步声，夹杂着墙那头传来的声音回荡在隧道中。一阵七拐八拐之后，他们停了下来。

"终于到了。"尼哈尔一边喘着气，一边自言自语。每次战斗前她都是这样：心跳加速，额头青筋毕现。可是她自己却很喜欢这种感觉，那种对战斗的渴望交织着些许害怕的复杂感觉。她将手指放在墙上，摸索着一扇木门，同时把自己的耳朵贴在墙上。虽然砌墙的石块很厚，但这并不影响尼哈尔听到墙的另一面有人在说话。

"总是我们当法冥。我都不想玩儿了。"

"你还说呢！上次尼哈尔就把我打得鼻青脸肿。"

“她把我的一颗牙都打掉了……”

“巴罗德当头儿的时候，好歹我们还轮流当法冥。”

“会轮流的。其实我很乐意和尼哈尔打仗，太帅了，打起来和真的一样！我感觉自己就像……就像一名真正的战士！”

“不过尼哈尔确实更厉害些，听她指挥也是应该的。”

尼哈尔将耳朵从墙上拿开，小心翼翼地拔出手中的木剑。片刻的静默之后，她突然踢开木门，和她的士兵们一起喊叫着冲了进去。

屋子很宽敞，但是落满了灰尘，窗户上的蜘蛛网像张大窗帘罩在上面。这是一间已经没有人住的房间。地上坐着六个男孩，人手一把木斧头。尽管尼哈尔的突然闯入让他们很吃惊，但他们也迅速跳了起来。混战就这样展开了。

尼哈尔气势汹汹，勇猛地扑向“敌人”，挥舞着她的木剑刺来刺去。两拨人马从这个屋子打到那个屋子，又穿过整个房子，一直打到外面的走廊上。

拿斧头的一方明显处于劣势。厮打中不时传来哀嚎声，也不知是谁和谁被狠狠地刺了一剑。

“撤退！”假扮“法冥”的头儿赶紧发令。他的士兵们听到命令后，立即转身奔向楼梯向下逃窜。

“给我追！”尼哈尔大喊，纵身去追赶这帮逃兵。

一个男孩突然拉住了她的胳膊，劝阻道：“不能去底下的店铺，尼哈尔！如果这次又被我爸逮住，他非砍死我不可。”

尼哈尔挣开他的手，继续追赶，边跑边喊：“没人会逮住你，跟着他们，我们从田间抄近路。”

“好吧，唉，还真是刚脱小灾，又遭大难……”这个男孩自言自语地抱怨，可除了继续跟着尼哈尔外，他什么也做不了。

一群人又一同冲向楼梯。这时候大多数店铺的门口仅仅摆出一个用来展示货品的橱窗，但那些卖蔬菜和水果的小贩就不一样了，他们的货摊和菜篮子把走廊挤得满满的。尼哈尔和她的士兵们只顾着追赶，不可避免地撞了一路的货摊和篮子，砸着了许多的顾客。

“该死！”卖水果的贩子气急败坏地骂道，“尼哈尔！这次我必须找你爸谈谈！”

然而尼哈尔好像什么也没有听到，继续追赶。每当手握木剑奔跑的时候，她总有一种强烈的战斗欲望，浑身充满了力量。已经有人抓住了其他的几个“法冥”，现在就差逮住他们的头儿了。

“他就交给我了！”尼哈尔对她的士兵喊。她一个加速，冲到敌人的后面。那个男孩感觉到尼哈尔的气息靠近自己的脖子，做好准备，从楼梯上滚了下去，砸坏了最下面的两层台阶。他忍着痛站起来，确定自己所在的楼层很安全之后，一个翻身，跳出了窗子。

尼哈尔走到窗子口，俯身往下看。他们以前经常从这儿跳下去，窗子下面就是马厩，这点她再清楚不过了。马厩不远处是一片菜地，她的手下败将正蹲坐在那儿。尼哈尔一点儿也不害怕，也从高高的窗口跳了下去，双脚站稳后拔出了木剑，还没等她将木剑举起，那个男孩就举起了双手。

“我投降。”男孩喘着粗气。

尼哈尔走到他跟前。“恭喜你啊，巴罗德。你的动作变敏捷了啊！”

“必须啊，怎么能不敏捷呢？毕竟和我打仗的人是你……”

“你受伤了吗？”

巴罗德看了看擦伤的膝盖。“我跳下来的时候，动作没你灵活。不过无论如何，下次你让别人当法冥的头儿吧，我已经厌烦了，每次都被你打得很惨……”

尼哈尔听着巴罗德的抱怨，开心地笑了起来。不过，一个愤怒的声音突然打断了她。

“又是你！我已经受够了，该死！”

“天啊！是巴勒！”尼哈尔有些担忧。她把巴罗德扶起来，打算跑向生菜丛中。

“逃跑是没用的，我知道你们是谁！”那个声音继续叫喊着。

在菜地的尽头，尼哈尔对巴罗德说：“听好了，你快点回家。他就交给我了。”

巴罗德也没啰唆，转身跑走了。

尼哈尔在生菜丛中准备摆出自己的“厚脸皮”无赖样子，等着那个农民跑过来。已经老得没牙的老农，气不打一处来，那气就差要从皱纹里挤出来了。

“之前我就和你爸说了，要是你再被我逮住，他就得赔偿我的损失！今天你踩坏了三株生菜，还有昨天的小南瓜……更别说你偷了我那么多苹果！”

尼哈尔摆出一副懊悔的神情说：“这次我是无辜的，巴勒！是我的朋友从上面的窗户上摔了下来，看见没？我只是下来救他。”

“哦，这年头居然还会发生这样的事，你朋友刚好摔进了我的菜园子，而你只是来救他！哼，要是你们站不稳，那就离窗户远点儿！”

尼哈尔不好意思地点点头。“是，您说得都对，您就原谅我吧。这种事我保证再也不会发生了。”

说着尼哈尔用天使般可怜兮兮而又委屈的表情望着巴勒，搞得他不知所措，只好饶过尼哈尔这一次。“那好吧，你快走吧。记得和利翁说，让他再给我磨一次镰刀。”

“没问题！”

尼哈尔说着就给了那老农一个飞吻，随即以她最快的速度跑走了。

利翁家住在第三层，下面紧挨着马厩和萨拉扎塔城宏伟的城门。

城门有十八米高，两扇沉重的木门上装饰着硕大的门把手和长长的铰链。木门有点破旧，不过上面古老的浮雕却依稀可见。时间和风雨让浮雕的图案模糊不清，除了几名骑士和几条龙还能看得清之外，其他的就辨别不出来了。

和萨拉扎塔城的大多数商人一样，利翁的家和店铺连在一起：这样可以节省来回的时间和不必要的房租。唯一的不便就是家里会有些乱，如果再没有个勤劳能干的女主人来主持家务，那种乱就更别提了。再加上利翁是个铁匠，家里还堆满了打铁的器械、兵器、金属块和煤炭。

尼哈尔推开门进屋，连声喊着："我回来啦！都快饿死啦！"

但是尼哈尔的话很快就被淹没在屋里的嘈杂声中。利翁正举着个大锤子往一块烧红的金属上敲打，四溢的火星洒落在地上。

利翁又矮又胖，脸还被烟火熏得黑不溜秋，满头长发腻在一块儿。还好他的眼睛还泛着点光，不然真和块煤炭没两样。

"老头儿！"尼哈尔使出全身的力气喊道。

"啊，是尼哈尔呀……"利翁抬起头，擦去额头上的汗水，"我看你一直没回来，就开始忙明天的活儿了。"

"所以说你什么菜都没做？"

"不是说好了，每星期你都要做一次饭吗？"

"是这样说，但是……但是，我都要累死了！"

"等等，等等。你什么都别说。我打赌你又和那帮臭小子出去玩儿了。"

沉默。

"而且一定又去那些没人住的房子了。"

依旧沉默。

"没准最后又跑到巴勒的农场去了……"

尼哈尔还是一句话都没说，因为她知道在这件事上是自己做错了。于是只静静地打开碗橱，拿出一个苹果，并没有反驳利翁的话。

"算了，不用麻烦你了，我吃这个好了。"尼哈尔蹦跳着，准备往外走。

"站住，尼哈尔！我和你说了多少遍，不要在农田里玩儿。我这儿都快变成人们发牢骚、免费修铁器的地儿了！"

尼哈尔懊恼地坐了下来，一脸的倔强。"可是一旦打起来……"

利翁不耐烦地喘着粗气，从碗橱里拿了点蔬菜切起来。"别和我说这些蠢事！你玩可以，但是别给别人添麻烦！"

尼哈尔无奈地抬头看向天空，又是老生常谈的话……"别和我抱怨了，老头儿！"

利翁瞥了她一眼，"你能叫我几声爸爸吗？"

尼哈尔突然露出狡猾的笑容。“好啦，爸爸！我知道，其实你看到我剑术高超也很开心的，对吧……”

利翁转过身，将一盘生菜丢在尼哈尔面前。

“这就是午餐？”

“是啊，那些执意要当假小子的姑娘就该吃这个。如果今天你遵守规定，自己去做饭的话，我们就能吃上热腾腾的菜了。”

说着，利翁自己也坐下来开始吃菜。他沉思了一会儿，接着说：“其实，说我不开心是假的！”

尼哈尔暗自欣喜。利翁克制了一会儿，也没忍住跟着笑了起来。

“好吧！你说得也对。我喜欢你这样是没错，可是别人……你也十三岁了……不管怎样，女孩儿迟早是要结婚的啊！”

“谁说的？我从来就没打算把自己关在家里，做织毛衣一类的事情。我想当一名战士！”

“哪有女战士？”利翁话虽这么说，语气却掩饰不了内心的骄傲之情。

“所以说我是第一个女战士。”

利翁笑着，伸手去摸了摸女儿的头发。

“你真是个小混蛋！有时候我想，或许你需要个妈妈……”

“妈妈的死和你没关系。”尼哈尔说得很轻松。

“嗯。”利翁羞愧地低下头，“嗯。”

有关利翁妻子的事，一直都是个谜。尼哈尔很早就发现，萨拉扎塔城所有的人都有一个爸爸和一个妈妈，而她，却只有一个爸爸。在她还小的时候，她就问过利翁关于妈妈的事情，但利翁总是回答得含糊其辞。妈妈死了，尼哈尔却不知道妈妈怎么死的，什么时候死的。

但是她长什么样子呢？

很美。

没错，但是有多美呢？

和你一样美，淡紫色的眼睛，蓝色的头发。

每次说到这个话题，利翁总是手足无措，尼哈尔也意识到了这点。于是，时间一长，尼哈尔就开始避免提起这样的话题。

“你总是和我说，希望我变得坚强，还要不断追逐自己的理想……我一直在努力去做。”

在女儿面前，利翁的心变得格外脆弱，听到这些话，泪水浸湿了他的眼眶。

“过来。”利翁说着将女儿紧紧地搂在怀里，弄得尼哈尔有点疼。

“你要勒死我啊，老头儿……”

尼哈尔扭动着身体，试图挣脱利翁。但事实上，她别提有多喜欢这种被拥抱的感觉，只是从来没有表现出来。

下午，父女俩和往常一样，忙着锻造兵器。

利翁不仅仅是萨拉扎最出色的打铁匠，可能在其他城里都是数一数二的，他简直就是个艺术家。他锻造出的剑都无与伦比的锋利，闪闪发光，美得叫人窒息。更神奇的是，这些剑知道主动去适应它们的主人，激发主人的潜能。

他锻造出的长矛，如花刺般尖锐，似剃刀般锋利，两边蜿蜒曲折的装饰不仅没有让人感觉多余，反倒增加了长矛的设计感。利翁就是这样一位善于将兵器的功能和外观完美结合的艺术家。在他眼里，兵器就是他的孩子，孕育出来之后，必须用爱锻铸。他热爱这份工作，因为他可以在其中肆意流露自己的设计灵感，这种灵感不仅取之不尽用之不竭，而且还不断地刺激他提升自己的锻造技术。

利翁每锻造一件新兵器，都会挑战一次自己的技艺。他一次次地大胆尝试，使用全新的材料和愈加繁琐的技术，造出越来越多千奇百怪的兵器。

利翁的技艺名扬天下，从来都不缺活儿干。有时候，他会让尼哈尔帮他的忙，既出于工作需要，也出于单纯的喜欢。当尼哈尔帮他递锤子、开鼓风机的时候，利翁总会告诉她一些有关战士的经典语录。

“兵器不仅仅是兵器：对于战士来说，兵器就是手足，就是一名不可分离的忠实伙伴。这把剑仅仅属于他一个人，世上的任何一把剑都替代不了。而对于铁匠来说，兵器就像是孩子，就像大自然孕育了世上的生灵一样，铁匠从火与铁中锻造出了刀剑。”利翁每次说完都会情不自禁地哈哈大笑。

有其父必有其女。利翁为剑而生，他的顾客也都是些士兵、骑士和探险者，那么对于尼哈尔的叛逆和假小子性格，也就没什么好奇怪的了。

正当他们忙活的时候，尼哈尔又提出了那个问了很多年的问题，“老头儿？”

“嗯……”

利翁将锤子砸在刀刃上。

“我想问你……”

又是一声敲击。

尼哈尔一脸的天真无邪，心不在焉地说道：“你什么时候给我一把真剑？”

利翁的锤子在半空中停了下来。他叹了口气，又接着捶打。“把钳子抓好了。”

“你别岔开话题。”尼哈尔坚持问下去。

“你太小了。”

“啊，是吗？可是你说我的时候，我怎么就不小了！”

利翁放下锤子，瘫坐在椅子上，半天没说上话来。“尼哈尔，我跟你说过了。剑不等同于玩具。”

“这点我清楚，而且我也知道怎么击剑，比城里的任何一个孩子都强！”

利翁又叹了口气。其实他早想送尼哈尔一把他的剑，但因为担心尼哈尔会闯祸，所以一直没送。何况他早就注意到，尼哈尔已经用她的小木剑打败了同龄的男孩们，而且也不止一次手持真剑，从那架势看得出，尼哈尔很清楚一把剑的潜在危险和无穷力量。

尼哈尔看出了利翁的犹豫不定，赶紧乘胜追击：“到底怎么样嘛，老头儿？嗯？”

利翁环顾四周后，小声说道：“跟我来。”他起身朝着摆满自己的得意之作的架子走去，上面的兵器不是为别人做的，而是为他自己。利翁抽出一把匕首，展示给尼哈尔看。“这是我两个月前打的……”

这把匕首漂亮极了：它的手柄是根树干，末端有很多根须，另外衔接刀刃的一端有两根弯曲的树枝，向外伸展，充当柄穗儿。其他的枝条在剑柄上缠绕在一起，蜿蜒而上，直到刀刃。

尼哈尔的眼睛顿时放出了光芒。“是给我的吗？”

“如果你打赢我，这把匕首就归你。但如果我赢了的话，你就得洗碗做饭一个月。”

“好！但是你这么强壮，对于我这个小女孩来说不公平。所以不能总是你说了算！公平起见，你只能待在地上的三块木板以内。”

利翁暗笑道：“没问题。”

“那给我把剑吧。”尼哈尔以为现在就可以拿到真剑了，激动万分。

“想得美！我自己都不用真剑。”

说着，父女俩开始在客厅中间摆好架势。尼哈尔手握她的木剑，利翁则拿着一根木棍。

“准备好了吗？”

“当然！”

比斗开始。

尼哈尔并不具备超强的耐力，剑术也仅是马马虎虎，却凭借她的直觉和灵活的动作弥补了这些缺点。尼哈尔左躲右闪，身手敏捷，总能找准时机出击。她知道，这就是她的优势。

这个扎着蓝辫子的假小子出其不意，突然猛地给了利翁一击。利翁的木棍从手中摔了出去，撞在了角落里的一堆长矛上。

尼哈尔用木剑指着利翁的脖子。“干什么呢，老头儿，才开始就被我打败了？而且还是被个小姑娘缴了武器……”

利翁挪开脖子上的木剑，将那把匕首拿给了尼哈尔。“拿着，你配得上它。”

尼哈尔把匕首拿在手上翻来覆去，一会儿掂掂它的重量，一会儿用手指触摸它的线条，使劲压抑着内心的喜悦。这可是她的第一件真正的兵器！

“不过你要记住，千万不要在战败的敌人面前显摆。这个习惯不好。”

尼哈尔机灵地看着她爸爸：“谢谢你，老头儿。”

说着，尼哈尔已经差不多知道，下次有人再输给她的时候，该怎么做了。

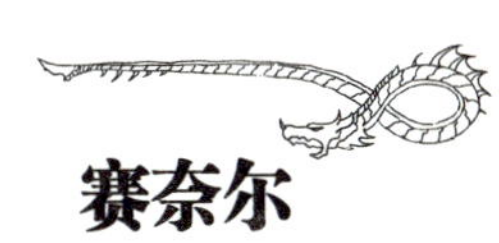

# 赛奈尔

尼哈尔从小就跟一帮男孩混在一起，成天在萨拉扎塔城内四处游荡，闯着各种各样的祸。一开始，男孩们都有点不信任她，因为她是个女的，而且长得也很奇怪。但没多久，尼哈尔就和他们打成一片。

几次比斗胜利后，尼哈尔有了一种优越感。她觉得虽然自己是个女孩子，但根本不比那帮男孩差。

自此，尼哈尔越来越得到大家的敬畏。甚至在一次比斗中，她又用小木剑击败了前任头领——巴罗德。从那一天起，她就被大家当做偶像来崇拜，尼哈尔一跃成了新一任的老大。

尽管尼哈尔身边不缺少伙伴，但有时还是会感到孤独。每当这时，她就会爬到萨拉扎空旷的天台上，瞭望塔下的荒原，还有隐约可辨的、无处不在的独裁者的城堡和其他城市的模糊轮廓。

面对荒原，尼哈尔总能心如止水，争强好胜的欲望也能平息。很奇怪，每当看到落日在荒原上空燃烧时，她的脑子就像放空了一样，什么烦恼也没有。她只听得到内心深处有一些声音，在用一种她听不懂的语言诉说着什么。

尼哈尔有了利翁送给她的那把真匕首之后，老大的地位就更加牢固。她总是把匕首别在腰间四处游走，感觉自己是个勇猛的骑士。她放言说，谁战胜了她就把匕首当做奖品，但至今没有一个人能够拿走它。

尼哈尔很骄傲。

一个秋日的早晨，巴罗德找到尼哈尔，说有个不认识的男孩想要跟她比斗，赢得匕首。尼哈尔二话不说，胸有成竹地带着那个男孩来到萨拉扎塔的天台。

这是她的专用擂台。

尼哈尔看到对手时差点没笑喷出来：又高又瘦，一头纷乱的红色长发，看上去估计比自己大两岁。尼哈尔又将他上下打量了一番，估计对方凭借的一定不是力量，更不可能是灵活，因为他穿了一件笨重的长袍，一直拖到脚，胸口还绣着个几何图形。他穿成这样，待会儿怎么打啊？

看着他浅蓝色的眼睛，尼哈尔有预感，这小子唯一的凭借肯定是使诈。不过尼哈尔一点儿也不担心，因为善用雕虫小技的对手她见得多了。

“是你找我吗？”

“是。”

“你想跟我比斗？”

“没错。”

“你可真是惜字如金啊。你从哪儿来的，我怎么从来也没有见过你？”

“我家住佛莱斯达森林边上，但是我原先是海之王国的。顺便回答你的下一个问题，我叫赛奈尔。”

尼哈尔不明白这小子哪来的自信。不过他一定知道我的厉害，不然也不会来跟我比斗。这么说来，他应该没有瞧不起我的意思。

“你怎么会认识我？还有，你为什么要跟我比斗？”

“这儿谁不知道有个尖耳朵、蓝头发的恶霸，打人从来不手下留情？我说，你还知道自己是个女孩子吗？”

尼哈尔攥紧了拳头。听着他对自己的挖苦，看着他讥讽的微笑，尼哈尔气不打一处来。但是她知道，这小子就是想让自己生气，分散她的注意力，可千万不能让他得逞。

“我什么样子是我自己的事。你还没回答我的问题呢，为什么要来跟我比斗？”

“你听好了，我不是那些为了名声来和你厮打的小屁孩儿，我对这些虚荣的东西一点儿兴趣也没有。我想要的，是你的那把匕首，因为它真的很酷，而且还是浮岛大陆最杰出的铁匠锻造的。为了这把匕首，来和你玩玩儿，也值了！”

尼哈尔气得手直痒痒，她极力忍住才没有回应赛奈尔的挑衅。让他现在猖狂吧，待会儿比斗开始了，叫他好看！

他们先约定：只能使用木棍；首先被卸下武器或者倒地的人为输；奖品匕首将交给在场最小的人保管。

“我猜你应该要脱下你的那身长袍吧。”

“我习惯穿着长袍战斗。不过，要是你不介意输在一个浑身长毛的人的脚下，我倒是可以脱……”

尼哈尔再也咽不下这口气了，冲了上去。战斗就这么开始了。

不出意料，赛奈尔力量不大，身手也不敏捷，功夫就更不如尼哈尔了。那到底是什么让他这么自信呢?

很快尼哈尔就占据了优势。她充分利用自己身体的灵活性，不断移动，趁机打乱对方的阵脚。围观的孩子们又是叫喊，又是吹口哨，纷纷给尼哈尔加油鼓劲。尼哈尔越战越勇，愈发压抑不住那颗急于求胜的心。

她加快了移动的步伐，一个闪躲之后，转身一击，打在了赛奈尔旁边。随即举起木棍，朝赛奈尔头劈下。赛奈尔赶紧举起木棍抵挡，眼看他的木棍就要被尼哈尔打断了……

“赢啦！”围观的孩子们欢呼。

谁也没想到，就在接下来短短的几秒钟内，胜利却已经和尼哈尔失之交臂。

赛奈尔用冰冷的眼神看着尼哈尔，嘴角露出狡黠的笑容，嘴里叽里咕噜念着些尼哈尔听不懂的语言。

木棍快要落在赛奈尔头上，尼哈尔突然感觉手中的木棍软软的，滑溜溜的，还在不停地蠕动。抬头一看，看到手上抓着的不是木棍，竟然是一条蛇，而且正嘶嘶地吐着舌头呢。

尼哈尔大叫一声，扔掉了手上的“蛇”，整个动作迅速利落。但是赛奈尔却不让尼哈尔那么轻松逃走，伸出一只脚，将尼哈尔绊倒在地。随着木棍的落地，结局已定。这是尼哈尔人生中第一次被打败。

“我想，胜负已经出来了。”

说着，赛奈尔从保管匕首的孩子手上拿走了自己的战利品。

尼哈尔精神未定，还傻傻地坐在地上。她甩了甩头，让自己清醒后，迅速扫视四周，还哪里有那条蛇的踪迹，只有一根木棍孤零零地躺在地上。

“你这个死骗子，死魔法师！比斗前你怎么不说自己是魔法师！卑鄙小人！还我匕首！”

说着，尼哈尔一跃而起，冲向赛奈尔，却被赛奈尔的一只手拦了下来。“别闹了，今天算是给你个教训，你应该感谢我才对。比赛前你有问过我是不是魔法师吗？没有。你有说过你不和魔法师比斗吗？也没有。你有在比斗前规定不许用魔法吗？还是没有。所以说，你是自己输给了自己的粗心大意。要知道知己知彼，才能百战不殆。从今天起，你就应该深知这句话其中的含义了吧。还有，光靠蛮力不动脑子也是不行的。好了，别哭哭啼啼的了，利翁会给你把新剑的。”

赛奈尔刚要离开，又补充道：“不管怎么说，你很厉害，这点毋庸置疑。”说完，他转身走了，和来时一样，从容淡定。

尼哈尔无言以对。大伙儿看着尼哈尔，没人敢说话，气氛尴尬极了。只有巴罗德站出来劝说沮丧的尼哈尔：“尼哈尔，很遗憾你没能赢，不过那个家伙说得也有道理。”

尼哈尔什么也没说，直接上去给了巴罗德的鼻子一拳，然后哭着跑走了。

尼哈尔一个劲儿地往塔下跑。她冲着路人怒吼，踢翻路边的货摊，还打碎了一家店铺的油瓶。她现在什么都不管，只想躲在利翁的怀抱里，让利翁安慰自己。也许只有利翁可以理解她，保护她，和她一样，认为赛奈尔是个卑鄙小人，并且还会再给自己一把匕首，比之前那把好一千倍一万倍。

尼哈尔一边抽泣着，一边向利翁讲述整个事情的来龙去脉。利翁一直静静地听着，直到最后才说了句让尼哈尔意想不到的话："所以呢？"

说完人就走开了。

尼哈尔一时接受不了这样的打击："所以呢？这是什么话！他耍了我！"

"我以为不然。这只能说他很狡猾，你很天真。"

尼哈尔气急败坏，瞪大眼睛看着利翁。

"今天，你学到了两件事。第一，如果你真的很珍惜一样东西，就应当牢牢地看好它。"

"但是……"

"第二，比斗前，需要定好规则，并了解你对手的实力。"

利翁和那个坏小子说的话不谋而合。

"失去也是人生的一部分，尼哈尔，我希望你尽快明白这个道理。人要学会接受失败。"

尼哈尔一屁股坐在凳子上，撅着嘴说："反正你会再给我把匕首的对吧……"

"再给你一把？你把匕首输了，又不是我的错。为了给你长长记性，不给。"

"但是我花了很多工夫才得到那把匕首的！而且你又有那么多把堆在那儿……"

利翁示意尼哈尔闭嘴。他神情严肃地说："我不想再听到你和我提这件事了，听到没有？"

尼哈尔一脸怨气，却把到嘴边的话咽了下去。

热泪打湿了她的脸颊。

尼哈尔一整夜都在想这件事。这次失败对她的打击固然很大，但让她更不能接受的是，自己居然在大家面前哭了。她翻来覆去，难以入眠。立誓雪耻的念头一直在她脑海盘旋。尼哈尔恨不得现在就从床上起来，去找那个臭小子算账，就算他在天涯海角，也要把他揪出来。

就在尼哈尔纠结如何实施自己的复仇计划的同时，还总结出一结论：一个战士必须要学会点儿魔法。因此，尼哈尔觉得学魔法迫在眉睫。

其实，尼哈尔对魔法一点儿兴趣也没有。比起昙花一现的魔法，显然匕首对她的吸引力更大。但是现在，她意识到了魔法的重要性。她要以其人之道还治其人之身，这样才解恨。

尼哈尔似乎已经看到了那胜利的场景：赛奈尔被她施的魔法迷得神魂颠倒，并且还恳切地把匕首还给了她，求她大发慈悲……

哈哈，一想到这样的光景，尼哈尔就兴奋无比。好，就这么决定了。虽然学个魔法可能需要花费她好几年的光阴，但这又有什么呢？即使需要耗费一百年，她也要学好魔法，然后把赛奈尔揪出来揍一顿。

现在就差找个魔法师教她魔法了。虽然她一个魔法师也不认识，但是店铺周围那么多人，而且利翁肯定认识一些想要收徒弟的魔法师的。

第二天一早，尼哈尔就将她的决定告诉了利翁，而利翁却不以为然。

“你就为了搞恶作剧，去学那些乱七八糟的东西？我早跟你说过了，人要学会失去，而且你一旦学会了，会发现生活变得更加美好了。”

“我不是要搞恶作剧。”尼哈尔气愤地反驳道，“我是真的想当一名战士，一名伟大的战士。为了实现这个理想，我必须学会魔法。你就告诉我一个可以教我魔法的人，这会有什么损失吗？”

“我一个也不认识。”利翁希望谈话就这么结束，不耐烦地说道。

尼哈尔显然并不相信，质问道：“不可能。我明明经常看到你出售施了魔法的兵器。要是你不认识魔法师，从哪儿给这些兵器施加魔法？”

利翁没法辩解，恼羞成怒，一拳打在桌子上：“混蛋！反正我不允许你学魔法！”

“为什么？”

“我没必要跟你解释！”利翁打断尼哈尔，压抑住情绪，缄默不语。

“既然你不帮我，我就自己找！”

“萨拉扎塔没有魔法师。”

“那我就去其他塔找。反正我不怕外出！”

“你爱干嘛干嘛去吧，滚！”利翁冲着尼哈尔怒吼。

泪水一下子涌出了尼哈尔的眼眶。倒不是因为和利翁幸福地生活了这么多年来第一次吵架，而是因为尼哈尔突然觉得利翁不理解她了。她曾经以为利翁是世上唯一能理解她的想法和感受的人。不管发生什么，利翁都不会把她当成任性的小孩子对待。

尼哈尔擦干泪水，看了一眼利翁坚决的背影，知道再也没有挽回的余地了。

“太好了！”尼哈尔愤怒地说道。

正当尼哈尔要转身离开时，利翁低沉的声音留住了她。“等等……”利翁嘟囔着转过身来。“尼哈尔，我只是害怕……好吧，既然这样就说出来吧，我其实很害怕你离我远去。如果你想当战士，我会一直在你身边支持你。但是学魔法……”

利翁话说到一半，声音突然卡在了嗓子眼儿。

“你疯了吗？我能去哪儿啊？这世上我只有你一个亲人！”

尼哈尔一把抱住利翁：“老头儿，你在的地方永远都是我的家。”

利翁有些感动，但这些话还不足以让他放心。他将尼哈尔紧紧地抱在怀里，一会儿后又将她推开，犹豫不决地说道：“我认识一个女魔法师。”

“我就知道！太棒了！”尼哈尔的心情一下子乐开了花，“她在哪儿？”

“在佛莱斯达森林边上。”

“啊……”

佛莱斯达森林是风之王国唯一的森林。它的周围都是荒原和空地，令人不寒而栗，萨拉扎塔城的百姓没有不害怕这个地方的。尼哈尔也不例外。

“嗯，总之，那里有个房子，住着你的姑姑。”

尼哈尔惊呆了。因为这十三年来，她从来就没听说过自己还有这样一位亲人存在。

“她叫索纳娜，是我的妹妹，是一名非常厉害的魔法师。”

“我竟然有这么厉害的亲人！你怎么从来没和我说过？干嘛要搞得这么神秘？”

利翁突然小声说道：“独裁者不喜欢别人在他的土地上练魔法，周边的土地也不行。所以，你的姑姑只有离开萨拉扎生活。怎么跟你说呢……她跟我们一样以独裁者为敌，就是这样。”

尼哈尔激动万分，终于有人肯帮她了！“太好了，老头儿！”

“再说一遍，千万不要跑出去到处炫耀，这件事谁也不能说。你明白了吗？”

“我出去炫耀？你把我当什么人了啊？”

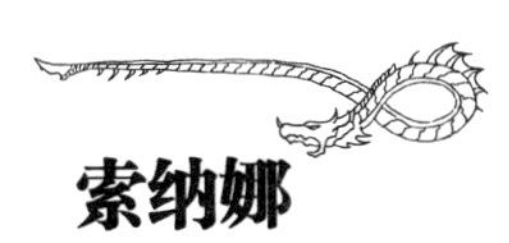

# 索纳娜

第二天，尼哈尔迫不及待地想要出发。尽管旅途并不长，利翁还是给她带上了一只包袱和一些面包、奶酪、水果作为储备粮。

尼哈尔站在铁匠铺里，听着利翁一遍又一遍地叮咛和嘱咐："你出了城门之后往南走，千万别搞错了。"

"知道了，你和我说过了。"

"还有，你注意点自己的言行。索纳娜这个人很严肃的，可没有我那么好说话。"

"我不会迷路，会好好表现，一定给你长脸，可以了吧？"

利翁亲了尼哈尔额头一口："可以了。在我改变主意之前，赶紧走吧。"

"再见啦，老头儿。我回来的时候，会用魔法把整个家收拾得干干净净！"

走到门口的时候，尼哈尔不经意地看了看那堆刚打好的剑，随手拿起来一把。

"尼哈尔？"

尼哈尔转过头天真地看着利翁："嗯？"

"我可没有答应再给你一把剑吧。"

“难道你想让我赤手上路，连把自卫的剑都没有吗？”

利翁叹了口气，不过很快就妥协了：“好吧，不过这把剑我只是借你一用。”

“没问题！”尼哈尔说着，一蹦一跳地离开了铁匠铺。

尼哈尔将新剑别在腰间，径直向佛莱斯达森林走去，一路上非常安全，没有任何差错。

尼哈尔进入荒原，内心出奇地平静，甚至连报仇雪恨的念头都渐渐消失了。

尼哈尔继续向前行。清晨的薄雾让她嗅到了秋天的气息，一阵阵刺骨的寒意油然而生。对于尼哈尔来说，大自然一直都有种神奇的力量，能够平静她的心灵。不过与此同时，每当她只身一人的时候，总有一抹淡淡的忧郁笼罩着她，一声声诡异的呢喃呼唤着她。这个清晨也不例外，当尼哈尔穿梭在薄雾中时，脚踩在枯叶上发出的嘎吱声，仿佛是从远处飘来的呼唤，微弱地叫着她的名字。但是尼哈尔早已习惯了与这些幻觉做伴。她一点儿也不害怕，还把它们当做老朋友看待。

走了几个小时，终于到达佛莱斯达森林。尼哈尔看着前几排的树木，棵棵张牙舞爪，盛气凌人。隔着这些树，尼哈尔隐约看见了一座小茅屋。它由几根木头搭成，简陋矮小。尼哈尔有些失望，她以为魔法师的家看起来会好些。

尼哈尔缓缓地靠近屋门，竟有些胆怯。她静静地待在那儿，不敢敲门。屋子里什么声音也没有。也许没人，尼哈尔想。不过她不想耽误时间，耸了耸肩，鼓起勇气去敲门。

“谁啊？”里面传来一个声音。

“是我，尼哈尔。”

片刻寂静之后，一阵脚步声朝门口传来。

门吱嘎一声开了。

出现在尼哈尔面前的女子漂亮极了。高挑，淑女。深黑色的头发勾勒出她脸颊完美的轮廓，略显苍白的气色又给人端庄典雅的感觉。她浑圆的眼珠黑如煤球，饱满的嘴唇红如玫瑰。她身披一件红色的天鹅绒长袍，美艳动人。

难道这就是尼哈尔的姑姑？这就是利翁的妹妹？

这位女子看着尼哈尔，露出一丝神秘的微笑："你长大了。快进来吧。"

屋子里干净整齐。

大门对着一间小客厅，再往里是两间小卧室。谁知道呢，也许这里还住着个叔叔……客厅的墙完全被书架挡住，其中一面堆满了书，另外一面除了大量的书籍，还陈列着无数的器皿，里面装满了药草和奇怪的东西。

屋子里还有一个壁炉，客厅中央还放着一张桌子，上面同样堆满了书。

尼哈尔有点害怕，一方面因为姑姑的样子，另一方面因为这间屋子的布局和利翁的铁匠铺迥然不同，这让她没有安全感。

"坐吧。"

尼哈尔听姑姑的话坐了下来。索纳娜自己也坐了下来。

"我猜是利翁叫你来的吧。"

尼哈尔点点头。

"你还记得我吗？"

尼哈尔愈发糊涂了。难道她和姑姑之前见过面？

"你妈妈去世的时候，我帮利翁照顾过你一阵子。不过你不记得我也是正常的，因为在你还不到两岁的时候，我就离开了，那些黑暗的岁月不允许我待在你身边。"

一时间，两人都不说话，气氛有些尴尬。尼哈尔宁愿跟一个陌生人打交道，也不愿意面对一个小时候抚养过自己的姑姑，况且这个姑姑还美得让她感觉不自在。尼哈尔开始觉得，来找索纳娜学魔法是多么的愚蠢。

"尼哈尔，和我说说，利翁叫你来找我干什么？"

尼哈尔鼓起勇气说："我……我来找你是想让你训练我。"

"我懂了。"

"实际上，将来我想当战士。"尼哈尔觉得有必要澄清一下。

"我知道，利翁经常和我说到你。"

这件事让尼哈尔很不安。她之前从来没听说过这个姑姑，但是人家却什么都知道。

“可是我还想学魔法，因为我觉得，它对一名战士来说很实用。”

索纳娜依旧面无表情，但点头赞同。“你可以和我说说你为什么这么想吗？”

尼哈尔觉得这个问题问得很模糊，但她决定做出诚恳的回答。她向索安娜讲述了事情的来龙去脉，但是为了让它听起来更合情合理，她又添油加醋地说了些别的。可尼哈尔惊奇地发现，自己生动的描述并没有使索纳娜的表情发生变化。故事讲完了，索安娜依旧端庄地坐在那里。

“你不觉得因为这点小事去学魔法有点傻吗？”

索纳娜冰冷的语气让尼哈尔开始后悔刚才的决定了。

“尼哈尔，你的动机一定要明确，因为魔法是很难学的。而且，由于魔法师拥有强大的能量，因此他必须时刻保持理智，才能凭借魔法做出一番事业。独裁者就是这样的人，只不过他用魔法干坏事罢了。”

尼哈尔急忙为自己辩解：“我不想用魔法做坏事或者做蠢事。我只想当一名完美的战士。”是吗？这都是实话吗？

“我并不完全相信你的话，不过我想给你机会证明你自己。一会儿赛奈尔就过来。”

“赛奈尔？”尼哈尔差点没从椅子上摔下来。

“他是我的徒弟。我想让你和他握手言和，并且向我保证你永远不会用魔法向他复仇。”

尼哈尔突然感觉屋子里升起了一股凉气：难怪索纳娜看起来什么都知道的样子！我怎么这么傻！赛奈尔确实说过他住在森林边上。这么说，我反倒被自家人耍了。

尼哈尔脑子里浮现出一个大大的问号，她小声问道：“是你派他去跟我比斗的吗？”

“为什么这么说？我也是赛奈尔跟我说了之后才知道这件事的，而且我从来不干涉小孩子之间的事情。”

尼哈尔很怕冒犯索纳娜，因为她根本不知道她姑姑脑子里想些什么……

“他应该一会儿就到。”索纳娜说着看了一眼窗外。

尼哈尔一个人陷入了沉思。毫无疑问，如果跟赛奈尔握手言和就相当于认输，自己的名声也就完全毁了；要是拒绝握手言和，不就是搬起石头砸自己的脚，承认自己刚才说谎了吗？

最后，尼哈尔决定接受握手言和，暂时地妥协。

毕竟君子报仇，十年不晚。

赛奈尔背着各种各样的草药走进了房门。

“索纳娜，我采来了所有你需要的草药。我希望现在你可以原谅……”

看见尼哈尔，赛奈尔吃惊得说不出话来，一阵迷糊后，他欢快地说道：“噢，你好。你是来取我人头的吗？”

“赛奈尔，你错了。尼哈尔是来跟我学魔法的，顺便还想跟你和解，对吧，尼哈尔？”

尼哈尔抑制住内心的厌恶，做好了让步的准备。她不情愿地站起来，看着赛奈尔的眼睛，又缓缓地伸出自己的手：“从今天开始，我们的仇恨一笔勾销，我承认我输了比赛。”

今天真是丢人丢到家了，尼哈尔心想。

赛奈尔握住尼哈尔的手：“好吧，这样再好不过了。我去拣草药了。”赛奈尔说着，带着他的草药走了。

尼哈尔深深地吸了口气，索纳娜看着她，终于露出了笑容。

“你做得很好。现在你可以接受试炼了。”

试炼？难道刚才的忍辱负重不是试炼吗？

尼哈尔又开始后悔自己的选择了。

“至于什么试炼，我们到时候再说吧。”

午饭是索纳娜一个人忙活的。在她家房子后面，有一块小小的菜地和几只母鸡。

索纳娜摘了些新鲜蔬菜，准备做菜汤。尼哈尔目不转睛地看着她摘小南瓜，这才感觉她的姑姑和普通女人没两样。索纳娜走向炉灶，伸出一只手，嘴里叽里咕噜念着些什么，瞬间，木材自己点燃了。这个场景让尼哈尔惊诧不已。

“天啊！我将来也能这样吗？”

“也许吧，尼哈尔，也许吧。”

午饭时间在一片寂静中度过。索纳娜倒是吃得轻松自在，但赛奈尔却不停地扫视着尼哈尔和索纳娜，而尼哈尔则将头深深地埋在自己的碗里。

一直到饭后，家里的气氛才有所好转。

索纳娜发现赛奈尔让她的小客人感觉不自在，便把他支使出去练魔法。屋子里就剩下索纳娜和尼哈尔两个人，坐在桌子的两端对视着。尼哈尔感觉尴尬极了，恨不得挖个洞自己钻进去。

正当整个家快要被死寂淹没的时候，索纳娜开始问尼哈尔一些问题。突然间，她发现自己的小侄女很有意思，便饶有兴致地听她说话。

尼哈尔心想，或许她可以利用这个机会，多了解一些妈妈的事情，便问：“你知道多少我妈妈的事？”

“不多。她和我们待在一起的时间很少……”

“我爸从来没跟我说过妈妈的事。”

索纳娜有些不知所措。每次说到妈妈，大家总是这个表情。到底为什么呢？

“我只知道她长什么样，因为听说我和妈妈长得一模一样。”

“你妈妈很年轻，比你爸爸年轻得多，而且很漂亮。”索纳娜说话的时候没有看着尼哈尔，她目光注视着窗外的森林，“只是她在你出生几天后就去世了。”

“为什么我有这样的头发？这样的眼睛？还有这样的尖耳朵？”

“有这些外貌特征的人很少很少，听说一千年才会出生一个，你和你母亲都是这样的幸运儿。你应当感到荣幸才对。”

终于看到索纳娜笑了，这让尼哈尔觉得很有成就感。

一整个下午，她们都在聊索纳娜和利翁的童年。尼哈尔聊得很开心，她发现索纳娜是个内敛的魔法师，总是能很好地控制住自己的情绪，但她完美的脸庞还是会时不时露出一丝柔情或些许欣喜。聊天的时候，尼哈尔甚至在索纳娜的身上看到了利翁的影子。

等到赛奈尔回来，天已经黑了。尼哈尔和索纳娜已经准备好了晚餐。有意思的是，虽然尼哈尔击剑无人能敌，但是做起饭来，却笨手笨脚的。

晚饭的时候，刚刚建立的“友好关系”好像又断裂了。索纳娜只顾着和赛奈尔说魔法，却冷落了一旁的尼哈尔。看来，索纳娜只在特定的场合才会展露真实的自我。

睡觉前，戏剧性的一幕发生了。

“你和赛奈尔睡一个屋子吧。”索纳娜说，“出于礼貌，他会把床让给你的，他自己打地铺。”

尼哈尔的脸刷地一下红了：“我要一个人睡。”

“我又不会把你吃了……”赛奈尔整理着地板上的床铺，反驳道。

“晚安，尼哈尔。晚安，赛奈尔。”

然后索纳娜回到自己的房间。问题就这样解决了。

尼哈尔坐在赛奈尔的床边，一脸的不满。

“你要换衣服吗？你要不要出去换？”赛奈尔问道。

尼哈尔恶狠狠地瞪了赛奈尔一眼，“我穿着衣服睡觉。”

“好吧，我可不。麻烦你把头转过去好吗？”

尼哈尔二话不说，转身把头深深地埋到枕头里面。

“好了！”

尼哈尔转过身时，赛奈尔已经躺在被子下面了。突然，房间的中央出现一团蓝色的火苗，欢快地照耀着。尼哈尔情不自禁地看着这个魔法，眼光里充满了羡慕。

“它有没有打扰到你？”

尼哈尔没有回答。

“好吧，那我就让它一直点着了。晚安。”

赛奈尔刚安静了一会儿，又忍不住要说话：“我知道你讨厌我。你和我握手言和只是因为索纳娜让你这么做的。不过，你还是让我很吃惊，我以为你会过来狠狠地揍我一顿，然后拿走你的匕首。可我万万没想到你会决定学魔法。”

尼哈尔仍旧沉默不语：不，我一句话也不能说。

“好吧，我承认，我利用了你的缺点，我很狡猾。这样可以了吗？但是匕首我不能还你，因为有很多魔法需要用到利器。如果你想的话，我可以表演给你看。”

尼哈尔一点儿回应也没有，但是赛奈尔并不泄气。他掀开被子，坐起来，盘着双腿。“喂，我一点儿也不困。但是如果你觉得我烦，那就赶紧打断我。”

打这时起，赛奈尔就一刻也没安静过。

他跟尼哈尔说他很喜欢秋天阴沉的天气；说他觉得索纳娜不管作为女人还是魔法师都很了不起；说索纳娜经常讲她自己的故事，还有一大堆无聊的事……

尼哈尔捂住自己的嘴，努力将自己的注意力从赛奈尔的话唠里移开，但是她做不到。一方面她想多了解了解自己的姑姑，另一方面她必须承认，自己很喜欢听这个小子讲的奇闻轶事。

过了很长一段时间，尼哈尔终于决定打断赛奈尔的独白。“喂，你可以告诉我，我对你做了什么吗？为什么你要让我在大家面前出丑？”

赛奈尔一脸严肃地说：“为什么？因为你不懂战争，却还一直玩战争游戏啊，尼哈尔。”

“那你知道什么是战争吗？”

“我是在海之王国和大地之城的战地上出生长大的。相信我，战争和你想象的不一样。它根本不是游戏，也一点儿不好玩。”

听了这话，尼哈尔都不知道如何反驳了。

“现在已经很晚了。明天你还要接受索纳娜的试炼，你最好还是睡觉吧。晚安。”说完，这个红毛小子一头钻进被窝。

尼哈尔躺在床上，在黑暗中听着赛奈尔的呼吸。不一会儿就睡着了。

# 佛莱斯达森林

当尼哈尔醒来，外面已是晴空万里，艳阳高照。这几天有些奇怪，仿佛大自然要逆转时光似的，太阳特别毒辣，可是初冬的脚步又紧跟其后，抑制着气温的上升。

尼哈尔看了一眼地板，赛奈尔已经出去了。她总算松了口气，不过那小子的声音却一直在耳边盘旋。

尼哈尔又在床上赖了几分钟，决定起床。她走到客厅里，遇见了索纳娜。

索纳娜坐在桌边，正沉浸在她的书籍中。她旁边放着一杯热气腾腾的茶和一片黑面包。

“早上好，尼哈尔。快坐过来吃早饭吧。”

尼哈尔端起茶杯喝了一口，刚泡的蜂蜜水，很是清甜。她又尝了一口面包，还是温热的呢。顿时，尼哈尔心情大好。

“要是你准备好了，我就给你讲讲试炼的事情。”索纳娜说道，尼哈尔全神贯注地听着。

“在训练你之前，我需要确定你是否具备那样的能力。魔力很大一部分是天生的，如果你缺少这个素质，我什么也教不了你。听好了，尼哈尔，魔法师可以将自己与大自然的元气融为一体，并从中获取他自己的力量和能量。我们周围充满了大自然的能量，如果你知道怎么进入其中，你就可以得到你想要的东西。老师可以教你如何与大自然交流，但是你必须要有天赋。我所谓的试炼，就是要看看你是否具备这种天赋。”

尼哈尔开始对魔法感兴趣了，她打断了索纳娜：“你的意思是说，魔法师受到大自然元气的控制吗？”

“一开始是这样子的。”索纳娜回答道，看着尼哈尔好奇的目光，她很高兴，“最简单的魔法无非是祈求大自然的元气。这个阶段包括温和的治愈系魔法和简单的自卫型魔法两种。当你能够熟练地驾驭这两种魔法的时候，你就可以进入更高的阶段了。”

索纳娜突然严肃起来：“魔法的最高境界是能够控制自然，驱使它顺从自己的意愿。这样的话，魔法师将不再受到元气控制，相反，他可以随心所欲地支配大自然的元素。所以，第二个阶段的魔法包括所有的攻击性魔法，比如在武器上施法等。只有当他达到这一阶段的时候，他才配得上魔法师的称号。”

“需要很多时间吗？”

“这不好说。赛奈尔八岁就开始跟我学魔法，到现在还没有达到要求。而且，在我认识的魔法师中，还没有人对魔法如此痴迷。我自己也是，直到今天我仍然在学习，因为大自然是一本无止尽的书，充满了神秘和能量。”

尼哈尔听得心潮澎湃，完全忘了索纳娜说过，光训练就需要好多年。她感觉自己已经准备好了：“好了，告诉我试炼是什么吧。”

“你需要到佛莱斯达森林里去，走到最深幽的树林深处，尝试去和大自然沟通。我给你两天两夜，如果你不能在规定时间内完成任务，只能说明你不具备学魔法的潜质，只能放弃学魔法的念头。如果你完成了任务，我们就开始最基本的训练。”

听到这话，尼哈尔所有的斗志仿佛烈日下的冰雪，瞬间融化了。她想过试炼会很艰难，但没想到会这么恐怖。那些流传的有关佛莱斯达森林的故事一下子全出现在尼哈尔脑海中，诸如没有人能够活着走出森林，还有森林里到处都是恶魔之类的。这些就已经够可怕的了，更别提那些杀人犯和自成帮派的人渣败类了。

“好吧，如果你在旁边陪着我……”想到这儿，尼哈尔倒是松了口气。

“不，尼哈尔。你只能一个人待在那儿。”

恐惧再次包围尼哈尔。“但是……但是为什么我必须一个人呢？佛莱斯达到处都是怕人的声音，我，我……”

“你想想看，我可是你姑姑啊，怎么会把你送到一个危险的地方呢？相信我吧，佛莱斯达森林是整个风之王国最安全的地方之一，不管是好人还是坏人都没必要害怕，而且里面根本没有什么怪兽。你听说的故事都是用来吓唬小孩子的。我之所以不能和你待在一起，是因为只有你独自一人的时候，才能完全集中精力。”

尼哈尔支支吾吾地说道：“我不敢……我求求你了……”

索纳娜笑了。“快，勇敢点，接受这个战士的试炼。”

索纳娜也没再啰唆下去，给尼哈尔的包袱里塞了些生活必需品，就催促她上路了。尼哈尔再三请求让她带上她的宝剑，索纳娜拿她没办法，只好同意了。

索纳娜和尼哈尔往森林深处走去，一路上，两人一句话也没说。

阳光穿过干瘦的枝条照在树下的枯叶上，留下一个个小光圈。虽说尼哈尔依旧被恐惧笼罩着，但面对这样的风景，她多少有些安慰。可是树林里无处不在的黑影和窸窣声又将尼哈尔一下子拉入深渊，让她满脑子都是那些吓人的场景。

尼哈尔感觉周围有无数双眼睛盯着自己，就连树叶都散发出恶狠狠的目光。她战战兢兢地跟在索纳娜后面，周围一有动静，便立马转身看个究竟。索纳娜在前面走得轻松自在，和尼哈尔形成了鲜明的对比。尼哈尔不止一次想要放弃，不管是魔法还是其他的东西，她觉得没有什么值得自己做这么大的牺牲。最终，虚荣心还是战胜了恐惧。

她们走了足足一小时后，终于来到一块圆形的草地。草地中央有一只简陋的石凳，可以坐下来小憩，边上有一个清澈见底的水池。

“就是这儿了。”索纳娜说。

尼哈尔的心已经提到了嗓子眼儿，她环顾四周后说：“我要做什么？”

“你就坐在那边石凳上，排除杂念，集中精力冥想。当你感觉自然的力量进入到你的身体，就说明你已经能够和自然界沟通了。”索纳娜说完，转身就要离开，“我们两天后见。”

“等等！然后呢？”尼哈尔绝望地问道，希望她能够留会儿。

“然后我会过来找你，让你展示你的能量。就这样。再见了，尼哈尔。”

尼哈尔绝望地叫着索纳娜，一声高过一声，可索纳娜早已消失在森林深处。她一下子跪在地上，恐惧至极，竟失声痛哭起来。

偌大的森林只有她一个人。尼哈尔非常害怕，前所未有的害怕。

在尼哈尔眼中，这些光秃秃的树木就像是一个个骷髅，随时会向自己发动袭击；而这块草地就像是一间木头监狱，将自己囚禁。这里荒无人烟，要是恶魔来了，谁还听得到她的求救呢？尼哈尔哭得更伤心了。

一个钟头过后，尼哈尔身心俱疲，才终于安静了下来。

突然，一只小鸟飞了过来，栖在离尼哈尔不远的地方。为了喝到池子里的水，小鸟儿不停地甩动着自己的头。尼哈尔看到这样的画面，反而不感觉害怕了。她小心翼翼地拿过包袱，取出一小片面包，撕碎后扔在了小鸟够得着的地方。一开始，小鸟有些受到惊吓，发现周围没有危险之后，一下子蹿到面包屑旁吃起来。

这应该是一只方头鸟，迁徙的时候路过这儿的吧，尼哈尔心想。

看见小鸟儿吃得如此欢快，尼哈尔又撕了些面包屑，放在手心递给它。小鸟儿略带防备地看了尼哈尔一会儿，才跳到了她手上。尼哈尔心想：如果森林里还有这么可爱的小生命，即使有恶魔，也一定没有传说中的那么多。再说了，自己也不认识回家的路，根本回不去。

看来只有背水一战，接受试炼了。

在小鸟飞走之后，尼哈尔又孤身一人。她在石凳上坐好，将宝剑放在旁边，用以应对突发状况。

尼哈尔试着集中精力，但发现这一点儿也不容易。因为一旦有什么动静，她就立马伸手去抓宝剑。更糟糕的是，佛莱斯达森林里到处都是稀奇古怪的沙沙声，只要尼哈尔一闭上眼睛，她就感觉好像有脚步声向她逼近，而解除疑虑的唯一办法就是睁开眼睛，看个究竟。在这种环境下，尼哈尔是绝对不可能和大自然沟通的，在她看来，这样的大自然就是自己的敌人。

到了吃午饭的时候，尼哈尔已是筋疲力尽了。

她想逼着自己吃点儿东西，可是一点儿胃口也没有。

尼哈尔又试着睡觉，因为她已经累得快散架了，可是恐惧一直埋伏在身边，怎么也睡不着。

尼哈尔索性躺在草地上，仰望天空。她幻想着自己变成了一只鸟儿，飞上蓝天，飞到很远很远的地方，探险旅行。想到这儿，尼哈尔又忍不住抽泣起来，她迫切地希望身边能有个人陪自己说说话。

“战士有泪不轻弹，战士从来无所畏惧……”尼哈尔就这么念叨着，渐渐地平静了下来。

尼哈尔觉得，自己必须要勇敢地面对试炼了。

她重新坐好，努力集中精神。情况有所好转，她逐渐习惯了身边的窸窣声，不再那么神经敏感。她甚至可以感觉到大自然的元气，但这种元气仿佛永远无法靠近自己，连擦肩而过的机会都没有。

夜幕降临的时候，尼哈尔突然意识到，自己连一团火都没有。黑暗无情地袭来，她愈发感到迷茫。尼哈尔瞪大了眼睛，试图看清周围的一切，但不管怎么努力，看到的永远只是越来越黑的天色。

“沙沙……”冷不防的一声。但这个声音不太一样。尼哈尔竖起了耳朵听。“是脚步声！”她抄起宝剑，做好了进攻的准备。

“谁在那儿？”尼哈尔疑惑地问道。

并没有人回答，但脚步声仍然有节奏地传来。

“是谁？”尼哈尔提高了音量。

还是没有人回答。

尼哈尔顿时慌张起来。“到底是谁啊？快说话！快说话！”尼哈尔声嘶力竭地喊道，她感觉得到脚步声就在自己的身边。

“嘘，尼哈尔，是我！”

赛奈尔，是赛奈尔的声音！

尼哈尔立刻扔下剑，哭着向赛奈尔扑了过去。她不断用拳头捶着赛奈尔的胸脯。当赛奈尔张开双臂将她紧紧地搂在怀里时，尼哈尔终于停了下来，死死地抱住赛奈尔，毫无顾忌地哭起来，完全忘了此时她抱着的是自己的死对头。

“好，好，别哭了。有我在呢。一切都过去了。”

赛奈尔做的第一件事就是点火。他找了一些干木棒堆在一起，将手放在上面。他的手上发出一道奇异的光芒，随即木柴就噼里啪啦地烧了起来。尼哈尔擦干泪水，蜷缩在一旁，但还是不时地抽泣。

“我是偷偷来的，要是告诉索纳娜，她肯定不同意。”赛奈尔窃喜，“我知道萨拉扎塔城的人很怕佛莱斯达森林，所以你一定很害怕。不好意思刚才吓到你了，我不是有意的。”

尼哈尔嗅了嗅鼻子，“谢谢。”

“谢什么？仇人之间还说感谢的吗？”

直到此时尼哈尔才终于绽放出她美丽的笑容，她很高兴自己终于不再孤独了。柴火噼里啪啦地烧着，源源不断的温暖，带给她安全感。一瞬间，尼哈尔甚至觉得这块草地像个温馨的小屋子。

赛奈尔开始准备晚饭了。“你没必要害怕，尼哈尔。相信我，大自然没有邪恶的东西，也没有什么魔鬼和怪兽，真正邪恶的是人。当你敞开心扉的时候，大自然也会向你张开它的怀抱。这就是通过试炼的秘诀。”

说着，赛奈尔递了一块烤肉给尼哈尔。烤肉味道好极了。

饱餐过后，尼哈尔有一种大难不死的感觉，紧张的神经终于放松开来。

“你也接受过这个试炼吗？”

“没有。”赛奈尔满嘴塞着肉说道，“没有必要。”

尼哈尔十分好奇，决定彻底捅破他们俩之间的隔膜。“为什么没有必要？为什么你要学魔法？你很神秘！”

“你是想听我讲我的故事吧。”

尼哈尔点头承认。

“你很幸运。不能说我的人生平淡无奇，但也谈不上惊天动地。只不过在我身上发生了些不寻常的事，我的人生经历了几次转折。”

赛奈尔盘起双腿，开始讲述他的故事。

“之前和你说过，我出生在海之王国，并且在战乱中生活了很长时间。我爸是一名龙骑士的侍从，我妈妈则是部队里唯一的女人。”

“你妈妈是名女战士！”尼哈尔打断了赛奈尔，眼睛闪闪发光。

赛奈尔笑了。“不是，我妈只是太爱我爸了。她和我爸住一个村子，从小就互相认识。后来我爸想去当骑兵的侍从，她也就跟着去了部队。所以，我从小就在刀光剑影中长大。这点跟你有点儿像。”赛奈尔说着躺在草地上，望着星罗密布的夜空，“你看过海之王国的龙吗？”

尼哈尔摇摇头。

“你绝对想象不出它长什么样子，太不可思议了。它有蛇一样的身体，蓝色的鳞片，鲜艳极了！鳞片还能变色，光线越暗，颜色就越深，直到最后变成绿色。它还会飞。它……它很了不起！”赛奈尔说起来就有些激动。

他看着天空，仿佛真的有龙在上面飞舞似的。

“好吧，我们长话短说。我特别喜欢龙，还能和它们说话。大家都以为只有骑士才能和他的龙讲话，但是我能和所有的龙讲话，还能和它们的孩子做游戏。不只是和龙，我甚至可以和所有的动物交流。记得八岁那年，有一天，索纳娜路过我们的营地。对了，我不晓得你知不知道，有个魔法议会，是独裁者的强大反抗组织，索纳娜就是成员之一。这该死的独裁者，都跟海之王国、水之王国还有太阳王国打了四十年仗了……”

尼哈尔一脸的气愤："这么久远的事情，你觉得我会知道吗？"

"哦，你看你怎么那么爱生气啊！"赛奈尔跟尼哈尔开玩笑地说道，"总之，索纳娜注意到我之后，去找我爸妈谈了次话。她说她在我身上看到了一股巨大的魔力，如果我爸妈同意她带我走的话，她会把我训练成强大的魔法师。虽然我爸妈很难抉择，但最后还是同意索纳娜将我带走。毕竟，战场不适合孩子的成长，每天在那儿陪伴我的只有兵器、死兵、伤兵和灾难。一开始，我一点儿也不喜欢和索纳娜一起。可是后来，当我在风之王国体会到和平的滋味时，我的想法改变了。当然，我还是怀念我的爸爸妈妈，还有我的妹妹葛拉的……让我欣慰的是，我终于不必看到身边的人像苍蝇一样被打死。可是在我十岁那年，索纳娜给了我一次自由选择的机会——是继续留在她身边接受训练，或者是丢掉魔法，回家和家人团圆。"

"那你的选择是？"

"在选择之前，我请求索纳娜让我再回一趟海之王国，去见见我的家人。"

说到这里赛奈尔停了下来，深深地吸了口气，接着讲述他那次回家的经历。

"回到海之王国后，才发现一切都糟糕透了。我爸所在的军营撤走了，几乎所有我认识的人也都死了。别人跟我说，我的爸爸也在保护帕勒骑士的时候，死了。"

赛奈尔又停了下来。尼哈尔看着他，一句话也没说。

"知道这个消息后，我的眼泪都快哭干了。大伙儿都安慰我说，我是英雄的儿子，可谁在乎这个呢？我只知道爸爸死了，母亲和妹妹也失去联络了，我再也见不到他们了。"说到这里，赛奈尔的声音有些颤抖，"所以最终我决定，我要回到索纳娜身边学魔法。成为一名优秀的魔法师，我要用自己的魔力捍卫和平，为了我爸，为了所有在战争中死去的无辜人，战胜独裁者。你现在知道，为什么当初我和你有冲突了吧？你喜欢玩战争游戏，而战争不是游戏，它是死亡的象征。"

尼哈尔崇拜地看着赛奈尔。在她眼中，那个曾经的卑鄙小人霎时变得强壮，成熟，勇敢，就像一名真正的战士。

“很吃惊吧？”赛奈尔说着，向尼哈尔眨了眨眼睛，“之前，你一定以为我是个不知道哪儿冒出来的捣蛋鬼，而现在，站在你面前的却只是一个有着心酸过往的人。”

赛奈尔的这一番自我调侃使他们两个都笑了。

“你呢？和我说说你的故事吧。为什么你要当战士？”

尼哈尔也躺到草地上来。头顶上的夜空，繁星满天。

“我想当战士，是为了活得更刺激。我想环游世界，认识各种各样的人。而且我喜欢战斗。每当我手握兵器的时候，我总有一种安全感，感觉浑身充满了力量。与敌人战斗的时候，我有一种自由自在、轻如空气的感觉。我不知道该为谁战斗，但是我知道和平对谁都很重要，那么我就为和平而战吧。然后，我想做利翁的战士，因为他就是我的全部，既是爸爸，也是妈妈，还是兄弟。”

赛奈尔重新坐起来，关切地看着尼哈尔说：“今晚我在这儿陪你，这样你就能睡个安稳觉了。但是明天一早我就得走。你还要不要接受试炼？要的话现在就赶紧睡觉，不然明天会更累的。”

赛奈尔脱下披风铺在地上给尼哈尔当床，尼哈尔听赛奈尔的话，躺上去睡觉了。

尼哈尔突然感觉内心出奇地平静。

进入梦乡前，尼哈尔和赛奈尔说了声谢谢。等到赛奈尔回应她的时候，她已经睡着了。“谢什么？这儿就我们两个人，我们只有互相帮助才能取得进步。做个好梦，尼哈尔。”说完，赛奈尔帮尼哈尔提了提被子。

# 梦境，幻象和宝剑

尼哈尔在梦中来到一个陌生的国度，她确定这儿不是风之王国。她就这么走在城里的街道上。周围车水马龙，人声鼎沸。尽管人潮涌动，可是尼哈尔一个人也不认识。

在一条宽敞的马路尽头，有一座水晶塔，洁白无瑕，高耸入云，清晨的太阳下它闪闪发光。

突然，尼哈尔身边的人们开始呐喊。

地面上出现了一块硕大的黑点，像是一摊墨水。尼哈尔定睛一看，竟然是血。朱红，浓密，黏稠。血点不断向四周延伸，染红了街道和水晶塔。

尼哈尔的脚下突然出现了一个无底洞，一下子将她吸了进去。尼哈尔吓坏了，声嘶力竭地叫喊着。

尼哈尔疯狂地朝洞底坠落，但是她知道这个洞根本没有底，她会一直这么坠下去。半空中，尼哈尔的脑子充斥着各种呻吟、呐喊和婴儿惨痛的哭声。“替我们报仇！拯救我们的人民！”尼哈尔不想听，但是这些声音一直跟随着她，折磨着她。“杀了他！杀了这个恶魔！”

接着，像是到了终点一样，刚才的画面全都消失了。

尼哈尔骑在一条龙的身上，在空中盘旋。微风吹拂着面颊，感觉非常好。

她身着黑色战甲，一头干练的短发。坐在她后面的是赛奈尔。一种久别重逢的感觉油然而生，尼哈尔非常开心，将后背轻轻地依靠在赛奈尔的身上。

突然，一丝耀眼的光芒打散了整个画面。

尼哈尔揉了揉眼睛。又是一个阳光明媚的清晨，她依旧待在那块草地上。原来这只是一场梦啊。但是那些人是谁呢？他们到底发生了什么？为什么自己会骑在一条龙身上？还是和赛奈尔一起！也许是我想得太多了，毕竟，那只是一场梦。

尼哈尔伸了个懒腰，坐起来。她刚准备痛痛快快地打个哈欠，却被眼前的场景惊呆了。整个草地上布满了比手掌略大一些的小东西。他们有一头银白如雪的长发，扇动着透明如琉璃的小翅膀在尼哈尔周围飞来飞去。

尼哈尔简直不敢相信自己的眼睛。“我还在做梦吗？”她自言自语道，不停地眨巴着眼睛。

一只小东西突然飞到尼哈尔的面前，用他那看不出瞳孔的蓝眼睛上下打量着尼哈尔，然后又后退了几步。“你是人吗？”那个小东西问。

尼哈尔听到这个问题，一时没反应过来：“是啊，我是人。”

“太奇怪了，我记得人不是长这样的。他们不可能有那么大的耳朵！”

“我觉得她是……”另外一个小东西回答说，“你们懂我的意思吗？”

“不可能！早就没有了。”又是一个小东西应和道。

问尼哈尔的小东西加入到讨论中，说：“你们知道的，独裁者早把他们……”

“嘘！”尼哈尔面前的那只小东西喊了一声，顿时鸦雀无声。“她也有可能是人。风之王国有很多这种长相奇怪的人！”

尼哈尔有些受到惊吓，搞不清楚目前这是什么情况，不过好奇心驱使她迫切地想要知道这些小家伙们到底是什么来历，于是尼哈尔追问她面前的小东西：“你是谁？这些和你长得一样的……东西又是谁？你们在这儿干什么？”

那只小东西生气地说：“大小姐，说话注意点儿。我们不是你说的什么

‘东西’。我们是小精灵。我叫佛斯，是佛莱斯达森林的老大。不好意思，我们就居住在这片森林里。你呢？你们人类不是最害怕进入佛莱斯达森林吗？”

“我叫尼哈尔，来自萨拉扎城。我来这儿是想学习魔法，而现在我正在接受一个试炼。”

“啊，原来如此！”佛斯恍然大悟，“这么说，你是索纳娜的学生了。”

说完，佛斯若有所思地嘀咕着，语气一下变得友善了。

“这么说，你是我们的朋友了，因为索纳娜是个好人。很抱歉我们刚才吓到你了，不过昨天晚上，你的声音也太大了！”

佛斯抬起一只脚，做了个漂亮的旋转，靠到尼哈尔的耳边说：“我们当中，大部分的小精灵都是从独裁者手里逃出来的，所以我们不再轻易相信任何人了。”

尼哈尔发现她很喜欢这只小东西，看着他古灵精怪的样子，尼哈尔有种似曾相识的感觉。“嘿！不知道你饿不饿，反正我饿了。我有些吃的，如果你和你的朋友们愿意，可以来和我共进早餐。”

佛斯和他的小精灵们可一点儿也不客气，在尼哈尔周围飞来飞去，真可谓是“百般谄媚”。偌大的草地上没一会儿便充满了欢声笑语。尼哈尔坐好，让佛斯栖息在自己的腿上。

“你刚才说，你是所有小精灵的老大？”

“呃，不是所有，是佛莱斯达的老大。你知道吗，我们小精灵是浮岛大陆最庞大的族群了。可是如今，我们只能眼睁睁地看着森林一天天地减少，我们的同伴相继离世，很多精灵都被迫逃离这里了。”

“为什么，你们只能生活在森林里吗？”

“你在开玩笑吗，我们就是森林！离开森林的小精灵就跟离了水的鱼一样。有些小精灵试着住在别处，甚至和人生活在一起，但是渐渐……都枯萎了，到最后只有死路一条。因为离开了森林和树木的气息，我们根本无法生存。还有什么比森林更美好的呢？冬天你可以在干树枝里捉迷藏，给冬眠的动物们唱摇篮曲；夏天你可以在树荫下乘凉，在暴雨中戏水。”

“听你这么一说，佛莱斯达还真是个好地方呢！”尼哈尔说道。

佛斯的眼神突然充满了悲伤，两只耳朵耷拉着，像只被打了的小狗。“都怪独裁者。他把毁掉森林的土地用来当练兵场。他的手下，就是那些该死的法冥，特别讨厌我们。很多小精灵都被他们俘虏过去，任凭他们蹂躏。不提那些惨痛的过去了，越说越伤感。尼哈尔，你能明白吗？我们向往自由，我们只想要一些纯净的绿地用以生存。”

“我太明白了！我也向往自由，在天空无忧无虑地飞翔，去探险，去旅行……”

尼哈尔突然精神振奋，“你知道吗？我是一名战士，准确点儿说，我将来会变成一名战士，总有一天我会大战独裁者！到那时，我会拥有一支属于自己的军队，这样就可以保护所有的小精灵，把你们从束缚中解救出来，从此你们就可以重新回到森林里生活了。”

佛斯冷静地看着尼哈尔。“想象总是美好的，但是我们所知道的森林正在一天天地消失，减少。我们所能做的只有躲在这儿，保护好自己。”

佛斯坐在尼哈尔盘着的腿上，眺望远方，怀想着佛莱斯达过去繁荣的景象。尼哈尔惊奇地发现自己和这些小精灵的经历很像，一时间，竟开始怜悯起这些受伤的小精灵，有种想哭的冲动。

“也许现实就是如此，不过邪终不胜正。将来，肯定会有一块只属于你们的乐园。”

佛斯冲着尼哈尔笑了笑，心情不一会儿又开朗起来，仿佛从来没跟尼哈尔谈过这些伤心事一样。“你为什么到这儿来的？对了，你说过，什么试炼……”

“索纳娜说，我必须和大自然沟通，让它接受我。”

“什么叫和大自然沟通呢？”

“嗯……就是让它进入自己的身体，流淌在自己的内心……我想至少应该这样吧。”

“就这样？这对我们小精灵来说，是很自然的事啊。”

“可是该怎么做呢？”

“不用做什么，只需要用心去感受。”

听到这话，尼哈尔顿时垂头丧气地倒在草地上。“天啊。索纳娜说我要集中精力，但是我怎么也做不到。说实话……听着这些沙沙声，我害怕。”

佛斯一下子捧腹大笑。“害怕？”

“啊，真是的！我遇到麻烦了，你还笑话我！”

佛斯努力克制着不让自己笑出声来。“好吧。看在你对我们这么友好，还给我们早餐吃的份上，我决定帮你一把。我们会请求大树和小草一起来帮你，你就只要……刚才你说什么来着？啊，对，集中精力就可以了。”

尼哈尔非常开心，不停地感谢这只凭空出现的小精灵。

佛斯将其他的小精灵们全部召唤过来开会商量办法。很快，会议结束了，小精灵们一哄而散。佛斯转过身，向尼哈尔做了个加油的动作，也很快地消失不见了。

顿时，方才热闹的草地上鸦雀无声。

尼哈尔走到石凳前坐下，开始集中精力。她确定，这次绝对不会有任何东西来干扰自己。

可情况并没有预想中的那么简单。在小精灵的帮助下，尼哈尔还是能隐约听到森林里的各种声音：风吹树动的声音，鸟拍羽翅的声音，水波涟漪的声音。但是，渐渐地，尼哈尔发现在这些声音里面隐藏着一种音乐。一开始，她以为这只是幻觉，可能在石头上坐得太累了。然而，这种音乐声愈发强烈，来自四面八方的声音仿佛跟随着同一个旋律舞动。林间微风敲着鼓，演绎着低声部；凌晨的寒霜在水池中融化，仿佛在弹奏着竖琴；小鸟啁啾，则担任着主唱。甚至连小草都参与了进来。尼哈尔感觉它们肆意地生长着，发出簌簌的声音，充当伴唱的角色。

接着，尼哈尔强烈地感知到身下岩石和大地的存在。无数根看不见的动脉从石头下伸展开来，跟随着心脏的节奏，跳动着。

大自然说着一种神秘的语言，尼哈尔既听不懂，也无法理解其中的真谛。它仿佛在告诉尼哈尔，天地并存，万物合一。自然界的万物来去之间都留下了他们美丽的身影。这些微小的生命一同构成了浩瀚无边的宇宙。

尼哈尔感觉有一股强光照耀着自己，温暖油然而生。她担心自己的内心无法装载整个大自然的美丽，甚至开始害怕起来。还好有一双臂膀送来了母亲般的关怀，紧紧地抱着她，抚慰她，告诉她说，虽然她也是大自然的一部分，但每个人只能得到属于自己的那份美。听完这番话，尼哈尔突然就乘风而去，在变幻无常的云朵上遨游蓝天。

尼哈尔在天上俯瞰一望无垠的森林，绿油油的，十分美丽。她觉得自己是一棵草，抑或是一朵花，在阳光下舒展着稚嫩的花瓣。然后她又觉得自己变成了一棵树，茂密的枝干直插云霄，碧绿的叶片随风摇摆。接着又变成了果实、飞鸟、游鱼、动物。最后，尼哈尔落回到光秃秃的地面上，仔细端详种子发芽，万物生长。

一瞬间，尼哈尔似乎明白了所谓的存在感。

她感觉自己已经年逾千岁，智力非凡。

她感觉自己经历了浮岛大陆所有生物的生死轮回。

她感悟到生命其实是永无止境的。

尼哈尔睁开眼睛，发现已是深夜了。她神情恍惚，显然她还没有从刚刚震撼人心的旅程中回过神来。

虽说尼哈尔一直静坐在石头上，她的灵魂却在大自然中游历了整整一天。她筋疲力尽，一下子躺倒在石凳上。这时她才发现，小精灵们已经在自己的脚下围成了个大圈子，每只小不点儿都闪耀着五颜六色的光芒。佛斯就趴在他们中间，双手托着下巴，笑眯眯地看着尼哈尔。

“感觉怎么样？”

“太神奇了！”尼哈尔神情未定，一脸诧异地回答道。

这天的晚饭是佛斯准备的。

“你好好待在这儿吧，我们出去找点吃的。”说完，小精灵们跟着佛斯向森林深处飞去。当他们再次出现在尼哈尔面前，大伙儿手里都提着个布袋子，里面装着一大堆新鲜水果。

一阵大快朵颐之后，佛斯递给尼哈尔一碗浓稠透明的汤说：“尝尝吧。”

尼哈尔疑惑地闻了闻。

“尝尝吧。可好喝了，而且还能帮助你扫除疲劳，恢复精力。”佛斯又再次鼓励尼哈尔去试试那碗汤。

尼哈尔沾了点汤汁在嘴唇上，感觉确实很好喝。

“这是神仙汤，也就是佛莱斯达之王的树脂，那可是森林里最大的树呢。味道不错吧？”

尼哈尔一边和佛斯他们聊天，一边品尝着这碗人间美味。吃完饭，她又躺到草地上，本来想要看看星星的，没想到一会儿就睡着了。

那晚，尼哈尔睡得特别香，连梦都没做。

第二天一早醒来后，尼哈尔感觉精力充沛。周围一个人也没有，只有佛斯待在她旁边。

“今天你就要走了吗？”

尼哈尔揉了揉眼睛，回答道：“应该是吧，估计一会儿索纳娜就会来接我了。”

“我们现在是朋友了对吧？”

“当然啦！”

“那我有件东西要送你，就当是纪念我们的友谊吧。”

佛斯拿出来一块石头，颜色纯白剔透，只是表面长满了五颜六色的小颗粒，在阳光下闪闪发光。尼哈尔拿过来左右端详，爱不释手。

“这是眼泪石。”佛斯解释道，“佛莱斯达之王的树脂滴在地上，干了之后就会形成这种石头。其实，它是一种天然催化剂，可以增强魔法的力量。我想，你以后成了魔法师，它会对你很有帮助。而且，它还是一种标记。像佛莱斯达之王这种树，在每个森林都会有，所以，眼泪石就是我们的象征。不管你走到哪里，小精灵看到它，都会把你当成朋友的。”

“谢谢你，佛斯。这件礼物真是……真是太漂亮了。”

尼哈尔非常感动。她本来想和佛斯互换礼物的，但是身上实在没有什么意义深刻的东西。她看了看石凳上的剑说：“我没有什么珍贵的东西送给你，我最心爱的东西就是这把宝剑了。等我回去之后让我爸把它熔了，重新做一把适合你的小剑送给你。”

佛斯激动地拍打着翅膀。“哇，那太棒了！你等着，我要学习击剑，然后成为浮岛大陆最厉害的剑客小精灵。”

尼哈尔和佛斯一同大笑起来。突然，佛斯竖起了耳朵。

“索纳娜来了，最好别让她看见我。要是她知道我帮过你，可能会不高兴的。”

佛斯临走前，又冲着尼哈尔笑了笑，随即，嗖的一声消失了。

果然，不一会儿，索纳娜和赛奈尔就来了。今天索纳娜格外美丽。她穿了件高贵的淡紫色长袍，上面用黑线和金线绣着魔法图案。“怎么样了？”索纳娜问。

尼哈尔似乎看到了胜利的曙光。“挺好的。我成功地和大自然交流了，那次经历真是太棒了。”

索纳娜露出一丝神秘的微笑，对着赛奈尔打了个手势。“那我们来检验检验吧。”

赛奈尔从包里拿出六块石头，按照一定的顺序摆放在地上后，开始集中精力。突然，地上出现六道激光，将石头两两连接在一块儿，构成了一只星星的形状。然后，他将一只手放在星星上面，顿时一把熊熊大火在空中燃烧起来。

紧接着，索纳娜走上前来。她闭上双眼，张开双臂，翻过手掌，朝向蓝天。“为了空气和流水，为了太阳和海洋，为了白天和黑夜，为了大地和火焰，最高元气，我祈求你，让我弟子的心灵从你的火舌中解脱吧。”

火势越烧越猛。

索纳娜睁开眼睛，严肃地看着尼哈尔。

“把手放入火中，尼哈尔。”

尼哈尔不敢相信自己的耳朵。“什么？”

“我说，把你的手放入火中。”索纳娜严肃地重复着。

尼哈尔有种想死的冲动。“什么，把手放入……”

“尼哈尔，照着做。”

索纳娜的眼神吓得尼哈尔不敢反驳，她的双腿开始打架，手也开始不听使唤，怎么也抬不起来。她闭上眼睛，绝望地祈求大自然，希望它真的可以接受自己。“天地并存，万物合一，火不会烧我，因为她属于我，我也属于她。”尼哈尔嘴里念着，慢慢地伸出自己的手。当她感觉到有热量靠近的时候，突然没了勇气。她口干舌燥，心跳加速。“天地并存，万物合一……此时不伸手，更待何时！”尼哈尔屏住呼吸，克制住眼泪，将手放进了火里。

一点儿也不痛。甚至没有刚才烫手。

当尼哈尔鼓起勇气睁开眼睛的时候，一下子愣住了——自己的手被火焰包围着，像是一只火红的手套。

索纳娜拍了下巴掌，火焰瞬间消失了，一切又恢复了刚才的平静。

尼哈尔看着自己的手还是红润水嫩的样子，顿时呆若木鸡。

“太神奇了……”她自言自语道。

“一点儿也不神奇，尼哈尔。那团火焰是施了法的，如果你刚才骗了我，你的手就会被烧成灰烬。”

索纳娜说着，伸出一只手搂住尼哈尔。“我的好弟子，你真棒。”

听到这话，尼哈尔感觉大获全胜。

训练终于开始了。

这个过程很辛苦，却很有意思。随着时间的流逝，尼哈尔愈发觉得每一个魔法都是有生命的，就跟她在草地上感觉到的生命一样。

成千上万遍的祈祷和准备练习让尼哈尔觉得枯燥无味、筋疲力尽，但她却开始沉迷于这种超能力，并且感觉自己的灵魂空前地平静。

尽管尼哈尔学得很轻松，但她缺乏一种魔法师都应有的霸气，这种霸气在赛奈尔身上就很明显。不过她一点儿也不担心，因为她清楚，自己并不是干这一行的。

自从赛奈尔去森林救尼哈尔的那晚起，他俩的关系便发生了微妙的转变。有的时候，尼哈尔还会故意不搭理赛奈尔或者对着他翻白眼，但是尼哈尔自己很快就坚持不住了。渐渐地，尼哈尔甚至潜意识里都认为赛奈尔已经成为了自己最好的朋友。

他们整天粘在一起，以至于尼哈尔都快忘了萨拉扎塔城的那帮兄弟。确实，这个红毛小子让尼哈尔感觉到一种前所未有的友情。

训练的间隙，尼哈尔常常将赛奈尔和自己作对比，发现他们其实有许多的相似之处。在独裁者的统治下，魔法师的地位很差，但是赛奈尔偏偏就是个魔法师；人们普遍认为，女性应该关在家里带孩子伺候丈夫，但是尼哈尔偏偏就是个战士。另外，他们俩都很叛逆，总是自由自在，渴望创造英雄事迹。虽说理想与现实有差距，但至少有一点可以肯定，尼哈尔将来一定会参军，和独裁者斗争到底。

这些日子，尼哈尔从索纳娜和赛奈尔那里了解到，独裁者作恶多端，使用武力篡夺浮岛大陆其他国王的王位，在别国土地上建立自己的政权，以至于那些被侵占的沃土日益贫瘠，灾难连连。他还憎恨所有其他种族的人，想要把他们都压制在自己的黑暗统治下。

最近，越来越多的陌生人仗着独裁者和达奈国王签下的不平等条约，前往利翁的铁匠铺抢夺兵器。利翁很害怕这些人，只要他们一来，他就赶紧叫尼哈尔藏起来。看着自己家的店铺被糟蹋，父亲被这样侮辱和欺压，尼哈尔却无能为力，只能忍气吞声地看着。她一直压抑着心中的怒火，紧紧地握着手里的剑，就差要出去和他们拼命了。

后来，尼哈尔又换了把新剑，因为她答应过佛斯，要把自己心爱的剑熔了，造成一把小剑送给他。尼哈尔没有食言。

她把佛斯送她的眼泪石交给利翁。

“老头儿，你可以再为我造一把剑，把这块石头镶在里面吗？”

利翁二话没说就答应了，因为在女儿离开的日子里，他终于想通了。尼哈尔一天天长大，他不能因为想把女儿留在身边就限制她的发展。虽然现在自己是过上随心所欲的生活了，但年轻时对自由的渴望让他至今也无法忘怀，那时候为了自由，自己也经常和父亲发生冲突。利翁终于明白，要是真的爱女儿，就任她展翅高飞吧，自己远远地看着就够了。当她有一天遇到了困难或者不幸摔落时，再伸出父亲有力的双手将女儿牢牢地庇护在怀里，不让她受到任何伤害。

他想告诉尼哈尔自己的决定，却一直没有机会。这次尼哈尔让他帮忙造剑，倒正好给了他一个用行动证明自己支持女儿的机会。

利翁抓紧时间着手锻造。他想造一把与众不同的剑，能够跟随陪伴尼哈尔一辈子，让她一辈子都记住自己的父亲会永远在她身旁守护。

这天正巧有一位供货商路过。他是侏儒族，很精明的一个人，经常和利翁做买卖。这一次，他带过来一块巨大的黑色水晶石。这种水晶是浮岛大陆最坚硬的石头，只有在岩之王国才能找到，独裁者的城堡就是用它砌成的。做剑的话也是一块不可多得的好材料，利翁越想越合适，便和侏儒族讲好了价钱买了下来。虽然他从来没有尝试过这种材料，但他已经知道该怎么做。

现在就差锻造方案了。

利翁想了想尼哈尔的性格特点和个人喜好，决定将剑柄做成龙的样子，因为只有龙的形象气质和尼哈尔最相配。而且，尼哈尔崇拜骑士，浮岛大陆最厉害的骑士就是龙骑士了。

利翁想好了宝剑的每一个细节之后，立马开始动工。为了给尼哈尔一个惊喜，他总是在夜深人静的时候工作。月光下，他拿着凿子埋头苦干，汗水浸湿了衣服却浑然不知。后来，他又开始利用白天的时间。只要尼哈尔不在，他就丢下手头的活去打造尼哈尔的剑。为此，客人们没少抱怨。

"在偷懒啊？"尼哈尔哼着歌回来。看到利翁忙得满头大汗，她又一脸严肃地问："需要帮忙吗，老头儿？"

利翁摇了摇头，告诉尼哈尔这是一项非常重要的工作，需要他独自一人全神贯注地完成。这可真是为难利翁了，他既不能告诉尼哈尔这把剑是为她准备的，也没有心思搭理其他顾客的生意。

其实，所有的铁匠、工匠、画匠都一样，他们在用双手孕育一件作品时，总是迫不及待地想要见证它的诞生。

这把水晶剑一定会成为利翁的惊世之作。

一天早晨，利翁把尼哈尔叫过来。他穿着工作服，满脸倦容，一看就知道是工作了一整晚。

"你还好吧？"尼哈尔担忧地问道。

"好得不能再好了。现在是我人生最美好的时刻之一。"利翁说着，递给尼哈尔一只皮包裹。

尼哈尔打开一看，惊呆了。一把黑色水晶长剑在清晨的阳光下闪烁着夺目的光芒，如玻璃般清透耀眼。平滑的剑身锋利如剃刀，向着剑柄缓缓变窄。在剑柄的长条躯干上盘踞着一条龙，龙头是白色的，镶在黑色的宝剑上格外显眼——那就是眼泪石。龙口微张着，翅膀向两侧伸展，上面的雕琢细致入微，甚至可以看到龙脖颈处那暴突的血管，栩栩如生。

这真是一把精美绝伦的好剑，尼哈尔甚至没有勇气伸手去触碰。利翁一辈子完成过很多优秀的作品，但这把剑绝对可以称之为是惊世杰作。

"这把就是我给你造的剑。它可不是玩具，是我为你量身定做的宝剑。拿着它，你进可攻退可守。只有真正的战士才配得上它哦。"利翁笑着说。

尼哈尔看着利翁，激动得不知如何是好。

"愣着干吗，快拿过去试试啊！"

尼哈尔小心翼翼地将剑拿起，惊异地发现它竟是那样轻盈，而且剑柄的尺寸刚好适合自己手掌的大小，挥舞起来得心应手。

利翁看到后满意而又骄傲地笑了。“这可不是玻璃啊！这是黑水晶，浮岛大陆最坚硬的材料，不信你看。”

说着，他拿过尼哈尔手里的剑放在工作台上，举起槌子对着龙的翅膀一阵猛敲。

尼哈尔吓坏了，不过什么事也没有发生，龙的翅膀上甚至连划痕都没有。

“有了这把剑，你想去哪儿探险，就去哪儿探险吧。”

尼哈尔激动地跳起来抱住利翁的脖子，然后马上又松开手，将自己的宝剑拿在手上高高举起。“我有自己的宝剑咯！我永远也不要和它分开！”

利翁慈爱地看着尼哈尔，微微笑着。“那就好，我死也瞑目啦。”

尼哈尔看着阳光下闪闪发光的宝剑，开心得眼睛都眯成了一条缝啦。

从此宝剑成了尼哈尔形影不离的伙伴，她每天都将它带在身上。因为找不到合适的人练剑，她总是一个人在屋后练习。赛奈尔则整天忙着学习魔法，当他再次跟尼哈尔比斗时，竟发现自己已经完全不是她的对手了。尼哈尔还找利翁对打过几次，但每次都轻而易举地就获胜了。再后来，她索性待在索纳娜的屋子里睡大觉。

在训练的间隙，尼哈尔还会跑去佛莱斯达森林练剑。她有的时候把干树枝当成攻击的对象；有的时候找佛斯帮忙，让他把种子撒在空中给自己击打。虽然这些练习既不专业也没意思，但至少可以提高灵活性和攻击的力量。再说，尼哈尔用剑心切，能每天这么舞两下也已经很满足了。

不过，经过漫长的等待，尼哈尔的宝剑终于派上了用场。

# 龙骑士

光阴似箭，日月如梭。还记得当时，尼哈尔孤身前往佛莱斯达森林的边境认识了索纳娜，求她收自己为徒。可是一眨眼，两年过去了。在这两年的学习和成长中，大家都取得了很大的进步，其中最明显的要数赛奈尔了。他在这两年中潜心修炼魔法，悟性又高，最后终于用自己的勤奋与努力换来了呼风唤雨的本领。

魔法议会决定要为赛奈尔举行授职仪式。这次仪式要比平常严肃得多，因为赛奈尔想要继续学习，成为议会的议员。

魔法议会由八个人组成，他们都是所属国最强大的魔法师。另外，议会保留着浮岛大陆仅存的一点儿民主。每个成员国都有资格轮流主持会议，这也就是为什么每年的魔法会议都在不同的地方举行的原因。

过去，魔法议会是浮岛大陆文化界和科学界的领军力量，而近四十年来，由于独裁者势力的猖獗，他们开始转而协助各国国王，共同抵御独裁者的侵略。

除此之外，浮岛大陆所有的魔法师都归魔法议会管辖，他们必须向议会提交申请才能正式授职。自从独裁者发动战争以来，越来越多的魔法师被抓去从军。如今，每支部队至少配备一名魔法师，负责给兵器施加魔法的工作。关键时刻，还会被安排到前线施法作战。因为赛奈尔要接受授职仪式，师徒三人早早地踏上了去水之王国的路上。

这是尼哈尔第一次真正意义上的远行。这并不是说尼哈尔从未出过萨拉扎塔城，因为从小到大，她经常陪利翁去风之王国的其他塔城进货，但超过半天的路途，她还真是第一次。

以往，太阳一下山，尼哈尔就得赶紧回家。但是这一次，他们需要穿山越岭，露宿野外，前往一个陌生的国度。

对此，尼哈尔一路上都很激动。不管是白天跋山涉水的艰辛，还是晚上围坐在篝火旁的身心俱疲，尼哈尔一直很享受这种感觉。她觉得自己的人生就应该是带着一把宝剑环游世界，闯遍天下的。

相比较尼哈尔的兴奋，赛奈尔的心情就复杂多了。他完全沉浸在魔法师的角色中，满脑子都是即将到来的魔法会议。对于授职仪式，赛奈尔不知道自己是憧憬还是害怕，因为他既希望授职的日子快快来临，又担心自己不够资格。

再说说举止怪异的索纳娜。一向神秘矜持的她，路途中却突然变得开朗直爽，甚至满面笑容。尼哈尔认识她到现在，很少看到她如此肆意地展现内心的喜悦。期待的过程是美好的，它让索纳娜变了个人似的，更加光彩照人。

十天后，他们终于看到了风之王国的边境。

虽然风之王国也有几块不让外人随便进入的地方，但还是被其他王国奉为友好城市，因为独裁者还没有在其边境驻兵，人们可以通行无阻，自由贸易。

尼哈尔走在人群中，和往常一样聆听着内心的呢喃。突然，一块巨大的阴影遮住了太阳，速度很快，它绝对不可能是乌云。尼哈尔好奇地抬头看了看，被眼前的一幕惊呆了。

这太不可思议了！

一条巨龙盘旋在上空！它在清晨静谧的空气中懒洋洋地打着圈，透过它精瘦的翅膀隐约可以看到些光线。这条龙和尼哈尔宝剑上的龙一模一样：霸气四溢，健硕俊美，咄咄逼人。唯一不同的是，这条龙的龙鞍上骑了个身披盔甲的男人。

又转了一圈，巨龙降落在不远的草地上。尼哈尔瞠目结舌，恨不得时间静止在这一刻。她甚至没有注意到，一旁的索纳娜已经不顾一切地奔了过去。龙背上的骑士也纵身一跃跳了下来。他摘下头盔，捧起索纳娜的一只手，深深地吻了上去。

索纳娜幸福地笑着说："亲爱的。"

骑士深情地看着索纳娜："我感觉几生几世没有看到你了。"

听到这话，平时眼神凌厉的索纳娜竟娇羞地垂下了眼帘。

"龙！你看见了吗？龙！"

赛奈尔的叫喊让尼哈尔回过了神。他太兴奋了，不由自主地向那个庞然大物跑去。

停顿了片刻后，尼哈尔也跟了上去。她越走越近，巨龙的风采一览无余。血红色的眼睛犀利地看着前方，让人萌生穿越历史的幻觉；硕大的翅膀收拢在身体两侧，覆盖整个结实的腰部。巨龙一动不动地停在那儿，像是一尊傲慢的雕塑。身体是亮绿色的，但是其色调却随着身体的曲线而渐变不同：头部的两侧色调偏红，雄厚的腹部色调却偏淡，脊柱和翅膀的纹理上又格外地深邃。

尼哈尔心想，世界上一定没有比它更漂亮、更强壮、更威猛的东西了。到底什么样的人才能驾驭得了它，感受着它的心跳，驰骋在天空……

赛奈尔伸出手想要抚摸巨龙的嘴，骑士转过头来："小心点儿，孩子！"

"没关系。"赛奈尔回答道，但并没有停止自己的行为。

骑士提心吊胆，做好了应对突发状况的准备，但他惊奇地发现，自己的龙竟然毫无动静，泰然自若。

尼哈尔也忍不住想要上前摸一摸。她又向前走了两步，刚准备伸出手，却被索纳娜的声音制止住。

"尼哈尔，你不可以！"她责令道，"龙只忠实于它的主人，不会让任何人靠近。赛奈尔借助他的魔法才可以。"

尼哈尔失望地放下了手，她多希望自己也能碰一碰这个美丽的生物啊！她多希望自己也能成为龙骑士啊！他们是战士不说，还是浮岛大陆最强大的战士，现在又和其他王国的军队联合对抗独裁者。而且，他们还能与自己的龙心灵感应，合而为一，骑上它就能自由自在地翱翔天空。

“孩子们，这是费恩，太阳王国龙骑士的将军。费恩，我来给你介绍，他是我的弟子赛奈尔。她是尼哈尔……尼哈尔？”

此刻的尼哈尔正目不转睛地欣赏着眼前的巨龙，她像灵魂出窍似的呆站着，隐约听到索纳娜在说话。

赛奈尔见状，赶紧用胳膊肘顶了尼哈尔一下，才把她的注意力从巨龙身上移开。尼哈尔恍惚地转过头来，向费恩问好。

费恩很年轻，看起来跟小伙儿似的。高大威武，身披铠甲，有着雕塑般健美的体魄和勇士般精壮的肌肉。卷曲的栗色头发蓬松在头顶，裸露出完美的脸部轮廓。嘴唇坚挺饱满，总是透出一丝傲慢的微笑。碧绿的眼睛深邃迷人，仿佛是春天的佛莱斯达森林，孕育着浮岛大陆翠绿的生命。

尼哈尔觉得这个骑士十分英俊、强壮、勇敢，就像自己曾经幻想过的英雄的模样。她突然感觉自己的脸颊很烫，心头的小鹿一阵乱撞，一下子不知道该说些什么。

费恩冲着两个孩子笑了笑。“很高兴认识你们，索纳娜经常和我提到你们。对了，赛奈尔，我得告诉你，还从来没有人像摸小猫一样摸过卡尔特呢！”

说完，他温柔地搂过索纳娜问道：“一路上累吗？”

“一点儿也不累。我们玩儿得很开心。今年夏天真美。”

“这些日子，我可不希望你一个人到处乱跑。”

“开什么玩笑！你又不是不知道我会保护我自己。”索纳娜说着用手摆出了个准备进攻的姿势。

“好吧，那现在我带你去王宫。”

费恩说完，全然不顾索纳娜的挣扎，一把将她抱在怀里，安放在卡尔特的龙鞍上。

“孩子们，我给你们准备了两匹马，在我的侍从那儿，你们去边境找他吧。”

尼哈尔突然问道：“我可以坐在龙背上和你们一起去吗？”

“很抱歉，尼哈尔，卡尔特背上最多只能坐两个人。”

“呃……它真漂亮……”尼哈尔一边嘟哝着，一边在心里咒骂自己怎么那么口无遮拦。

费恩高兴地笑道：“卡尔特，听到没？你今天真走运！”说完，他上下打量尼哈尔腰间的那把剑。“我觉得你的剑也很漂亮。”

“什么……什么剑？”

“这把剑。”费恩一边说一边比画着，伸手去摸尼哈尔的剑柄。

就在费恩触及尼哈尔腰杆的瞬间，尼哈尔感觉自己的耳朵如烈焰般火辣辣的。

“索纳娜和我说你想当战士，那么你的剑术怎么样？”

尼哈尔眼神迷离地看着费恩，反问道：“谁？我？”

赛奈尔佯装看着天空，又顶了尼哈尔一下。

“还凑合吧。”尼哈尔谦虚地回答道。

“太好了。等我们到了劳达梅尔，一定要在王宫里过两招，让我见识下你的厉害。”

说完，费恩爬上龙鞍，搂过索纳娜的腰飞走了。

尼哈尔感觉如释重负，不停地喘着粗气。

赛奈尔一只手搭在尼哈尔的肩膀上说道：“我们还得去取马呢，赶紧走吧。”

“好，好……”尼哈尔甩了甩头，努力让自己恢复平静。

进了水之王国，尼哈尔心里一直惦记着费恩，卡尔特和他比起来都黯然失色。

尼哈尔扪心自问，费恩到底哪里吸引着自己？真是的，自己从小到大看的男人比女人多得是，费恩也不过是个战士，如此而已。但是一想到他的眼睛……

“他不属于你。”赛奈尔一脸坏笑。

“啊？你说什么？”

“你以为我看不出来吗？你看费恩的眼神，说实话，太明显了吧。”赛奈尔讽刺地说道。

尼哈尔的脸又红了。“你……你乱说什么啊！你有什么证据？我当时是在看卡尔特呢！”

“哼，和你亲爱的敌人说说实话吧……”

“我没有看费恩！”尼哈尔愤恨地说道，“因为他是一名龙骑士……而我想当一名女战士……而且他的龙很漂亮……他的盔甲……他的兵器……”尼哈尔的语无伦次彻底将她出卖了。

“喜欢费恩又不是什么丢人的事。他又高大又勇猛，还是骑士，简直就是个英雄对吧？我是认真的，一点儿没跟你开玩笑！”

尼哈尔懒得搭理赛奈尔。她握紧缰绳，试图分散自己的注意力。可是只要她一闭上眼睛就会看到费恩，然后就心跳加速。

几分钟的寂静，尼哈尔拉下脸问赛奈尔：“你爸以前是骑士的侍从，那你对他们有什么了解吗？”

“我爸侍奉的骑士骑的是蓝龙，比较小，像条巨蛇，和卡尔特不一样。费恩是太阳王国的骑士，属于非常古老的战队，他们的龙也只在太阳王国饲养。过去，他们的龙来自五湖四海，他们自己也不受任何王国的管辖，只和自己的龙及其战队有联系。有钱人会雇佣他们，利用他们为自己服务。在后来的‘三世纪’战争中，每支军队都会配备一名龙骑士。”

尼哈尔全神贯注地听着。

“战争平息后，他们的战队就解散了。有的骑士留在水之王国开办学院，其他的则穿越萨勒河或者大沙漠，离开了浮岛大陆。后来，独裁者战争爆发，所有的王国都将各自的军队联合起来对抗独裁者，龙骑士们开始担任每支军队的将军和统帅。如今，他们归魔法议会管辖。我知道的就这么多了。最后，我可以给你一个建议吗？如果我是你，我就不会让自己总想着费恩……”

赛奈尔的最后一句话说了等于白说。

尼哈尔又沦陷在龙骑士迷人的眼神中。

# 水之王国之旅

进入水之王国后，尼哈尔惊愕连连。刚进城门的那段路，满目荒凉，到处都是无边无际的野草，可能也就比萨拉扎塔城周围的荒原好一些。

接着，不知从哪儿冒出来几条小溪，像是伤口上流出的鲜血汩汩流淌。一开始还是涓涓细水，但很快就变成了宽阔的小河，接着一起汇入大江或者湖海。

水成了这儿的主要风景。辽阔大地上水网密布，既有清澈的水池，也有汩流般的溪水。汇聚在一起的水流宛如一块剔透的水晶，里面的水草轻轻摇摆，颜色鲜艳的小鱼自由穿梭。河边长有许多青草，颜色嫩绿可爱。毫不夸张地说，这儿简直就是绿和水的王国。一望无垠的土地上百川汇集，成千上万棵绿树点缀在其中，风景如画。

尼哈尔睁着大眼睛四处张望。她又想到了佛莱斯达森林的幻象——也许在这片无边无际的大森林里，大自然的元气才能释放出所有的能量吧。

“快把嘴闭起来吧，尼哈尔。”赛奈尔开玩笑说。事实上，看到这样的美景，赛奈尔自己也惊叹不已。

河流的三角洲地带，终于出现了几座村庄。村庄里的茅草屋临河而建，给人感觉这里的居民和富饶的大自然相处融洽。

赛奈尔和尼哈尔骑了几个小时的马，终于到达了气势恢弘的王宫。

整座王宫由方形大石块砌成，坐落在一条百米高的瀑布上。瀑布淌过扶壁，分散成无数股细流，汇入一潭碧蓝碧蓝的湖水。王宫的入口正好位于瀑布中央。在那儿，费恩和索纳娜正等着他们的到来。

几个年轻的侍从热情地接待他们，为他们安顿了住宿。尼哈尔和赛奈尔的房间挨在一块儿，凌驾在瀑布之上。

窗外的风景美得叫人窒息。尼哈尔伸出头俯瞰那潭湖水，太美了。她甚至开始怀疑是不是天上的神仙一时兴起，决定天地翻转，将一片蓝天镶嵌在了人间。

尼哈尔就这么痴痴地看着，直到索纳娜过来敲门的时候才意识到，该拜见水之王国的国王及其王室成员了。

索纳娜领着赛奈尔和尼哈尔来到王宫的大殿上。大殿的地面是圆形的，屋顶是一只半球形的水晶，瀑布的流水在上面流淌。

一切宛如梦境般美丽。赛奈尔和尼哈尔仰着头，不知疲倦地看着屋顶上变幻莫测的水流，当葛拉和爱丝特莱尔进来的时候吓了一跳。

爱丝特莱尔是水之王国的仙女，尼哈尔还从来没有见过仙女呢。她轻盈地走来，像是有一阵微风将她托着。她光着脚，纤细的身体上披着一件轻纱，似乎一碰就会瞬间融化。她的头发是透明的，如同清水一般纯净，飘逸地盘旋在空中。她就是水之王国的女王，是大自然宠爱的女儿，和人类生活在不同的世界。

葛拉挽着爱丝特莱尔的手，从他俊朗的脸庞上看得出他很年轻，在爱丝特莱尔的衬托下像个普通的老百姓一样。可他却是整个水之王国的国王，一个朴素的男人。

水之王国一直都住着两个种族。过去很长一段时间，他们都避免一切可能的交集，没有什么联系。人类生活在市郊的茅草屋里，而仙女们则生活在自己的森林中。

在爱丝特莱尔和葛拉联姻前，水之王国还从来没有过人仙结合的先例，他们的婚姻也算是开创了一个新纪元吧。

尽管仙女和人类生活在同一片领土上，但是他们的社会体系却大不相同。水之王国由王室统治，而王室里又只有人类；仙女们有自己的女王，但并没有被人类完全认可。这样的僵局一直到葛拉爱上爱丝特莱尔之后才被打破。

刚开始，双方家长反对这桩婚事。葛拉的父母抱怨说从古至今没有人类和其他族类通婚的先例。而且爱丝特莱尔既不是女王也不是公主，她只是个整天光着屁股在森林里玩闹的普通仙女。

仙女这边也不允许爱丝特莱尔和葛拉有进一步的发展。她们觉得葛拉是个粗野的人类，不能与古老的元气和谐共处。

然而葛拉和爱丝特莱尔不顾父母的反对阻挠，继续相见，梦想着有一天能够生活在一起，撕碎世俗的空头条文。

最后有情人终成眷属。自他们喜结良缘的那天起，很多事情就发生了改变。

葛拉和爱丝特莱尔宣布，人类和仙女之间不可再有分裂，理应团结协作。为此，他们建造了一些村庄让人类和仙女住在一起。不得不说，这次试验是成功的。虽然刚开始两个种族相互猜疑，但同一个屋檐下的生活最终让他们渐渐接受了彼此。

爱丝特莱尔对索纳娜说："我的魔法师，很高兴能够和你久别重逢。我的人民和王室都需要你的帮助。最近外面都在传言说独裁者的实力日益增强，我们最担心的事情还是发生了。"

葛拉紧握着爱丝特莱尔的手，含情脉脉地看着她。

"能够见到您我也很高兴，女王殿下。这件事情我也听说了。"索纳娜回答道，"可您也知道我能为王室做的贡献很小，正因如此，我来给你引见我的弟子，赛奈尔。他在我的训练下，如今能力超凡。我坚信他的加入会给予我们很大的帮助，共同抵御独裁者的侵略。”

葛拉和蔼地看了看赛奈尔，说道：“你说得对，索纳娜。或许这个年轻人正是王室期盼已久的合适人选，可以替代雷伊斯为我们开拓一条通向自由的大道。”

赛奈尔听到国王对他寄予了这么高的期望，字正腔圆地回答说：“现在，我只希望贡献出自己全部的力量，和其他王国一起抗击独裁者。我不知道自己将来的命运如何，但是很荣幸你们能信任我。”

大家聊得正兴起的时候，爱丝特莱尔的注意力却都集中在了尼哈尔身上。她好奇地盯着尼哈尔，让尼哈尔觉得浑身不自在。

“索纳娜，你身后的那个女孩……”爱丝特莱尔还没说完，索纳娜就给她使了个眼色，恳请她别继续问下去。

尼哈尔一头雾水。她想知道女王要说什么，为什么那么仔细地打量自己。她刚要询问索纳娜，却发现大家已经散开了，正朝着大殿中央的长桌走去。尼哈尔满脑子疑惑跟了上去。

她走到桌前，发现桌上摆满了酒菜，顿时烦恼全无，食指大动。可是，只剩一个座位了，而且就在费恩旁边。

尼哈尔感觉胃部一阵痉挛，心跳又开始加速，她甚至担心在场的其他人会听到自己的心跳声。她四肢僵硬地走到自己的座位旁，刚刚准备挪动椅子，费恩却回过头对她迷人一笑。

“不争气的耳朵。”尼哈尔感觉自己的耳朵火辣辣的，心里咒骂道，“还有不争气的膝盖，抖什么呢？”

赛奈尔刚巧坐在尼哈尔对面。他注意到尼哈尔的异样后，冲着她挤眉弄眼地开玩笑。

索纳娜坐在费恩的另外一边。她一直与爱丝特莱尔和葛拉谈论独裁者战争的事，很少顾及一旁的费恩。而费恩则抓住一切机会向索纳娜献殷勤，又是斟酒，又是微笑，手在桌下也不老实，时不时地抚摸着索纳娜的膝盖。

尼哈尔极力保持冷静。她把头埋在盘子里狼吞虎咽地吃着，完全不顾菜的味道。她没有加入任何人的谈话，感觉整个餐桌只有她和费恩两个人似的。她闻着费恩身上的香味，这种香味不是扑鼻的芬芳，而是皮肤上散发出来的气息。在尼哈尔面前，费恩就像只大火炉，将尼哈尔的耳朵烧得通红。这个样子，尼哈尔觉得自己还是低头吃饭为妙！

整顿午餐，尼哈尔千躲万躲，最终还是没能逃过费恩那迷人的眼睛。

“尼哈尔，你有什么秘密要跟我说吗？”

尼哈尔慌张地将嘴里嚼的东西吞下去，拿起杯子大口大口地喝水。她像只小羊羔般战战兢兢地看着费恩，仿佛费恩要张开狼口吃了她似的。

“什么……什么秘密？”

“我指的是你的宝剑。你从哪儿弄来的这么漂亮的宝剑？”

“从哪儿弄来的？”

费恩扑哧一声笑了。“你在回答别人问题的时候总是喜欢这样重复别人的问题吗？”

“嗯。呃，不。不是总是。有时候会这样。”

“我明白了，你是不想告诉我你的御用造剑师吧。不过也是，每个战士都有他自己的秘密。”

“当然了，没错……”尼哈尔嘴里嘟囔着。正当她不知如何作答的时候，索纳娜打断了他们的对话，缓解了这个尴尬的场面。

“尼哈尔，赛奈尔今晚需要个帮手。他明天就要接受试炼了，今天得调理调理，这就需要个会点儿魔法的人帮帮他了。我觉得你不错，你觉得呢？”

尼哈尔恨不得这个折磨人的午餐立马结束，马上接口道：“好啊，好啊，当然可以。我很乐意帮他。”

“这么说，我们得抓紧下午的时间过过招了。”费恩想想说道。他不知道，他的这句话像是一波热浪冲向了尼哈尔的耳后根。

吃完饭，大家向爱丝特莱尔和葛拉道别，各自回各自的房间休息。走廊上，赛奈尔又开始拿尼哈尔开玩笑。

“所以？”

“所以什么？”

“你要睡个好觉养精蓄锐吗？”

“当然了。怎么啦？”

“没什么。我们今晚得熬夜，所以现在最好休息休息。我可不希望你满脑子……”

尼哈尔气愤地说：“你放心，我一会儿什么心思也没有，睡得比谁都香。”

赛奈尔笑了笑，“这样最好了。不过，要是你想来找我就直接来吧。”

尼哈尔砰的一声关上了门，将赛奈尔锁在了门外。

要是今天下午尼哈尔真的去找赛奈尔，也没什么可稀奇的，因为住在索纳娜家的时候，只要她半夜睡不着觉，都会去找赛奈尔。

说来也奇怪了。尼哈尔总是梦见一大群人绝望地哭喊着，这个场景和佛莱斯达森林的梦境惊人地相似。

每当做到这样的梦，尼哈尔就会在半夜惊醒。她被吓哭了几次之后，终于鼓起了勇气向赛奈尔求救。从那以后，她一直依赖着赛奈尔度过那些惊悚的夜晚。

不过，这天下午尼哈尔根本没必要去找赛奈尔，因为她连眼睛都合不上。

费恩约了她几个钟头后见面，她心里一直惦记着这件事：费恩是世界上最厉害的战士之一，一会儿和他见面，正好可以检验下自己有没有当战士的潜质。其实，困扰尼哈尔的还有另外一件事。“难道真的像赛奈尔说的那样，我爱上费恩了？”她扪心自问，“这样的机会应该很渺茫吧，战士们只会相互打斗，不会坠入爱河的。”

话虽如此，尼哈尔还是继续想着费恩，想着餐桌上费恩的回眸一笑。

果然，尼哈尔一个下午都没睡着。

砰砰砰，一阵敲门声。尼哈尔知道是费恩的侍从来了，心里顿时紧张起来。她拿着宝剑，跟着这个小男孩来到了王宫的练兵场。

费恩已经在那儿做好比斗的准备。他聚精会神地站在练兵场中央，头戴镀金护具，表情严肃。

站在这个男人面前，尼哈尔感觉自己好渺小，浑身不自在。她想撒腿就跑，但还是忍住了，因为她不断地鼓励自己，一名战士最重要的品质就是勇气。

“你没有护具吗？”费恩看着尼哈尔吃惊地问。

“没有。不瞒你说，我至今还没有和人正式比斗过呢。真的，不骗你。”尼哈尔回答道。

“好吧，这么说你的灵活性很强了。”

尼哈尔毫不犹豫地点点头，但是她感觉嗓子眼儿有个东西卡在那儿，上不去也下不来，而且脑子一片混乱。

“准备！”费恩宣布比斗开始。

尼哈尔一下子变得不知所措。

她努力使自己平静下来，回想着所有学过的剑术，也摆好了准备的姿势。

费恩突然冲上前来，势不可挡。他每一剑的力量都很大，明显想要消耗对方的体力，打乱对方的阵脚。相反，尼哈尔胆战心惊，手足无措，眼睛一直盯着费恩的脸庞，注意力根本无法集中。她感觉眼前的这个男人就是整个世界，拿着宝剑不停地攻击自己。

尼哈尔很快被击退。她试图组织进攻，但一次也没有成功。两个回合后，她狠狠地摔在了地上，手中的宝剑也飞了出去。

费恩惊愕地看着她。“怎么了？你还想打吗？别跟我说你会的就这么点儿！”

尼哈尔感觉自己就要哭了。

“索纳娜跟我说你很厉害的。别怕。让我看看你有多厉害。”

尼哈尔站起来，决定要好好打一回。她闭上眼睛，整理着思绪：“什么也别想了，打吧。只管打就好了！尼哈尔，站在你面前的是谁？是你的敌人。仅仅是一个敌人。是的，他很英俊，而且也许你爱上他了。但是这个和比斗一点儿关系也没有。而且，你还想不想在他面前表现自己？想就赶紧向他展示你的厉害，因为你真的很厉害。你要展示给他看！”

费恩重新发起进攻。尼哈尔迅速睁开眼睛，一个侧身急闪，成功躲过了费恩的当头一剑。瞬间，她又找回了战斗时的那种自信。她沉住气，既不进攻，也不退缩，准确地抵挡住费恩的每一次进攻。

尼哈尔再次闭上眼睛，听着费恩的步伐，跟着他的节奏，摸清他的惯用招数，转身开始反击。

费恩的剑术毫无破绽，却感觉中规中矩，正因如此，对手很容易就能看穿他下一步的意图。尼哈尔很快就掌握了他的套路，开始加快自己的移动速度。她化退为攻，从高处劈剑，将费恩连连击退。接着，一个假动作，贴近费恩的身体，迫使他把剑高高举起。这正是尼哈尔想要的效果！她弯下膝盖，准备从下方攻击。可是费恩并没有中计，他放下一只手，一把抓住尼哈尔的手腕，将她的宝剑打落在地。

他们保持着结束姿势，喘着粗气。突然，尼哈尔意识到自己竟然离费恩的嘴唇那么近，她的脸瞬间红了，赶紧一个跳跃，回到了原点。

费恩拭去额头上的汗。“索纳娜说得果然没错！”

尼哈尔抑制住内心的喜悦，沉浸在刚才的比斗中。她突然觉得费恩的招数并不像表面看来那么有规律，而是非常精妙，让人猜不透他的招数，他能够时刻保持清醒的头脑，想方设法取得胜利。

“还想再来一次吗？”费恩问。

“好啊。”尼哈尔现在一点儿也不害怕了。

一整个下午，他们俩都是在练习和打斗中度过。尼哈尔觉得很幸福，什么也不去想，全身心地击剑、跳跃。她陶醉于费恩高超的剑术，越战越兴奋，甚至都没有发现赛奈尔的到来。终于，他们都累了，虚脱地倚坐在墙角，汗流浃背。

“你一般和谁一起训练？”费恩问。

“和自己。”

“‘和自己’怎么训练？”

“呃，你也知道……赛奈尔根本不会击剑……”

“尼哈尔，你不能浪费了自己的天赋。我有个好提议，索纳娜经常来找我，如果你愿意，你也可以一起来，这样你就可以和我一起训练了。”

尼哈尔感觉自己的心脏停止了跳动。

她开始幻想以后和费恩度过的无数个下午，一起练练剑，聊聊天，想到就幸福。她压抑住内心的激动之情，尽量平淡地回答道：“我……可以，我想我可以来。”

费恩满意地笑了，伸出手将尼哈尔拉了起来。

就这样，尼哈尔开始了她的战士生涯。

她迫不及待地想要跟赛奈尔讲述下午的经历，却意外地在练兵场的出口撞见了他。

“赛奈尔，你绝对不知道他刚才跟我……”

赛奈尔立马打断了她：“我知道。不过我想说，你有大麻烦了。”

“你在乱说什么啊？”

“尼哈尔，你别对费恩有非分之想了。”

“哦，又来了。你怎么总是抓着这件事念念不忘！”

“我看是你自己念念不忘吧。”

尼哈尔喘着粗气。“假如我就念念不忘呢？”

“尼哈尔……”

“你总是说我像个男孩，但是现在我要证明给你看，我还没有忘记作为一个好女孩的义务就是……”

“尼哈尔，听我说……”

“找一个愿意娶她的男人！”尼哈尔异想天开地笑着。

“尼哈尔，我必须跟你说清楚。费恩爱的是索纳娜，索纳娜也爱他。”

尼哈尔嘴角的笑容渐渐消失了。

“真的很遗憾。我不知道为什么你到现在还看不出来，但是相信我，事实就是如此。”

尼哈尔突然觉得自己傻得可怜。是啊，她怎么还没看出来呢？从旅途中索纳娜的欣喜，到她和费恩的见面，再到午饭时费恩的殷勤，一切都很明显啊。

尼哈尔一言不发，紧紧地握着宝剑向自己的房间走去。

授职仪式的前夜真是又漫长又难熬。

尼哈尔什么也不去想，只是静静地待在赛奈尔旁边帮助他。当清晨的第一缕阳光照进来的时候，她再也憋不住了。“赛奈尔，我可以问你一个问题吗？”

“说。”

“你爱过别人吗？”

“呃……爱过。”

“有什么表现吗？”

“这每个人不一样的，但一般都是不停地思念对方，一看到对方就内心悸动，心跳加速……差不多就这样吧。你自己难道不知道吗？”

“赛奈尔……”

“尼哈尔，拜托！让我集中精力好吗？”

“我觉得你刚才说得没错。”

尼哈尔很想看看授职仪式是怎么举行的，但是会场的大门紧紧地关着，她对此感到很是遗憾。当赛奈尔进去的时候，她赶紧跟着偷瞄了一眼魔法议会的大厅：里面黑漆漆的，八位不同种族的魔法师正端坐在各自的石凳上。

门又关上了。尼哈尔思绪混乱地待在外面，不知道该做些什么。

她既没勇气去找费恩，也不熟悉这里的路，连散个步都不知道去哪儿。无奈之下，她回到自己的房间，琢磨着她那痛苦的爱情。

想到费恩已经有了喜欢的女人，尼哈尔流下了绝望的泪水。但是痛苦的同时，尼哈尔又感觉无比的甜蜜。她突然很喜欢这种爱情的感觉。

她没办法因为费恩是索纳娜喜欢的男人就忘了他。那天下午，尼哈尔将所有的感情都埋藏在心底，一个人憧憬着，幻想着，兴奋着，失望着。

授职仪式很成功，魔法议会的成员对那个又高又瘦的小伙子留下了很深的印象，都称赞他魔力强大。

赛奈尔从会场走出来的时候面色苍白，心力交瘁。从这一刻起，他就是名正言顺的魔法师了。他被授予了一件黑色长袍，样式和修士服差不多，但是在腹部装饰了一只巨大的红色眼睛。看得出来，赛奈尔非常珍惜它。

“天呐，太吓人了。”尼哈尔看到后说。

那天下午，索纳娜、赛奈尔、尼哈尔与爱丝特莱尔、葛拉道别后就离开了。

出发前，索纳娜和费恩在王宫门口相拥在一起。

赛奈尔和尼哈尔没走几步，就在瀑布的轰隆声中听到了费恩的叫喊。

“尼哈尔！”

尼哈尔转过头。

“下次来训练的时候再见！”

尼哈尔一回到家，就开始盼着下一次见面的日子，那种感觉简直是度日如年。

## 美好生活的终结

回到萨拉扎塔城后，一切又恢复了以往的节奏——尼哈尔兴趣索然地学习魔法，赛奈尔夜以继日地刻苦钻研。

魔法议会的八位魔法师决定让赛奈尔再跟着索纳娜学习一年，以便掌握议员的详细工作情况。过了这段时期，索纳娜将向议会汇报弟子的学习情况，赛奈尔将成为他梦寐以求的议员。

自从被正式授予魔法师的称号后，赛奈尔就彻底沉浸在他的新角色当中。每天废寝忘食地埋头苦读，读完了索纳娜书房的书后，又向风之王国的其他的塔城四处游走，寻找新的书籍。

从水之王国回来后，尼哈尔则开始厌倦萨拉扎的慵懒生活，迫切希望游历新的国度。于是，她打着保护赛奈尔的借口，一直跟着他游荡。

其实，尼哈尔特别佩服赛奈尔的恒心。她也希望能够目标明确，坚定不移，可自己真的不是块学魔法的料儿。尽管这样，她还是决定学点儿实用的东西。比如说治愈系魔法，这在受伤的时候就会派上用场；还有简单的攻击性魔法，这在生死关头还可以救命。不料，索纳娜执意让尼哈尔继续学习如何用心接触大自然的元气。

费恩和尼哈尔每个月训练一次。一般情况下都是尼哈尔和索纳娜去找他，但有时候费恩也会主动过来找她们。每当费恩突然出现的时候，尼哈尔比谁都开心。

她觉得自己越来越爱费恩了，甚至连他的每一个动作、每一个神情都能铭刻在心。她决定要爱费恩一辈子。当不了他的女人又有什么关系呢？尼哈尔心想："爱情不是占有，爱情也不会留给没有准备的人。而我，会一直爱他。"

费恩似乎并没有察觉尼哈尔对自己忠贞不渝的爱情。他刚开始决定训练尼哈尔完全是为了讨索纳娜开心，不过很快他就发现，和这么个小丫头击剑还真是件快乐的事，况且还能多看看自己心爱的女人。

在和费恩的接触中，尼哈尔学到了很多。费恩总是不遗余力地教她，而她就像一块海绵，将费恩的教导、建议和战术全都吸收了进去，彻底吃透后转化为自己的东西。她学会了新的击法，发明了新的招式，完美地将剑术和身体合而为一。

看到尼哈尔的进步，费恩很是吃惊，不停地称赞说他从来没见过这么有天赋的战士。

能得到费恩的夸奖，尼哈尔自然很开心，但是她打心底里希望有一天费恩能够发掘她的另外一面，并且明白即使她的剑术比男人还强，她也永远是个小女孩。有时候，尼哈尔觉得自己像是悲剧里的女主人公，爱上了一个不该爱的男人却依然坚持着这段没有结果的感情。其实，她完全同意赛奈尔的话——索纳娜和费恩是两情相悦的。只要有费恩在的时候，索纳娜的眼神总是含情脉脉，而费恩的目光里也满是柔情。这种温柔，尼哈尔也想得到。她因为他们的幸福而痛苦，因为他们的执手而孤独，有些时候，她甚至会因此而痛哭流涕，但是她永远不愿放弃这份爱情。

除了费恩，尼哈尔梦寐以求的还有卡尔特。

在它面前，尼哈尔的希望可能更加渺茫。一天下午，尼哈尔试图接近它。一开始，它仅仅是不耐烦，接着就开始急躁不安，最后竟然鼻孔喷火，怒气冲天。

尼哈尔明白坚持是没有用的，但是仍然不愿放弃骑龙的念头，甚至梦想能有一条属于自己的龙。从那天起，她只能对卡尔特敬而远之，幻想着骑在它翅膀上驰骋的样子。

“你怎么总去找那小子？他有什么特别之处吗？你就不要我了吗？”

利翁永远不会明白那个骑士的迷人之处，而且他也忘了，当初正是他自己决定让尼哈尔自由选择人生道路的。

每次尼哈尔回到萨拉扎塔城，利翁就会觉得一切又回到了从前——尼哈尔没有长大，还是那个满脸灰泥、给他递工具的小女孩。

然而，只要尼哈尔一走，他就会感到无比的空虚与寂寞。他想念那个自己一手养大的小女孩，他希望尼哈尔即使长大了也能永远留在自己身边。

时间过得真快，一转眼，一年又过去了，风之王国的生活依旧平静祥和。商人们在大街小巷做买卖，小店老板热情地给客人斟酒，还有不知疲倦的孩子们在塔城里窜来窜去。

居安思危，警钟长鸣。风之王国的老百姓们该意识到这点了。国王达奈交给独裁者的税收急剧增长，农民们收获的粮食几乎也都进了他的粮仓。而且，无数的年轻壮丁都被拉去充了军，剩下大片土地无人耕作。国王达奈为讨好独裁者而做的谄媚举动更加激发了独裁者的野心。

在和赛奈尔的旅途中，尼哈尔已经注意到老百姓日渐悲苦的生活。然而他们却愚昧地认为，达奈的屈从会给他们带来和平与安康。

终于，悲剧还是降临了。

一天，一位惊慌失措的老农民跑到了城里来。他衣衫褴褛，在萨拉扎塔的楼梯上跑来跑去，哭喊着说，他们的村庄遭到了法冥的抢夺，许多周围的村庄也没能幸免于难。他们抓走了所有的女孩子，杀了所有试图劝阻的人们。

有人试着问个究竟，但是这个老头儿好像没听见一样继续叫喊：“拉达，我可怜的拉达……”

大家觉得他应该是个疯子，便不再理会了。不过赛奈尔和尼哈尔却匆忙地赶去汇报给了索纳娜。

事不宜迟，索纳娜决定马上动身前往边防，看看到底发生了什么可怕的事情。

“城里需要有个打得了仗的人守着，尼哈尔，这就拜托你了。”索纳娜微笑着说，“萨拉扎塔的部分命运就掌握在你手上了。”

索纳娜在费恩的陪同下出发了，留下尼哈尔独自悲喜交加。因为她一点儿也不希望索纳娜和自己心爱的骑士一起出行，但是能够留下来守护萨拉扎塔却让她感到无比荣幸。

索纳娜离开的第二天，尼哈尔和赛奈尔和往常一样在萨拉扎塔的天台见了面。

他们已经习惯了在一天快要结束的时候去那儿放松心情，欣赏日落的美景，看着夕阳的圆盘从橘黄变成艳红，渐渐血染整片天空，最后消失在大地的尽头。其间，他们畅所欲言，交换心得。

那天晚上，尼哈尔看起来有些反常。她总是一脸严肃地偷看赛奈尔，当赛奈尔察觉的时候，她又装作什么事也没有，抬头遥望天空。

“得了，尼哈尔。你是看不到费恩的。而且，我可不觉得……”

尼哈尔立马打断了他的话。“我和你说过，在我们认识之前，我经常到这儿来吗？”

“呃，没有。怎么了？”

“赛奈尔，有件事我一直都没跟你说过，更确切地说，我没跟任何人说过。”

赛奈尔十分好奇：“什么事？”

“是这样的，其实我可以听到一些声音。”

赛奈尔先是愣了一下，随即捧腹大笑。

这让尼哈尔觉得很恼火。“有什么好笑的！你想听我就讲，不想听我们就换个话题。”

“我错了，我错了！什么叫‘可以听到一些声音’……你说吧，我听我听。”

尼哈尔将整个事情一五一十地告诉了赛奈尔，包括寂寞孤单时陪伴自己的“小忧郁”；一直在呼唤自己的叫喊声；还有无数个梦境中充斥的生灵涂炭。她不知道为什么要在这个时候说出这件事情，也许是因为这个谜在她心中压抑了太久，而今晚又特别希望赛奈尔能够给她解开吧。

尼哈尔说完后，赛奈尔沉默了会儿说：“我也感觉很奇怪，尼哈尔。我不知道该怎么跟你说，也许你是个预言家，而你的梦都是预言。但是我觉得你讲的都不会实现，所以……我也不知道，或许你应该跟索纳娜说说。”

“嗯，我也这么想过，只是……”

尼哈尔话说到一半突然停住了，她指向远方说：“那是什么？”

在草原的尽头出现了一道黑线，像是条铅笔印。它蜿蜿蜒蜒地向两边伸长，又渐渐增粗，直到变成了块黑点。它仿佛是洒在纸上的一滴墨水，又仿佛是笼罩大地的一块黑布。

尼哈尔和赛奈尔继续朝天边望去，但是夕阳的强光刺得他们睁不开眼。他们开始害怕，心里萌生出一种不祥的预感。顿时，他们恍然大悟。

那是军队！黑压压的一片军队！

眼前的景象宛如世界末日，既壮观又可怕。尼哈尔和赛奈尔吓呆了，一时间束手无策。军队像成千上万只蚂蚁冲向萨拉扎塔的城池，士兵手里的长矛在夕阳的照射下闪闪发光。一位全副武装的男人骑着一只黑色巨龙，腾飞在整个军队之上。夕阳的静谧中，突然传来军队震耳欲聋的喊声，似乎预示着死亡已经到来。

看着眼前的场景，尼哈尔的脑海中又浮现出那个上演了无数遍的梦境，呐喊声如同巨雷在她的耳中轰响。尼哈尔捂住耳朵，痛苦地呻吟着。

赛奈尔瞬间醒悟过来，他抓着尼哈尔的肩膀，试图让她安静下来。“尼哈尔，独裁者来了！独裁者来攻打萨拉扎塔城了！我们得赶紧通知老百姓，叫他们赶紧逃离这里……”

尼哈尔眼神空洞地看着赛奈尔，脑海中依旧回荡着各种声音。城下的军队逐渐向他们逼近。

“听到没有，尼哈尔？跑啊！”

尼哈尔扭头就跑。她打开活板门，嗖的一声跳了下去。她冲向楼梯，死命地跑着，似乎想要从刚才的恐惧中逃脱出来。她用尽全身的力气大声叫喊：“独裁者来了！他的军队到达城门了！”

不过，似乎大家早已知道这个消息了。

萨拉扎全城上下，一片惊慌失措。人们绝望地叫喊着，在大街小巷里四处奔逃。瞬间，楼道里就堵得水泄不通。尼哈尔从来没有见过自己的城市这么拥挤，甚至连国王驾到的时候都没有这么多人。然而，这种喧闹没有一点活力，充满了死亡的迹象。人们继续哀嚎着，男女老少的叫喊声此起彼伏。突然，一波汹涌的河水冲了进来，浪花拍打着墙壁，卷走了路上的一切。

当然，也有人下令大家冷静，并且号召所有会打仗的人们，试图进行反击。可是，大家连逃生的路都没有，何谈抵御？这些年来，达奈都将自己的军队交给了独裁者，萨拉扎里住的都是当地的百姓、其他王国的难民和战争中的逃兵，他们聚集在一起能干些什么？在自卫中光荣地牺牲？再说了，他们有什么必要这么做？

正因如此，所有人都拼命地往外跑。可是一切都是徒劳，因为独裁者的军队已经抵达城下，将萨拉扎塔城严严实实地包围了起来。

恐怖的气氛笼罩着整座萨拉扎塔城——抱着孩子的妇女们绝望地哭喊着，走投无路的男人们纷纷跳窗逃生，还有些不怕死的壮汉握着兵器在人群中勇往直前。

尼哈尔决定去找利翁，他们必须一起逃跑。她从小就在萨拉扎塔城长大，知道所有的秘密通道，成功逃脱不是什么难题。对，他们一定可以获救的。别害怕，要冷静。

利翁的店铺并不远，但是尼哈尔被人群困得寸步难行。城墙下的军队在水击过后，又试着用兵器撞开萨拉扎的城门，发出一声又一声的怒吼。

“糟糕，走不出去了。”尼哈尔心想，但是她坚决不放弃，在慌乱之中一个劲儿地往前挤。

咚！咚！萨拉扎的城门被撞得咚咚直响。

“还有几米了。看到招牌了。就要到了！”

咔嚓一声巨响，城门倒在了地上。

巨大的铁铰链被折弯了。

门上的千年古木也被砸成了碎片。

独裁者的士兵们太野蛮了！

尼哈尔终于挤进了店铺，大喊道：“老头儿，我们赶紧逃！快走，快！”

利翁已经准备好了一包衣服，正在收拾他的宝剑。他匆忙地看了尼哈尔一眼，向店铺的后间走去。

“等等，你得把自己挡起来。我去给你拿件披风。”

“你在说什么啊？快点走吧，快点！”

“尼哈尔，不能让他们看见你！”

尼哈尔急得吼了起来：“你怎么这么糊涂，已经没有时间了！我们得赶紧逃跑，然后找个地方躲起来！”

“糊涂的人是你！要是让他们看到你就完了！他们会杀了你的！”

外面到处都是嘶喊声、狂野的笑声和粗犷的吐气声，一听就知道不是人类发出来的。士兵们进城了！

尼哈尔急得不知所措，觉得利翁简直疯了。她冲上前拖拽着利翁的胳膊：“快走啊，老呆子！快走！”

为时已晚。店铺的门被砰地踢了开来。

门槛上出现了两只怪物。他们浑身都是淡红色的茸毛，手和脚长得一模一样，四根指头上分别长着又尖又长的利爪，牙齿从下巴伸出来朝天龇着，长得很是吓人。他们一前一后站着，前面的举着一把斧头，后面的扛着一把巨大的宝剑。他们的声音嘶哑低沉，仿佛是从地狱中传来一样。

“你看你看，多稀奇啊！竟然有个老头和一个半精灵人！你个小杂种怎么还活着？”

尼哈尔什么也听不进去，准备和他们决一死战。她拿出宝剑，刚要冲向法冥，却被利翁一下抱着举起来扔得远远的。

尼哈尔撞到了头，很快就感觉自己失去了知觉。她的眼前一片漆黑，只听得见周围刀剑摩擦的铿锵声。当她再次睁开眼睛的时候，发现利翁正竭力抵御那两只怪兽的攻击，赶紧站起来跑了过去。

利翁用力地推着尼哈尔，“快跑，尼哈尔！快跑！”

突然，利翁被一只法冥刺中并且抓起来重重地摔在了地上。

尼哈尔眼睁睁地看着自己的爸爸像一只空袋子似的倒了下去。

鲜血在地板上汩汩地流淌。

那只法冥又跑到利翁跟前，将他胸口的剑狠狠地拔了出来。

尼哈尔就这么眼睁睁地看着，四肢僵硬，脑子一片空白。

突然，她的心头无可遏制地燃起了一阵怒火，一股前所未有的兽性冲上了脑门。她大吼一声，扑向那只杀了利翁的法冥，干净利落地砍下了他的头。

另外一只法冥吓傻了，但是很快又回过神，举起斧头砍了过去。尼哈尔感觉到身后的气流，立马转身躲在了工作台后面。那只法冥咆哮着跑向尼哈尔，一斧头将工作台砍成了两半。

眼看着法冥就要占据上风，尼哈尔突然看见利翁打铁用的槌子，立马一个下身，抓槌子打在了法冥的膝盖上。法冥终于跌倒在地，尼哈尔乘胜追击，拿起宝剑刺了下去，彻彻底底地结束了他的生命。

尼哈尔突然感觉左胯处有一块冰冷的铁片刺痛着自己，一股温热的液体顺着她的大腿往下流淌。她低头一看，自己竟然受伤了。她又看了看利翁，他最爱的爸爸。他仍然躺在地上，闭着眼睛，像是睡着了一般，尼哈尔知道她已经永远地失去他了，再也不会有人常常跟在她的后面唠唠叨叨了。

尼哈尔无力地趴下来躺在利翁旁边，闭上了眼睛，她太累了，她想跟利翁一样地睡去。正当她的脑海一片混乱时，外面刺耳的哀嚎声唤醒了她。她突然意识到，自己必须站起来，必须离开这里，必须要活下去。

“回想，尼哈尔。呼吸，回想一下逃生通道在哪里。你必须想到一条逃生通道啊。”

维修管道！那是她小时候玩耍时发现的。管道就建在围墙的夹层里，过去是用来给工人维修城墙时爬的，里面又黑又不通风，但是好像正好经过店铺！

尼哈尔走到锻造炉跟前，使出全身力气举起铁锤子，使劲儿砸在墙上。没想到，墙这么容易就被打开了。管道还在！尼哈尔吃力地钻了进去，举步维艰地往下爬。

管道里伸手不见五指。尼哈尔几乎什么也看不见，心脏急速地跳动着。她的伤口还在一直流血，每爬一步都是一阵钻心的痛。透过墙壁，她还能听见外面士兵的嘶喊声，妇女撕心裂肺的尖叫声，婴儿的哭啼声，人们摔倒的扑通声，还有挥舞斧头的嚯嚯风声。

爬了没多久，台阶很快就出现了断层。尼哈尔再也忍受不住伤口的疼痛，放声大哭起来。泪水不停地涌出她的眼眶，怎么也克制不住。她不顾一切地往下走，感觉自己的身体越来越热。

尼哈尔就这样爬上爬下，最后连自己都不知道在哪儿。她开始呼吸困难，全身麻木。她希望就这么躺在地上等着有人来救她。她感觉只要再多走一步自己就要死了。但是她咬了咬牙，继续拖拉着沉重的大腿在黑暗中摸索。

她告诉自己必须要勇敢地向前走，什么也别想。利翁为了救她被杀死了，她必须坚强地活下去，才不会辜负利翁对她的一片苦心。

尼哈尔也不知道自己走了多久。或许一个小时？又或许只有几分钟？突然，一阵清新的微风拂面而来，她本能地加快了脚步。希望就在前方！不管还要走几分钟或是几个小时，她都要走出去！

她终于在墙上发现了一道裂缝，一道通向生命的裂缝。尼哈尔走过去看了看，发现下面是一条污水河。她使出最后一点力气，用手在砖头缝里迅速扒出了一条出口，然后探出身子深深地吸了一口气就倒了下去。

污水不停地从尼哈尔身上冲过，又臭又冷。她渐渐又恢复了知觉，只是浑身虚弱，动弹不了。她感觉自己就要淹死了，便松开了双手，任凭水流将她冲击得浮上浮下。不止一次，她看到河岸就在手边，却没有一点儿力气支撑自己爬上岸去。她只想闭着眼睛休息休息，忘记一切。

突然，一只有力的手抓住了尼哈尔。

“太好了，得救了。终于有人来救我了。”尼哈尔心想。

她感觉自己被拖到了河堤上，却怎么也看不清那人的脸。

“尼哈尔！”

她感觉这声音离自己好远好远。

“尼哈尔，我是赛奈尔！”

她眯着眼睛，有气无力地嘀咕道：“利翁……利翁他死了。”

一切宛如梦境般迷糊。

说完，她眼前一黑，彻底地陷入了昏迷之中。

# 战　争

他进入魔法议会时，年纪只比一般男孩大一些。在夜之王国长大成人的他，天赋异禀，魔法能力超强。一心向上，知礼懂法，恰如一位年轻的智者，因此得到议会上下的一致认可。可就在他被任命为首脑议员的那一年，暴露出了他的本性，从而受到数名颇具威望议员的排挤。

【……】他陷入了不光彩的追捕中，可这个年轻的魔法师早就精心策划好了一切。他率领部下对议会大厅发起了一场有预谋的袭击，提供武器装备的是被纳蒙废黜后，意欲重新夺回其大陆所属权的前国王们。

仅有少数魔法师在这场屠杀中幸免于难，逃到了太阳王国。谁知，这个年轻人狼子野心，在短时间之内，迅速掌控了浮岛大陆一半的“陆地”，成为了名副其实的独裁者。接着，他又罢黜了所有扶持过他的君主们，彻底统治了昼之王国、火之王国、岩之王国和夜之王国。从那一刻起，浮岛大陆其他王国与独裁者的战争就不曾停息过。

——节选自《魔法议会年度报告》

# 真相大白

尼哈尔毫无知觉地躺着，不知道自己在哪儿，也不知道周围发生着什么。她只是偶尔能模糊地听见有人在她旁边念叨，随后胯部便传来些许温热，然后还感觉到一阵强光，再然后……她就什么都不知道了。

等到尼哈尔苏醒过来的时候，已是黄昏了。一丝微弱的光线穿过窗户照在她的床边。她几乎什么也想不起来了，只记得自己带着一股莫名的伤心与绝望艰难地在一条黑暗狭长的小道上行走，似乎在极力逃脱着什么。

记忆的碎片一点一点地在她脑海中拼接，她慢慢想起来她是从一支军队的手上逃脱的，接着她是被一个人带走了，然后……她就躺在了这个监狱似的房间。尼哈尔费力地转过头，看见身边坐了一个人。她的视线模糊，看了很久才认出来是谁。

“尼哈尔，你醒啦！”

赛奈尔面色苍白，疲惫不堪。她本来想问赛奈尔一些问题，但是嗓子怎么都说不出话来。

“嘘！这里是索纳娜的家，没什么好怕的。你先好好休息会儿，身体好点儿我们再聊。”

尼哈尔真的闭上了眼睛，沉沉地睡了一天一夜，连梦都没有做。

当她再次睁开眼睛的时候，太阳已经升得很高了。尼哈尔看着太阳的光线，觉得异常苍白。后来她才知道，萨拉扎塔城被独裁者的军队洗劫后付之一炬，天空被焚烧的黑烟笼罩着，到处都是一股刺鼻的气息。

她仍然感觉到浑身无力，可是已经记起了一切。

利翁死了。这是她的第一反应。她仿佛又看到了利翁死去的场景——脆弱地躺在地上，法冥拔出了插在他身上的剑。她闭上眼睛，感觉胸口一阵绞痛。利翁死了。

赛奈尔依旧守在她的旁边，看到尼哈尔已经醒来，温柔地问道："感觉如何？"

"我不知道。"尼哈尔回答道，她从来没想过自己的声音会如此虚弱。

"你的伤很重，能活过来真是一个奇迹。"

尼哈尔看着赛奈尔说："你是怎么逃出来的？"

"用魔法啊，尼哈尔。只不过很困难罢了。"

赛奈尔说，那天他给自己施了隐身术，才得以混进了萨拉扎的巷子里。整座塔城瞬间变成了一个马蜂窝，到处都是独裁者的士兵，做什么都得小心翼翼的。他想尼哈尔一定去找利翁了，可是利翁家那么远，隐身术根本撑不了那么久。他只好先找了家小客栈避一避。没想到那家客栈正好有一名死了的士兵，赛奈尔灵机一动，脱下了士兵的盔甲穿在了自己身上。

"等我赶到铁匠铺的时候已经太晚了。我看到利翁和两只法冥……然后我又看到了墙上的裂口，猜到你应该是从密道逃走了。我顺着那个密道来到那个河堤上，看到你之后赶忙将你捞了上来。我当时真不敢相信你居然还有呼吸。"赛奈尔笑了，"还好你个子小。我可以把你裹在我的披风里扛在肩上，直接背回了索纳娜的家。一路上我们没有碰到任何人，因为军队是从东边过来的，还没有往佛莱斯达森林行进。"赛奈尔一边说一边揉了揉发红的眼睛，显然，他很久没有好好休息了。"到了索纳娜家之后，我一整夜都没合眼，尝试了所有我知道的治愈系魔法，并且祈祷军队能在萨拉扎住上一宿，千万别过来。再后来，索纳娜回来了。她告诉我说，当时她和费恩正在风之王国的边境，知道军队袭来的消息后，立马分头行动。费恩去召集他的部队来营救萨拉扎，索纳娜赶去通知老百姓。结果他们还是晚了一步，我们也一样……”

“我昏迷了多久？”

“三天，尼哈尔。三天没有一点苏醒的迹象。”赛奈尔突然停了下来，关切地看着尼哈尔，“我真的很害怕你就这么死了。”

到了下午，索纳娜回来了。尼哈尔简直不敢相信眼前的索纳娜就是印象中那个美艳动人的魔法师。她面容憔悴，衣衫不整，肿胀的眼睛还泛着泪光，脸和头发上还沾满了煤烟灰。她刚给屋子施了魔法，这样就可以避开独裁者军队的视线了。即使他们靠近这里，也只看得到周围茂密的树林，更何况，还有一股无形的力量将他们隔离得远远的。

索纳娜坐到床边，露出一丝微笑。“你感觉还好吗？”

“半精灵是什么？”尼哈尔突然冰冷地问道。

“要是你好好休息的话，应该很快就可以好起来，而且……”

“为什么那两只怪兽叫我半精灵？”尼哈尔提高了嗓门，不让索纳娜继续转移话题。

索纳娜深深地叹了口气，一滴眼泪毫无预警地划过了她脏兮兮的脸颊。“事到如今，你有权利知道事情的真相了。”索纳娜擦掉了泪水，开始向尼哈尔讲述事情的全部经过：“十六年前，我还不是魔法议会的成员，我只是侏儒族雷伊斯的助手，她当时算是最厉害的魔法师。有一天，我们在海之王国执行外交任务，需要去拜访半精灵家族。到了那儿之后，却把我们吓坏了……”

地上血流成河。

空气里弥漫着血腥味和死一般的寂静。

没有一丝风声，没有一片树叶的沙沙声，也没有一只鸟儿的鸣叫声。有的只是一片死寂。

索纳娜伸出一只手捂住了嘴，“他们已经杀到这儿了……”

雷伊斯的小手紧紧地攒着衣角，眼中燃起了怒火：“他们的野心是永远也得不到满足的。”

村庄里荒无人烟，死尸满地。到处都是狰狞的面目、瞪大的双眼和血淋淋的尸体。她们行走在其中，宛如身处噩梦中，不敢看却又没法逃避。

突然，不知从哪儿传来极其微弱的一声。

索纳娜立刻察觉到了，竖起耳朵仔细听着。几秒钟后，又是一声。她马上开始搜寻，翻动尸体，一定要把那个声音找出来。

“怎么了？”雷伊斯冰冷地问道。

“我听到一个声音！这儿肯定有人还活着！”

索纳娜感觉到那个声音越来越近，越来越清晰。那不是痛苦的呻吟，也不是幸存者绝望的哀泣。那个声音充满了生气与活力。原来是婴儿的哭声！

在一个女尸的身下，索纳娜看到了一块微微颤动的棉布。她小心翼翼地扒开女尸，发现她是一名少女，很年轻，肩膀上有一道斧头劈过的伤痕。

少女的怀中抱着一个幼小的女婴，应该是刚出生不久。她扯着嗓子哭喊着，不知道是饿了还是需要换尿布了。索纳娜将她抱起来，拨开了那块沾满血迹的棉布，惊奇地发现女婴身上的小肚兜居然没有一丝血迹，这说明她没有受到一点伤害。

雷伊斯走了过来。“这孩子受伤了吗？”她总是这么直率与冷漠。只有谈论到独裁者的时候，才能在她的眼中看到一丝幽暗与恐惧。

索纳娜简直难以置信，怎么会有生命在死亡中诞生却又毫发无伤？“她看上去没什么大碍……”

雷伊斯抓住索纳娜的胳膊，将她拉到和自己差不多高的地方，静静地看着这个女婴。她的表情瞬间变了。

“你看出什么了吗？”索纳娜犹豫了片刻，问道。

“这个女婴在战争中能存活下来而且还毫发无伤，这必定有什么征兆。我得好好算一算才能告诉你。”

索纳娜站起来摇晃着怀里的孩子，自言自语地低喃着，试图让孩子安静下来。

雷伊斯就在一旁观看着。“我们在这儿也没什么可做的，别耽搁了，赶紧走吧，法冥随时都有可能再回来。你把孩子藏好了，别让别人看见。我们回了议会再说。”

索纳娜听着雷伊斯的吩咐，离开了这个村庄。

索纳娜说到一半停了下来，看着一言不发的尼哈尔。“那个女婴是浮岛大陆唯一存活的半精灵，我们决定将她带到风之王国，因为那儿没有人会注意她奇怪的长相……”

尼哈尔的心突然跳得很快。

“她有着淡紫色的大眼睛、尖尖的耳朵和蓝色的头发。那个女孩就是你，尼哈尔。”

房间里顿时安静了下来，没有一个人说话。

索纳娜似乎知道尼哈尔要问什么，静静地等待着。尼哈尔憋了好一会儿，终于挤出了几个字。

“那……那利翁……”

“利翁是个好男人。当我把你带到他家时，他毫不犹豫地收养了你，还跟我发誓说他会不顾一切地保护你。刚开始，我和他一起抚养你，但是后来事情变得有些复杂。雷伊斯离开了魔法议会，萨拉扎塔城又开始流传一些闲言碎语，说我是个女巫。没办法，我只有搬到现在这个家了。我走了以后，是利翁一个人将你抚养到大的。尼哈尔，他一直把你当做亲女儿看待，这点你应该比谁都清楚。”

索纳娜伸手想要摸摸尼哈尔的脸蛋，但是尼哈尔生气地将头甩在了一边。

“为什么你们从来没跟我说过这件事？为什么你们要把我蒙在鼓里？”

“因为我们想要你活得自由自在无忧无虑。十六年来，我一直希望你可以过一个正常人的生活。雷伊斯说在你身上看到了一种东西，一种影响浮岛大陆未来的东西，但是她怎么都不肯告诉我那到底是什么。我希望她看错了，其实你的身上没有任何征兆。可是雷伊斯从来没有看错过……我想过要告诉你事情的真相，但是没想到竟是以这样惨烈的方式。对不起，尼哈尔。”

尼哈尔什么也不想听。

她想到了利翁，虽然他不是她的亲生父亲，但是他至死都在拼命保护她。

她又想到了她的妈妈，那个幻想中的妈妈。

她还想到了她的家族，那个不复存在的家族。

她想到了那场灭绝性的大屠杀。

原来那就是她梦中的场景，梦中的声音。他们叫喊着能有人为他们报仇，而那个人就是尼哈尔，因为她是整个家族、整个萨拉扎塔城的幸存者。但是尼哈尔宁愿和利翁一起死一千遍，也不愿意躺在这张床上忍受着心灵和身体的双重痛苦。

索纳娜拨了拨尼哈尔额头的刘海。

接着，站起身来一言不发地走了。

# 逃生

接下来的四天，尼哈尔都是在沉默中度过的。她躺在床上，忍受着胯部伤口的疼痛，一声不吭地看着窗外。

她现在需要整理下思绪。她感觉自己突然变成了另外一个人。过去，她每天早上起床，听着利翁打铁的当当声，看他工作时弯曲的后背，觉得自己生活就是这样了。后来又认识了索纳娜，在她门下学习魔法，和赛奈尔畅谈未来。再后来又拥有了自己的宝剑，没事扮成战士，憧憬美好未来。可是瞬间，一切都变了。她杀了人，宝剑再也不是一只玩具了。她再也看不到利翁了，能回忆起的都是他倒在地上的身体。这一切都是自己的错。

是谁在利翁奋力抵御的时候分散了他的注意力？是自己。是谁像个不懂事的孩子一样把生死当儿戏？是自己。独裁者将半精灵族赶尽杀绝之后留下的最后一个祸害是谁？是自己。法冥闯入铁匠铺之后想杀的人是谁？还是我自己。

尼哈尔觉得自己就是一个扫把星。

她一直把自己奇怪的长相看做是大自然的玩笑，没想到竟然还藏有这么个可怕的真相。曾经梦境里那些残忍无比的画面，让她觉得自己就是这场屠杀的女主角。终于，索纳娜的讲述证实了这一点。原来，这段被遗忘的悲剧一直在身边注视着自己。

这四天晚上，半精灵族人的声音一直在折磨着尼哈尔，祈求她为他们报仇。

到了第四天晚上，她梦到了很多和她长得很像的人，他们满脸绝望，缄默不语，却目光坚定地要求尼哈尔为他们报仇。她还梦到利翁幽怨地看着她嘀咕：“都是你把我害死的，都是你，尼哈尔……”

尼哈尔浑身被冷汗湿透了，突然大叫了一声，惊醒过来。赛奈尔听到后赶紧来到了她旁边。

“又做噩梦了吗？”

尼哈尔气喘吁吁地说道：“赛奈尔，只有我一个人活着，周围都是死去的半精灵。”她看着窗外，“为什么我还活着？为什么利翁要为我而死？”

赛奈尔静静地听着，一句话也不说。因为他觉得尼哈尔需要自己走出这个桎梏。他还记得自己的父亲去世时，士兵们那些安慰他的话是多么苍白无力。所以沉默与聆听才是最好的安慰。但是，看着尼哈尔伤心的泪水，他再也沉默不下去了。

“我不知道，尼哈尔。我也不知道为什么独裁者要杀了所有的半精灵。但是你还活着，你必须坚强地走下去，为了你自己也为了利翁，因为他爱你，希望你勇敢幸福地活着。”

尼哈尔摇了摇头。“这谈何容易……我无时无刻不想着他，想着他为我做过的一切，而我却什么也没为他做过。这一切都是我的错。他的剑舞得很棒，完全可以打败法冥的，但是我却让他分心了。是我杀了他，我真是个蠢货……我……”

尼哈尔又哭了起来。从战争爆发的那天起，她的眼泪都快哭干了。赛奈尔将尼哈尔紧紧地抱在怀里，就像那晚在佛莱斯达森林一样。而曾经平静美好的一切，仿佛已经过去几个世纪般遥远。

第二天，窗户的木框上突然出现了一只面色惊慌的小动物，尼哈尔定睛一看，原来是佛斯。赛奈尔打开窗户让他进来。佛斯坐在尼哈尔的床单上，休息了好一会儿才开始说话。

原来，独裁者的军队对风之王国进行了几天的蹂躏之后，闯进了佛莱斯达森林囤积木材。他们很快就发现了小精灵，接着便开始追捕他们。真是太可怕了。很多小精灵都被捕获了，还有更多的都被当场杀死了。

佛斯将剩下的小精灵都聚集起来，将他们带到了唯一一个安全的避难所——佛莱斯达之王。只要法冥一靠近，佛莱斯达之王就开始奋力保卫。他用自己的树枝缠绕住这些怪兽的脖子，然后将他们勒死。这一招杀死了四五只法冥后，其他的则都被吓跑了。就这样，佛斯和他的伙伴们在那儿躲了好些天，直到听不到一点儿法冥和士兵的声音才敢出来。可是，佛莱斯达森林的一半树木都被毁了，他们庞大的家族也只存活下来一半。

“后来我遇到了赛奈尔，他跟我讲述了这些天发生的所有事情，所以我就决定要来找你。我想，也许我们抱在一起哭会儿感觉会好点。”

佛斯的声音开始呜咽了。尼哈尔赶紧将他捧在手上，用自己的脸颊给予他安慰。

“别担心，你们一定会找到一片新的土地生活的。”

“你不明白，我们根本走不了，只要法冥看到我们，肯定会把我们抓起来的，到时候我们就都完蛋了。”

赛奈尔听了他们的对话后，突然说道：“佛斯，我们没多久就得离开这儿了，因为索纳娜的身体极度虚弱，她给这个屋子施的魔法也坚持不了多久了，而且我现在也筋疲力尽。所以我们决定前往水之王国，在那儿尼哈尔可以很安全。你们和我们一起走吧，我们可以一起躲在那儿。我记得那儿也有很多小精灵，你们可以生活在一块儿。”

佛斯激动地从床上跳起来，用他的小胳膊抱住赛奈尔的脖子，“谢谢，谢谢……我有什么可以为你们做的事吗？”

“我们需要一些马，还有一些神仙汤。”尼哈尔回答道，“我怕到时候逼不得已，你们会把我这个累赘丢在半路上。”尼哈尔终于振作起来，她的精神也好很多，还能开一些玩笑了，说话也有力气多了。

他们商量了一番之后，决定让赛奈尔穿上从士兵身上偷来的盔甲以掩人耳目，大伙儿一起跟着佛斯从一条隐秘的小道行进。万事俱备，就差确定日子了。

尼哈尔到目前为止还没有下过床，所以在出发之前，她必须得站起来才行。刚开始，她头晕目眩，感觉大腿根本支撑不了身体的重量，但是她一声抱怨也没有，咬咬牙继续坚持练习。赛奈尔说得没错——她必须勇敢地走下去。如果大伙儿死在了这间茅草屋里，人生还有什么意义？幸存者必须肩负更大的使命。

在一个新月高挂的夜晚，他们出发了。

外面漆黑一片。赛奈尔戴着盔甲，尼哈尔裹着一件黑色披风，索纳娜穿着她的麻布法衣。

黑暗中突然闪起了微弱的光芒，原来是小精灵们。尼哈尔惊异地发现他们竟然只剩十几只了，而且全都萎靡不振，眼圈发黑。看得出来，他们受尽了折磨。

“我只找到了这匹马，其他的都被法冥抓走了。”佛斯指着一匹消瘦惊恐的马说道。赛奈尔艰难地转过头看了看。他穿盔甲的样子真的滑稽极了。尼哈尔很好奇，他这么瘦的身子怎么撑起那厚重的盔甲的。

“还能找到马匹，我们就已经很幸运了。一切都会好起来的。谢谢你，佛斯。”

小精灵们都躲在了马背上的两只密封口袋里，接着尼哈尔便爬上了马鞍。虽然她的伤口就快愈合了，但是这一番上马的动作扯到了伤口，还是让她疼得揪心。“天啊！我们还没出发我就感觉不舒服了。”尼哈尔心想着，喝了一口神仙汤。

很快，大部队就开始行进了。

佛斯躲在尼哈尔的披风里指路，带着大家在佛莱斯达森林边上穿梭。夜已深，森林里万籁俱寂。树木为了表示哀悼，连沙沙声都没有。尼哈尔觉得，绝望的气息弥漫在整个大自然中。

赛奈尔开路，索纳娜和尼哈尔跟在旁边。他们就这样走了整整一夜。口袋里时不时地还会传来一两声动静，出现一丝五彩的光芒——这是由于口袋里密不透风，小精灵们轮流伸出头来呼吸新鲜空气。

索纳娜拖着沉重的步伐前进着，因为这些天她一直在使用魔法，消耗了大量的体力。尼哈尔也舒服不到哪儿去，因为马背上的颠簸对她来说简直就是一种折磨。

黎明的第一缕阳光照进了茂密的森林。保险起见，他们决定白天休息，晚上再继续前进。为了保证大家睡得踏实些，他们决定轮流值班放哨。等到太阳完全下山了，他们就赶紧收拾好东西，再次出发。

到了第二天的晚上，他们就赶到了萨勒河。河水之宽，让人看不到对岸，波涛汹涌的浪花拍打出阵阵轰鸣。听说，只有几个不怕死的人渡过了它，而且每个人都受了很重的伤。没错，萨勒河就像是一只阴暗恶毒的猛兽，随时准备吞噬掉试图挑战它的人。

河岸上郁郁葱葱，长满了植物。在这块水神的地盘上，估计也只有树木敢繁衍后代吧。其实水之王国里波光粼粼的河道就是萨勒河的支流，但是它只在这儿露出它凶狠残暴的嘴脸。

大家看到这样凶险的萨勒河一筹莫展，只有佛斯果断地说："我们留在这儿很容易被发现，得赶紧往前走。要是我们快些，完全可以在一夜之间渡过风之王国的这块荒地。"

大部队又开始了夜间的行程。

走了好一会儿，突然前方出现了一团光亮——一座巨塔正在剧烈地焚烧着。熊熊烈焰中，巨塔的轮廓依稀可见。它和萨拉扎一样，都是独裁者称霸浮岛大陆的牺牲品。

他们加快了步伐。那座正在燃烧的巨塔说明周围一定还埋伏着敌人。天边已经泛出了鱼肚白，然而这块荒地却依然看不到个头儿。

大伙儿都已经筋疲力尽，是时候找个隐蔽的地方休息一会儿了。可是，这附近方圆几百里荒无人烟，没有一丝生的迹象。就在太阳冲出地平线的那一刻，他们发现了一座小农舍。

赛奈尔跑过去侦察了一番，但是很快又面色沉重地跑了回来。

“我们不能留在这儿，得赶紧走。”

尼哈尔不听劝，突然加快了马的脚步。

“不，尼哈尔。快回来！”

尼哈尔全然不顾赛奈尔的叫唤，直接冲向了那户农舍。

眼前的景象让人痛彻心扉——农具弃置满地，农田寸草不生，马厩空无一物。尼哈尔吃力地从马上爬下来，走向了屋子的大门。她轻轻一推，门嘎吱一声开了。

屋里漆黑一片，弥漫着死尸的臭味。屋脊上吊着一个男子，地板上一个小女孩和一名妇女倒在血泊里。

尼哈尔呆若木鸡，感觉梦里那些忽闪忽现的面庞一下子充满了脑海，冲着她嘶喊着，呻吟着。画面不停地重复，一遍又一遍地在她眼前播放。她大叫了一声，跪在了地上。

“快离开，别看。”

索纳娜赶了过来。

“不行，我一定要看！一定要把独裁者对浮岛大陆的所作所为铭记在心！”尼哈尔愤怒地吼叫着。

索纳娜见状赶紧拉住尼哈尔的胳膊，将她拖了出来。

他们小心翼翼地将这一家人埋葬了，没有留下任何墓碑，接着就准备在农舍的粮仓里好好睡上一觉。其实，想要在这儿睡着并不容易，因为死亡的画面一直出现在大家的脑海中。

尽管赛奈尔不让尼哈尔值班站岗，但是尼哈尔还是义无反顾地走了出去。

她拿着她的宝剑坐在门槛上，望着眼前这块满目疮痍的土地，想象着这家人曾经在上面流淌过多少辛勤的汗水，竟有些透不过气来。

这一天风平浪静地过去了。

傍晚的时候，尼哈尔有了些困意，很快便靠在她的宝剑上睡着了。自从她发现自己的真实身份后，每天睡觉都做噩梦，但是这次竟然没有。相反，她梦见费恩跑来将她带走了。然后在爱丝特莱尔和葛拉的王宫前，听着瀑布的哗啦声，吻了她很久很久。

“一切都没事了，尼哈尔，有我在身边呢。”费恩对她说。

醒来后，尼哈尔惊诧自己竟会在如此悲凉的时刻做这么甜美的梦。她没有多想，但是心里明白，自己对费恩的爱依然还在。费恩现在在哪儿呢，是不是在打仗呢，他身体还好吗……

征途继续着。他们来到一片灌木丛，那里树木丛生百草丰茂，让大家很有安全感。一些小精灵也从口袋里飞了出来，扇动着翅膀，舒活舒活筋骨。

佛斯看到这片没有任何法冥出没迹象的绿地，快活极了。“也许还是有希望的！绿地并没有毁于一旦！”

赛奈尔摘下了头盔，深深地吸了一口新鲜空气。

“尼哈尔，这儿没人看得到你，把披风脱下来吧。”

尼哈尔摇了摇头。“不。我可不想让你们冒险。”

苍白的面色，消瘦的身材，深黑的披风，尼哈尔看上去真的跟个恶魔似的。某个瞬间，连赛奈尔都被吓着了。他觉得尼哈尔已经不是自己在萨拉扎认识的那个小女孩了，她变了，但是又说不出来哪里变了。

那天晚上依旧平安无事。天亮前，他们又停止了脚步就地休息。经过昨天农舍的一番折腾后，大伙儿觉得能躺在草地上睡觉真是一件再惬意不过的事情。

尼哈尔决定要做第一个值班。她利用这个机会转悠了一圈，希望尽快恢复体力。周围的风景美极了，让人难以相信在战争的硝烟中居然会有这么一片世外桃源。这里让她想起了在佛莱斯达森林接受试炼的那些日子，不过一切早已恍如隔世。

背后的声响打乱了她的思绪。尼哈尔转过头，原来是索纳娜。自从真相大白的那天起，尼哈尔还没有跟她说过话。

“你感觉好些了吗？”索纳娜又恢复了往常的样子，美丽又强势。

“嗯，好多了。”

“你不肯原谅我，对吧？”索纳娜开门见山，直接进入了正题。

尼哈尔干脆诚恳地回答：“对。”

虽然她极不想伤害索纳娜的心，但是她现在需要把堵在心头的不满发泄出来。

“你这么做也是理所当然。我能理解你的感受，我也知道利翁的死对你造成的伤害无法弥补，但是我想让你知道我和你承受着同样的苦痛。毕竟利翁是我的哥哥啊，尼哈尔。”

“可是他死的时候您并不在现场啊。”

“从你的眼中我已经看到了当天发生的一切。”

尼哈尔好久没有说出一句话，她忍住即将涌出来的泪水。“我也不想生你的气，索纳娜，但是我做不到。我生整个世界的气，我生我自己的气。我恨我自己。”

索纳娜低下了头。“我知道，尼哈尔。我也恨我自己。我没能保护好风之王国，我让我的亲哥哥被杀死了，我不知道如何弥补对你造成的伤害……你知道吗？我做了个决定。等我们安定下来后，我就退出魔法议会。赛奈尔将替代我的席位。”

尼哈尔震惊地问：“为什么？你对议会来说很重要！”

“我的职责就是守护风之王国，提前预知独裁者的到来并且通知议会。但是我失职了，尼哈尔。我高估了自己的魔法，或者说我低估了独裁者的能耐。不过这没有区别，反正我犯下了不可原谅的错误。”

“那你以后怎么办？”

“我要去找雷伊斯。为了浮岛大陆，更加是为了你，尼哈尔，我必须找到雷伊斯。”

尼哈尔看着索纳娜的眼睛，“您一直都是我的指明灯，即使现在我们之间出现了隔膜。也许我永远都无法像从前那样对您，但是您要知道，我依然爱您。”

索纳娜抚摸着尼哈尔的头说：“尼哈尔，你真的长大了。”

第十四天的晚上。虽然他们距离边防还有很远，但是征途却要告一段落了。因为他们在远处看到了敌军的营地——地上散落着二十多个小帐篷，中间还有一个大的，估计是驻军的统帅住的。

“看起来我们走不过去了。”说着，赛奈尔脱下了头盔。因为他们当中没有一个人能想出通过敌军严密的防线的办法。

正当大家垂头丧气的时候，索纳娜站了出来。“如果这附近有敌军，也一定有我们的盟友。所以现在只需要和他们取得联系就可以了。”

索纳娜坐了下来，对赛奈尔说：“赛奈尔，把魔法石拿出来。”

赛奈尔脱下了笨重的盔甲，说道：“这东西虽然实用，但重得要人命。”

放下所有的装备后，赛奈尔从包袱里拿出来六块字母形状的石头放在地上。索纳娜将它们摆成了一个星星的形状，就和上次尼哈尔接受火焰试炼时的场景一样。石头的中央燃起了一簇淡蓝色的火焰。索纳娜开始念魔咒，一团蓝色的浓烟冒了出来，迅速消散在空中。

“每当我和费恩相隔甚远的时候，我们就是用这种方法取得联系。我不知道他现在在哪儿，不过应该就在前线附近。我已经告诉他我们在哪儿了。只要我们能越过军营，他就会来接应我们。”

赛奈尔睁大了眼睛。“我们要越过军营？没搞错吧？那儿可都是哨兵啊！”

“哨兵也可以被催眠，赛奈尔，你知道怎么做的。我们只要收到费恩的回应就马上行动。你穿上他们的盔甲，乔装成他们的样子，以有可靠情报汇报的名义潜入军营，借机把他们催眠。事情办成后，小精灵们可以飞过去，我和尼哈尔走过去。”

虽然赛奈尔不喜欢做逞英雄的事，但这是离开这里的唯一方法。

经过两天无望的等待，大家都开始怀疑费恩有没有收到信息，只有索纳娜确信无疑。

“他会给我们答复的。”

第三天的清晨，飞来了一只鸽子。它的一只爪子上绑着一张纸，上面是手画的几个图案和一些不认识的字母。“我们今晚行动。赛奈尔，你可以准备出发了。”

赛奈尔的一生都在幻想自己可以成为英雄，将浮岛大陆从独裁者手上解救出来。但是现在，他却开始怀疑自己的理想是不是太不现实了。

但是这个担忧马上又被他否决了。赛奈尔鼓起勇气，骑上马刚准备走。

“赛奈尔！”尼哈尔在不远的地方微笑着，这是她这么多天来的第一次微笑。“祝你好运。一定要平安归来。”

赛奈尔冲着尼哈尔挤了挤眼睛。“我就去散散步而已，很快就回来。”说完，他就走了。

等待的过程一点儿都不美好，尼哈尔很担心赛奈尔会出事。爸爸已经死了，她无法忍受另外一个亲近的人也就此离去。整个白天，尼哈尔就这么瞎想着，紧张着，担心着。

佛斯试图帮她分散注意力。“哇哦！没一会儿我们就出发了！我已经迫不及待前往水之王国了！那儿有清澈的河流，翠绿的森林，快乐的小精灵，当然还有和平……”

可是尼哈尔现在一句话也听不进去，烦躁地一会儿咬咬手指甲，一会儿摆弄摆弄她的剑。

赛奈尔去了这么长时间，军营那边一点儿动静也没有，这倒是个好预兆。

要是赛奈尔被发现了，那儿肯定会一片混乱。

不知不觉，夜幕降临了。

他们和费恩约定好了凌晨时分在军营外的萨勒河畔会合，现在该出发了。小精灵们扇动着翅膀，飞得很高，尽量避免被发现。索纳娜和尼哈尔也做好了出发的准备。

进入军营前，尼哈尔用魔法放出了一道光——这是她和赛奈尔之前约定好的暗号。她焦急地等待着赛奈尔的回应，时间仿佛过了一个世纪般漫长。赛奈尔终于从一个帐篷里平安无事地钻了出来。她本来想冲上去热情相拥的，但还是抑制住了内心的激动，只是问："他们都睡着了吗？"

"我觉得都睡着了。这儿真是太大了，我花了好久才把每个帐篷都跑遍。不过也没白跑，我偷了两个小东西……"

赛奈尔从衣服里拿出两把长剑，一把给了索纳娜，一把留给自己。

虽然军营的人都睡着了，但是他们仍然轻手轻脚地在草地上走。尼哈尔再次看到了法冥——他们躺在篝火周围，死一样睡着。在他们中间，还有一些人和侏儒人。他们也全都睡着了，有的一只手还抓着盛满酒的酒壶，嘴张得大大的，发出惊天动地的鼾声。看来被催眠之前，他们正在狂欢——这些该死的畜生无视风之王国无辜百姓的死亡而狂欢。

尼哈尔心中的怒火顿时燃烧了起来。她有种冲动想要烧了这个地方，烧死这些冷血的畜生，但是她马上又冷静了下来。"现在还不是时候，等到时机成熟，我要把账跟你们一次性算个清。"

军营似乎没有尽头。他们走了好久，终于看到最后一个哨岗。只要过了这关，费恩就可以来接应他们了。尼哈尔想到就要见到心目中的骑士了，激动起来。

"该死的妖术！真是不想活了！"

一声怒吼打破了黑夜的宁静。

从黑暗中突然走出来两只法冥。虽然距离他们很远，但是正快速朝他们靠近。

“你没有将所有人都催眠吗？”尼哈尔叫了起来。

她心里掂量着：现在找地方躲起来已经来不及了，还不如将他们赶尽杀绝。她立马拔出剑，冲向两只法冥。

法冥见状，也向她冲来。尼哈尔没有一点儿畏惧，继续向前冲。就在第一只法冥准备出击的时候，她突然来了一个低身突击，一招就将迎头上来的法冥刺死。

第二只法冥随即发动进攻。尼哈尔防守了几个回合后开始后退。毕竟她的身体刚刚恢复，唯一的那点儿力量已经全部用光。她感觉胯部一阵阵的刺痛，剑也瞬间变得沉重。“这次真的不行了。”尼哈尔心想。

突然，一道绿光从她头顶划过，将法冥烧成了灰烬。

赛奈尔和尼哈尔调侃道：“你快想想该怎么报答我吧，我都救了你两次命了！”

“少贫嘴了，臭法师！我可不想再遇到什么差错。”尼哈尔笑着说。

一行人终于跑出了敌人的营地，一直跑到了萨勒河岸，小精灵们已经在那儿静候多时了。尼哈尔因为伤口的剧痛而感到呼吸困难。

“让我看看。”

赛奈尔掀开了她的上衣。伤口上的绷带已经浸满了鲜血。

赛奈尔不顾尼哈尔的阻挠，将她放倒在地上，开始念让人听不懂的咒语。尼哈尔渐渐放松，感觉自己的呼吸越来越平稳，不一会儿，她觉得舒服多了。

“谢谢你，赛奈尔。谢谢你为我做的一切。”

她眯着眼睛仰望天空，看着天边一点一点地被染红。在黎明的薄雾中，显现出三个绿点，渐渐地向他们靠近——是龙。

费恩和他的士兵找到他们了。

他们得救了。

后来，费恩在尼哈尔的耳边叨咕了什么，好像是有关卡尔特的。但是尼哈尔太累了，没有听清楚。她万万想不到，她的第一次骑龙的经历竟是在睡梦中度过的。

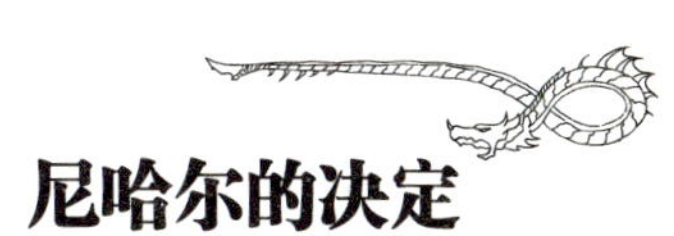

# 尼哈尔的决定

尼哈尔一行被带到了水之王国边上的一个小村庄。这不是费恩的安排，而是索纳娜坚持要这么做的。因为她觉得自己已经不是魔法议会的人了，不想去劳达梅尔麻烦爱丝特莱尔和葛拉。

村庄名叫露丝，是水之王国为数不多的几个“人类和仙女族共居”的村庄。人类就住在房子里，而仙女族的仙女们需要在夜间躲进大树。因此，除了村庄的河边砌满了小茅草屋之外，其他地方都是茂密的森林。

露丝郁郁葱葱的绿色让尼哈尔心情好了很多。

她和索纳娜被安置到一位渔夫的家中。渔夫非常善良，当他看到尼哈尔的样子，让她在床上躺了整整两天，没让她做一件事。可是尼哈尔觉得躺在床上也是一种折磨，每晚噩梦都会准时来袭，第二天一早伤口就会格外疼痛。她想尽一切办法让自己赶紧恢复，腿刚能站立就开始到外面溜达，欣赏村里无处不在的美景。

再说说费恩。

费恩的军营离露丝不远，经常过来看望索纳娜。尼哈尔也很期待，尽管她知道费恩不是为了自己才来的。只有见到费恩的喜悦，才让她暂时忘却那些悲痛的回忆。

费恩对她很温柔，会和她聊天，还和她练剑。每次比斗的时候，尼哈尔的脑海都毫无杂念。这可比任何的幻想都强多了。她手持黑晶石剑，感受着利翁的爱，熟练地移动，将所有的思绪都抛在一边。

赛奈尔又开始了疯狂的学习。一开始，他坚决不肯接受索纳娜把魔法议会议员的位置让给他的决定。虽然很想马上被魔法议会接受，但是绝对不是以这种方式。他敬仰索纳娜，希望她不管发生什么都不要放弃自己的职位。然而索纳娜去意已决，赛奈尔不得不听任她的安排。后来，赛奈尔决定，既然事情已经不可逆转，他就一定要不遗余力地把它做好，这样才能不辜负索纳娜对他的信任。

他将白天所有的时间都泡在王室图书馆里，等到晚上回到露丝的时候已是又累又饿。由于他太累了，所以很久都没有去找尼哈尔，他们之间聊天的机会越来越少。不过，他一直都惦记着尼哈尔。

一天下午，尼哈尔来到常去的小森林练剑，佛斯和其他的小精灵们就住在那儿。

对小精灵们来说，日子却过得并不是很好。

“仙女们把我们当奴隶。你别看她们平时优雅动人，但是我跟你发誓，你和她们住一阵子之后，也会觉得她们让人无法忍受！她们整天用命令的口吻说：‘把这个递给我，把那个拿给我……’我们又不是来这儿当侍从的！”佛斯总是和尼哈尔抱怨。看样子，他们应该很快就会搬离这里了。

这天下午，小精灵们不在森林里，只有尼哈尔一个人在全神贯注地练剑。赛奈尔不想打扰到尼哈尔，轻轻地向她走去，却正好被尼哈尔看到。

“今天没去学习吗？”

“没有。”

赛奈尔从腋下拿出来一张羊皮纸给尼哈尔。

“我给你找到了这个。可花了我好大工夫呢……”

那张皱皱巴巴的纸，还有轻微烧焦的痕迹。上面画了一座城市，里面全是高大的建筑，其中还有一座白塔。建筑中间穿梭着很多蓝头发的半精灵族人，做着各种各样的事务。图画下面写着几个精致优美的文字——圣菲尔德，昼之王国之国王。

“很美吧？这是我在图书馆找到的，唯一一件有关你们家族的东西。我想你一定会很喜欢……”

尼哈尔没有回答，盯着这张年岁已久的羊皮纸看了很久，眼眶里充满了泪水。

当赛奈尔注意到尼哈尔的眼泪后，恨不得马上去死。“我怎么这么蠢！对不起，我没想让你哭的……”

尼哈尔只是将这张纸紧紧地贴在胸前，噙着泪水冲着赛奈尔努力地微笑。

他们聊了整整一个下午。聊到了索纳娜的决定，聊到了赛奈尔即将到来的晋升仪式，聊到了这块绿色的国度。一切仿佛又回到了从前。那时候，尼哈尔还是个一心想当战士的小女孩，赛奈尔还是个颇有前途的魔法学生。

赛奈尔非常了解尼哈尔，他知道尼哈尔心里想着些什么。“接下来你打算怎么做？”

“什么打算？”

“尼哈尔，你骗得了所有人，但是骗不了我。你一定在计划着什么！”

“没什么。”

“这些天，你努力让自己尽快康复，你不放过任何一个跟费恩练武的机会，每天在森林里练剑，这还看不出来你脑子里想些什么吗？”

尼哈尔不止一次地惊异于赛奈尔对自己的了解。“我想打仗。”

赛奈尔摇了摇头。“这个我早就知道……”

“不，不是之前的那样。我不想就这样投身战场，然后战死。我即使死，也得为利翁和我的家族报完仇之后再死。”

“那请问你想怎么打仗呢？”

“我决定要成为龙骑士。”

“你在开什么玩笑？”

“我是认真的。”

“尼哈尔，太阳王国的龙骑士战队可是浮岛大陆最厉害的军团了。”

“我知道。就因为这样我才要加入龙骑士。”

“我是想说，他们不会让一个女孩加入的。”

尼哈尔承认赛奈尔说得没错——龙骑士战队那么古老，那么声名显赫，不是你想加入就能加入的。

即使一个骁勇善战的战士都很难成为龙骑士，更别说像她这样的小女孩了。而且就算她成功进入骑士学院，严酷的军事训练也不是件容易的事——龙骑士都是太阳王国百里挑一选出来的，每年最多只有四五个幸运儿能实现他们的梦想。可是尼哈尔心意已决，只要一天不能骑在龙背上驰骋战场，她就一天不会罢休。

“赛奈尔，我虽然是一个女孩，可我也可以成为一名战士。我必须让自己幸存下来的生命变得有意义，而这个意义就是在战场上推翻独裁者对浮岛大陆的统治。这不是我的一时兴起，是我的使命。我必须为了已经死去和即将死去的人战斗。”

赛奈尔看着眼前的尼哈尔，觉得她真的做好了成为一名战士的准备。从她的眼神中赛奈尔看到了坚定和义无反顾。赛奈尔叹了口气，将尼哈尔紧紧地搂在怀中。

他要让尼哈尔知道，在前进的道路上，她并不孤单。

来到露丝的第十天，尼哈尔康复了。安逸地生活了这么久之后，赛奈尔、索纳娜和尼哈尔就要离开，前往太阳王国，参加今年的魔法议会会议。

未来都是未知。

索纳娜要辞去议员的职务开始无尽地漂泊，去寻找雷伊斯。赛奈尔将接替索纳娜，正式进入魔法议会。他不知道刚满十八岁的自己，是否能够胜任这责任重大的工作，但是他已经准备尽自己最大的努力做好。尼哈尔的心里仍然只有战争。她希望自己能够上战场，去最前线，直接与独裁者的军队战斗。

就在一天清晨，他们出发了。

费恩特地请了几天假护送他们。索纳娜就要踏上无人知晓的旅途，他想利用这次机会陪陪心爱的女人。

尼哈尔很开心。她想亲自和费恩说说自己的决定。

走了很久之后，他们在一片森林附近停下来。休息的休息，吃东西的吃东西，气氛异常轻松。尼哈尔想要利用这个机会说出她的决定。

她鼓起了勇气说："我……我有件事想要跟你们说。我想了很久……我决定成为龙骑士。等我们到了，我想让费恩带我去骑士学院。"

这话宛如一声惊雷。

气氛十分尴尬。最后，还是费恩打破了沉默，"你知道你自己在说什么吗？如果说只是让我训练你，这没有任何问题。但是你说的是战争，真正的战争！"

尼哈尔感觉脚下的土地崩塌了。她原先以为费恩会支持她的决定，并鼓励她去做。"我从来不是因为好玩才找你训练的……"

索纳娜向费恩使了个眼色，费恩的态度立即变了，露出了平常一直挂在脸上的笑容。然而，尼哈尔却对此很是气愤，她觉得这是在敷衍自己。

"我不是那个意思。"

尼哈尔的眼中开始充满了泪水。"我不是在求你帮我，也不是在请求你的同意。"

"尼哈尔，你理智一点儿，听我说……"

但是尼哈尔一跃而起。"我自己来好了。我不需要任何人的帮助。"

她拿起宝剑跑进了树林里，不想让任何人看到自己的眼泪。她一边跑一边问自己，为什么费恩要那样对她，为什么伤害她的人偏偏是费恩。他真是太残忍了，竟然要打碎自己的梦。

尼哈尔坐在一棵树下，把头深深地埋在膝盖里。她希望费恩追过来对自己说，他刚才那么讲只是因为他担心她，因为他爱她。"可是谁又想自己骗自己呢？"泪水又哗哗地留下来，"费恩爱的是索纳娜，在他眼中，我只不过是个还没长大的小女孩。”

等费恩赶过来时，尼哈尔已经哭干了很久，情绪已经渐渐平复了。

“我不想把你弄哭的。”

尼哈尔不说话，继续看着地上的小草。

“我是你的老师，我知道你的能力很强。可是军事训练非常苦，你要知道你是个女孩子啊。”

“我知道我是个女孩子，你们没必要一次又一次地提醒我。”尼哈尔低着头说。

“我是想说你会遇到很多的困难。”

“这我也知道。”

费恩叹了口气。“你确定参军就是你想要的东西吗？”

尼哈尔坚定地点了点头。

“那好吧。等到了太阳王国，我带你去见大将军瑞文，让他收下你。这样你满意了吧？”

费恩蹲下身子看了看尼哈尔埋在膝盖里的脸。“快起来吧，我可不喜欢女孩子哭哭啼啼的。”

尼哈尔抬起了红扑扑的脸，看着费恩——在他的笑容里，已经没有了之前的那种怜悯与同情。“谢谢你。”尼哈尔小声地说。

费恩伸出手把尼哈尔拉了起来，尼哈尔没有拒绝。她一站起来，就紧紧地抱住了费恩。

出发前配备的马匹为这次旅途缩短了不少时间，他们仅用了五天就到达了太阳王国。刚听到太阳王国的名字时，尼哈尔以为那是一个华美绝伦的大国度。可是没想到，呈现在她眼前的竟然是一番嘈杂拥挤的景象。

这里的城市人满为患，房屋鳞次栉比，仿佛一座错综复杂的迷宫。与此同时，这儿的树木很茂盛，让尼哈尔觉得非常适宜佛斯和他的小精灵们居住。

太阳王国非常富饶，到处都在向人们展示着它的财富——人们互相炫耀奢华的衣裳，房子装饰得极为繁复精美。

每个城市的中央都有一座宏伟的方形宫殿——市政府，官员和代表们在里面聚集开会。宫殿前面是一个巨大的广场，每天都会有无数的商人在那儿摆摊做生意。在太阳王国，广场就是每座城市最广阔的地方了，剩下来的都是缠绕不清的小路、弯弯曲曲的巷子和“迷宫”之间的小空地。不管在哪儿，你都可以看到金色的房屋、雕塑、喷水池和熙熙攘攘的人潮。

在战争年代居然还能看到如此炫富的现象，这让尼哈尔觉得很恶心。太阳王国也有穷人，他们大多是从独裁者侵占的王国逃出来的，平时只能聚集在城市的深巷里四处张望。尼哈尔看着太阳王国的街道触景生情，想到了她的家族——或许半精灵族被赶尽杀绝之前，也过着这种低声下气的生活，每天跟在有钱人后面祈求着别人的施舍。

尼哈尔感觉穿过了无数座小城市之后，终于到达了太阳王国的首都玛克拉塔——这儿是魔法议会和骑士学院的所在地。

到了玛克拉塔之后，尼哈尔对太阳王国的印象更加根深蒂固——房屋杂乱无章，道路车水马龙，难民步步相随。一切都让人觉得嘈杂，喘不上气来。

费恩向尼哈尔指了指学院的所在地，尼哈尔惊奇地发现，学院和太阳王国的其他建筑比起来竟异常地简朴。她将学院的样子牢牢地刻在了脑海，决定明天就要去拜见大将军瑞文。

夜幕降临，他们找了家小客栈先住下，准备第二天一早再出发。当得知客栈只有两间房时，尼哈尔甚至希望能够和费恩住一间屋子。

不过一切都只是幻想。分配房间的时候，她自然和赛奈尔住在了一起。可是房间里只有一张床。赛奈尔为了体现他的绅士风度，把床让给了尼哈尔，自己睡地板。

可是他俩谁也睡不着。

最后，还是赛奈尔打破了沉默。“你睡了吗？”

“没有。”

“我在想，也许从明天开始，一切都将改变。我和你将踏上不同的人生道路。”

尼哈尔笑了。“我是不会忘了你这个好敌人的。那你呢，魔法议员，你会不会因为日理万机而没有时间来看我啊？”

“反正到时候我要练魔法，还要……那得看我有没有时间了……”

尼哈尔拿起枕头向赛奈尔砸了过去。

天还没亮，尼哈尔和费恩就踏上了赶往骑士学院的路。因为要是再晚些时候，玛克拉塔又该被堵得水泄不通了。

一路上，费恩绷着脸，没有了往日的微笑。尼哈尔可以理解他的心情，毕竟这件事情在一般人看来非常荒谬。他时不时地偷看尼哈尔两眼，但是尼哈尔步伐坚定地往前走，想着自己等一会儿要做的事情。

尼哈尔穿了一件黑色披风，用风帽遮住了整张脸，只把眼睛和剑露在了外面。披风里面的紧身衣和裤子是皮制的，她感觉自己就像是个复仇者，将要去执行秘密任务。不过也没错，她的任务就是要去报仇。她向自己承诺过，只要独裁者不停止袭击，她就要一直保持这样的状态。

骑士学院建在一片宽阔的广场上。它的入口有一扇巨大的门，门口分别站着两名手拿战戟的卫士。

“我是费恩，我们是来拜见尊敬的瑞文大将军的。”费恩说道。

尼哈尔觉得自己的路就要真正开始了。但是在未来的道路上，她又要付出多大的代价才能得到自己想要的东西呢？

其中一名卫士转身进去传达消息。很快，他又回来了。“大将军答应接见你们。请你们到会客厅耐心等候。”

尼哈尔来到会客厅之后，敬畏之情油然而生。她看习惯了萨拉扎精致小巧的建筑，现在面对一座如此恢弘的厅堂，突然觉得自己就像虫子一样渺小。大厅里的两排柱子将它分成了三个小殿。那两排柱子真是太粗了！要是尼哈尔随便找一根抱一抱的话，估计连一半都抱不住。总而言之，这里的环境就是要让前来等待的人觉得自己一无是处。

差不多一个小时过去了，大将军还没有出现，尼哈尔开始烦躁不安。“大将军是个什么样的人啊？”

“暴躁易怒，傲慢无礼，还有点蛮不讲理。”费恩言简意赅地说道。

“好的开始……”尼哈尔刚想开玩笑，但是发现大将军瑞文已经神不知鬼不觉地出现了。

他穿着一身闪闪发光的黄金甲。“穿成这样还怎么打仗啊？”尼哈尔心想。除此以外，他的怀里还抱着一只毛茸茸的小狗，并且不停地抚摸着它。

大将军走到了大厅尽头的宝座上坐了下来。“我亲爱的费恩。”他用极其矫情的语气说着，“像你这样的大英雄能够登门造访真是我的荣幸。我听说风之王国前线的情况已经有所好转，对此我很高兴。但是，风之王国的沦陷让我们感到担忧。不过，还好我们有你这么出色的骑士。”

费恩赶紧鞠躬行礼。他想，最好还是赶紧切入正题吧。“谢谢您的褒奖，大将军。您真是太抬举我了。我今天冒昧地过来打扰您，是因为我的一位学生想要加入学院。我个人认为她非常有潜质。这就是我冒昧来访的原因……”

瑞文显然对费恩这种毕恭毕敬的态度感到很高兴。“你做得对，我亲爱的费恩骑士。你也很清楚，没有我的认可，任何人都别想进入骑士学院。你说的那位颇具潜质的青年……我想应该就是你旁边蒙着脸的小伙子吧。”

是时候显露自己的真实身份了。尼哈尔深深地吸了一口气，摘下了风帽，脱下了风衣。

大将军惊奇地发现站在面前的竟然是一名骨瘦如柴、蓝眼睛、尖耳朵的小女孩，脸色顿时转变。一开始，他以为是自己看花了眼，等看清了之后怒火冲天。他情绪激动地抓了一下手上的小狗，疼得它尖叫了一声。大将军咆哮着对费恩说：“你在开什么玩笑？”

费恩尽量表现得毕恭毕敬，但又态度坚决地回答：“这不是玩笑，大将军。这个女孩的确是我见过的最厉害的剑客之一。”

大将军瑞文一下子站了起来，勃然大怒。“我做梦也没想到你会跟我开这样的玩笑，费恩！你把一个女孩子带到我这儿来还说要让她当战士！你想要丢尽战队的脸面吗？”

面对这样的情况，费恩一时间束手无策。他想要说声对不起，然后搂着尼哈尔把她带走。但是他又非常清楚尼哈尔的实力，不愿意放弃这个机会。

尼哈尔突然打破了这个僵局。“您应该跟我谈谈。”

“谁允许你开口说话了？”

“我自己。而且你们谈论的人是我，所以请您跟我谈谈。”

大将军瑞文的脸都气红了，他转身对着费恩说：“快点教训教训这个孩子！我忍受不了这么没教养的人！”

“您应该相信费恩说的话，我确实是一名厉害的剑客。不信您可以试炼我。”

“小姑娘，我们这儿训练出来的战士都是要去保卫王国的。你要玩儿就到一边玩儿去！”

尼哈尔依然不为所动。她需要完成的事很重要，绝对不能让一个傲慢的将军阻挡自己前进的道路。她看着瑞文的眼睛，坚定不移地说道：“我不是个小姑娘。我是一名战士，我请求接受试炼。难道您从不给新人展示他们能力的机会吗？”

大将军瑞文听后起身要走。

尼哈尔抬高了嗓门：“我是一个半精灵，最后一个半精灵。我要为我的家族战斗，为他们报仇。您不能拒绝我的请求！”

瑞文转过身来瞪了尼哈尔一眼，“我才不管你是谁，从哪里来呢。反正龙骑士战队里面没有女人。我不想再跟你说下去了。”

“你不答应我的请求，我就不走。我发誓！”瑞文越走越远，大厅里只有尼哈尔的声音在回荡着。

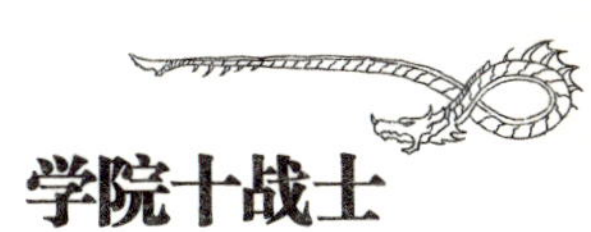

# 学院十战士

费恩没有办法，只得上前劝说尼哈尔，和她讲道理，希望她和自己一起离开，但是尼哈尔就是一动不动地站在大厅里面。

“我心已决。”尼哈尔嘴里只蹦出来四个字。

说完，盘腿坐在大厅的地板上，拔出剑，一副不达目的誓不罢休的架势。

很明显，大将军瑞文根本没把尼哈尔当一回事，任凭她在大厅里待着。但是十小时过后，来了两名卫士。他们试图将尼哈尔抬走，但是尼哈尔却放出狠话：“只要你们打得过我，我就走。”

他们一次又一次地上前尝试，但是结局都是一样——尼哈尔刷刷两剑就把他们打倒。卫士们也很无奈。

就在卫士准备第四次尝试时，尼哈尔再也耐不住性子了。她看了看旁边巨大的战士雕塑，纵身一跃，接着轻松地爬到了雕像的头上——在那儿，没人可以打扰到她。

午夜前，大将军瑞文终于出现了。“还在那儿呢，小姑娘？我倒要看看等你饿了怎么办。”

“我要让您知道，我一旦做出了决定就不会改变！”

其实，尼哈尔已经深深体会到了食物的重要性，因为她的肚子叫唤了好一阵子了。“睡觉，睡着了就什么感觉也没有了。”尼哈尔靠在墙上，抱紧自己的双腿，渐渐进入了梦乡。

“扑棱，扑棱。”一阵连续不断的拍打声把她惊醒了。

大厅漆黑一片，她仔细地搜寻着声音的来源。原来是一只小鹰，不知道从哪儿冒出来的，在柱子间飞来飞去。

尼哈尔以为自己在做梦，赶紧揉了揉眼睛，却看见小鹰依然在大厅里盘旋。过了一会儿，小鹰竟然径直朝她飞了过来，将一只包裹扔在了她的怀中，便消失不见。

尼哈尔打开包裹一看，里面有面包，乳酪，水果，水壶。还有一张羊皮纸。

战士：

你好！

当我知道了你和大将军的对话之后，可把我笑惨了。我都可以想象得出你当时的样子。但是，你要明白，我会永远在你的身边支持你，所以要加油！

那个白痴大将军对于你的言行非常震惊。我知道你很关心他的想法，所以我特地打听过来告诉你，开心吧？索纳娜知道这件事之后什么也没说，不过傻瓜也看得出来她不是很喜欢这种“死皮赖脸”的事。毕竟，只有我懂你的心思嘛……

他们成心想要饿你，所以我送了点儿食物来给你充充饥。

希望你胃口大开！晚安。

你的魔法师

在羊皮纸的落款处，还有一个洋洋洒洒的签名，看上去十分滑稽。尼哈尔情不自禁地笑了出来，打心底里感谢这位朋友。不过，她要是知道赛奈尔当时的处境，可能会更欢乐的。

就在尼哈尔前往骑士学院的那一天，索纳娜来到了魔法议会。当大家知道了她的决定后，都劝说她不要离开。索纳娜没想到自己的决定会遭到反对，可是她去意已决——一方面她觉得自己不再胜任当一名议员；另一方面寻找雷伊斯已经是迫在眉睫。接着她又向议会推荐赛奈尔作为自己的接替人。众议员看了赛奈尔之后，犹豫不决。最后，还是元老达隆决定和索纳娜单独谈谈。

“赛奈尔太年轻了，索纳娜。我不否认他的法力很强，但是他还需要再成熟些。我们应该给他充分的时间去锻炼，成为一名优秀的魔法师，然后才能更好地为议会服务。你也知道，这么迅速的晋升会带来很致命的问题。”

但是索纳娜依然坚持自己的决定。“我们给得了他时间，却给不了浮岛大陆更多时间。事到如今，我们应当充分利用眼前所有的人才，而赛奈尔就是其中的人选。除了他，还有一个尼哈尔，她是和赛奈尔一样有能力的年轻的半精灵。我想把赛奈尔交给你们，然后自己去找雷伊斯。只有她才能解开尼哈尔的身世之谜。”

达隆沉思了很久。“那就先这样吧。我会安排你的弟子接受议会所有成员的试炼，也包括我，只有大家一致认可他的才能，我们才能接受他。要是他没有通过试炼的话，我也无能为力。而你，就必须抛弃刚才的想法，履行自己的职责。”

当天下午，赛奈尔就开始了他的试炼。虽然考官只有两名议员，但是试炼一直到晚上都没有结束。他们什么问题都问，甚至连籍贯、理想、追求都包括在内。多亏了赛奈尔那么多年的苦读，要不然还真不知道怎么应对他们刁钻的问题。除此以外，他们还试炼了各种类型的魔法，直到赛奈尔筋疲力尽的时候才肯罢休。

赛奈尔就是在这种状态下想起了他的朋友。他给小鹰施了法，用最后一点儿力气写下了那封信，随即瘫倒在床上，沉沉地睡去。

接下来的三天对于赛奈尔和尼哈尔来说都是煎熬。

赛奈尔不停地接受着各种考问，而尼哈尔则依然固执地待在雕像的头上，随时防范着士兵们射上来的箭。虽然她四肢酸痛，但仍然坚持着，因为不管付出多少代价，她都要成为龙骑士。

尼哈尔的举动很快就在玛克拉塔传开了——一个蓝头发大耳朵的小女孩和大将军瑞文作对，待在学院的雕像上怎么赶也赶不下来。一些好奇的人甚至聚集在学院的广场上，请求门卫让他们进去亲眼看看这个胆大妄为的小女孩。

到了第四天，情况终于有了转变。正午时分，大将军瑞文依旧穿着黄金甲，抱着小狗，穿过人群出现在了尼哈尔面前。

“鉴于你的恒心，我决定答应你的请求。明天一早，在学院的练兵场，来接受你的试炼。现在我命令你下来。”

尼哈尔直截了当地问道：“试炼什么？”

“你必须和十名最出色的学生比斗。整整十名，一个也不能少。”

在场的围观群众顿时喧哗起来，“这怎么可能？”

没想到，尼哈尔竟然快速地从雕像上爬了下来，跑到大将军瑞文面前看着他说：“没问题。但是我希望您能当着所有人的面保证，如果我赢了，您就得让我进入学院学习。”

瑞文轻蔑一笑。“一言为定。”

一整个下午，尼哈尔都把自己关在了客栈的房间里。她躺在床上，把剑放在一边，望着天花板发呆。刚来玛克拉塔不久，按照尼哈尔的个性，肯定会出去逛逛的。可是现在她一点儿兴致都没有。要是赛奈尔在的话，她倒是可以考虑看看，可是那小子现在正忙着他的试炼呢。

她想到明天的比斗，“费恩一定会去看我的，到时候他就不会觉得我是个小女孩了。”

她拿出了那张羊皮纸，目不转睛地看着图片上描绘的画面。她想，不知道还有没有和她一样的半精灵族人幸存下来，她想和族人分享手中这份宝贵的财富；她想知道半精灵族人是如何生活的，会不会像她一样正陷入困境。

每当想到这儿，她都会感到无比的孤单。她不敢相信，一个庞大的家族竟然只留在世上一张皱巴巴的羊皮纸，和漂泊异国他乡的自己。

梦境总是激起她的报仇之心，战斗之心，还有愤恨之心。其中愤恨之心尤为突出。尼哈尔恨独裁者消灭了她的族群；恨法冥拆散了她的家庭；恨只有自己幸存了下来。

晚上，赛奈尔和索纳娜回来了。他们告诉尼哈尔，费恩离开了，因为他的假期已经结束，必须回到战场上。尼哈尔知道后沮丧极了。

赛奈尔神情恍惚，但是又安慰自己——只要过了明天达隆的面试，所有的苦难就结束了。

“你的试炼困难吗？才不呢。魔法师的人生才是真正的悲剧。”赛奈尔本来想开开玩笑的，但是发现尼哈尔根本没有兴致。

赛奈尔知道尼哈尔心里想着些什么，也很担心她，但是没有人能够帮助她。因为想要从暗恋的深渊里爬出来，别人帮不上忙，只能靠自己。他走过去轻轻抱了一下尼哈尔。

“明天加油！”

“谢谢，谢谢你赛奈尔。你到底还要救我多少次？”尼哈尔笑了，“你也是，明天要加油！”

尼哈尔无法表达自己对赛奈尔的感激之情，因为赛奈尔懂她，帮她，陪伴她。他是尼哈尔的朋友，也是尼哈尔身边不多的亲人之一。

晚上，尼哈尔睡得很踏实。一早起床，精力充沛，自信满满。她穿上披风，带上剑，独自向骑士学院走去。

令她惊奇的是，学院门口挤满了围观的人。门卫看到她，将她放了进去。一小时后，大将军瑞文竟然下令让挤在门口的人也进去。

大将军亲自挑选了十名战士学生。他们已经完成了军事训练，很快就要成为龙骑士了。大将军瑞文坚信，这些战士们将不费吹灰之力地打败那个自以为是的野丫头。

尼哈尔走进了练兵场。宽敞的场地，地上的沙土夯得很实。场地的另一头有一只架子，上面摆满了各种兵器。她扫视了一下全场，发现观众已经坐满。第一排是身披盔甲的骑士；第二排坐着一群少年，他们清一色地穿着棕色的战袍；再往后就是普通百姓，他们大多抱着一颗猎奇的心，想要看看这个小女孩有什么能耐。

不一会儿，瑞文挑选的战士进来了。他们又高又壮，看上去比那些身披战袍的少年大一些，每个人都比尼哈尔强壮彪悍。

大家等待着大将军的到来。当他登上专为这次比赛搭建的小看台时，底下响起了雷鸣般的欢呼声。他微笑着向大家回应，似乎已经沉浸在胜利的喜悦中。大将军瑞文转向了场地中央的尼哈尔。

“小姑娘，现在我给你机会展示你的能耐，免得有人说我不让新人进入骑士学院。我希望你能意识到我为你做的让步。”

尼哈尔笑了笑，朝着瑞文鞠了一躬。

“规则是这样的：每个人只能用自己的兵器。对决是一场接着一场，没有休息。你必须和十名对手一一比斗。比斗期间，跌倒、受伤、被卸下兵器的一方为输。当然谁也不能保证你在比斗中不会死掉。”

很明显，大将军瑞文想在比赛开始前就吓住尼哈尔。不过话说回来，只拿一把宝剑，没有其他装备，要连续战胜十名杰出的战士，似乎是一项不太可能完成的任务。

尼哈尔脱下了披风，冷静地说道：“我，萨拉扎塔城的尼哈尔，以浮岛大陆最后一名半精灵的身份，接受您的条件，大将军。”

全场鸦雀无声。

第一位对手上场。他高大强壮，手持利剑，披着一身轻盈的盔甲，自信地向尼哈尔走来。

大将军瑞文一挥手，比斗正式开始。

第一位战士刚上场，就冲向尼哈尔当头一剑，意图把尼哈尔的剑劈落，却落了空。尼哈尔侧闪，反身发动进攻。对手回手右斜上劈下。尼哈尔下腰又躲过一剑。这个战士回剑稍事调整，准备再次进攻，尼哈尔迅速从侧面给予有力的回击，将他扎在胸口的盔甲打掉在地。这一击不仅砍断了盔甲上的皮绳，也砍掉了对方手上的剑。第一个战士还迷惑地站在那儿，惊愕地看着胸口留下的红印子。

尼哈尔捡起对方的剑，插在地上。

比斗不到一分钟就结束了，观众席传来了刻意压低的惊叹声。

大将军瑞文故作镇定地坐在那儿，万万没想到这个小丫头居然这么厉害。但是他转念一想，一场比赛不能说明问题，这次一定是尼哈尔走运。

第二位战士上场。他和第一位战士一样，身披盔甲，手持长剑。看到第一名战士的结果，他知道光靠蛮力是不行的，决定以技术和速度取胜。他动作娴熟，姿势到位，行动敏捷，似乎选对了战略。

感觉上尼哈尔正忙于防住对手的攻击，没有一点儿还击的余力。殊不知，她在利用这个机会研究对方剑术的套路。几分钟过后，她差不多摸清了这位战士的底子，她故意舍攻为守，让对手以为占据了上风。正当对手以为胜券在握，准备最后凌空一击时，尼哈尔突然跳了起来，仅用了一招就把他的剑打在了地上，还将自己的剑架在了他的脖子上。随即，她又用脚将对方的剑踢到了另外一只手上，高高举起之后插在了地上，作为第二件战利品。

这时人群之中响起了零零散散的掌声。

大将军瑞文开始烦躁不安了。面对这样的结果，他无话可说——尼哈尔靠的不是运气，她确实很厉害，一下子战胜了两位杰出的战士，照这样下去，根本没有人能够打得赢她。

第三位，第四位……一直到第六位的战士全都以失败告终。尼哈尔赢得毫无压力，成功地将六把剑插在了地上。观众的热情也渐渐高涨起来——他们呐喊，鼓掌，尖叫。然而尼哈尔却什么感觉也没有，只想着如何比斗，如何完美地完成每一个进攻和防守。

第七位，尼哈尔感觉到了一丝疲惫。这个人看上去年纪不小了，剑术天衣无缝。尽管他的速度不够快，但是尼哈尔自己也没有力气保持节奏了。双方攻守兼备，平分秋色。突然，尼哈尔迈错了一步，直接导致她差点没能稳住局面。对方迅速抓住这个机会，迅速将匕首刺向尼哈尔的腹部。尼哈尔刚想闪躲，上衣就已经被匕首撕开了一道口子。对方迫不及待地想要取得胜利，一手拿剑，一手拿匕首同时攻击。尼哈尔知道自己招架不住这样的局面，赶紧退回到插着六把剑的地方，随手拿起了一把。她从来没有同时使用过两把剑，但是却经常用左手练习。

不过效果还不赖。观众们屏息凝视，看着这个小女孩旋转，跳跃，如同跳舞。就连刚刚赶到比斗场的赛奈尔都从来没有见过尼哈尔打得这么好过。真是前所未有的强悍与惊艳。攻击，防守，攻击，防守，每一剑都充满了力量。赛奈尔彻底被迷住了。

尼哈尔的对手过于信赖匕首的威力，反而导致现在变得一点儿攻击性都没有，一时间不知所措。他开始被击退，没一会儿匕首就从手上飞了出去。尼哈尔乘胜追击，又把他的剑打了出去，打得他毫无还击之力。

尼哈尔上前将匕首和宝剑捡了起来，和其他的剑插在了一起。观众席一下子爆发出雷鸣般的掌声。

大将军瑞文突然大吼起来："我宣布比赛结束。你受伤了，小姑娘。你可以走了。"

观众席上传来一阵吹嘘声和抗议声。

尼哈尔并没有离开。她拿着宝剑走到了瑞文面前，向他展示了上衣的裂口。"您看，大将军，我一点儿也没受伤。"

大将军瑞文快要气疯了。这个古灵精怪的臭丫头虽然剑术超群，但是当众羞辱他的学生，真是不给他面子。

第八位战士已经拿着斧头走了上来。

尼哈尔挑衅地看着他说："上一个拿着斧头挑战我的人是法冥，结果我干净利落地将他的头取了下来。"

这个战士轻笑一声，"这么说，我得赶紧杀了你才行。"

比斗开始。少年凶狠地砍了过去。他的力量确实很大，而且也不乏灵活和技巧。尼哈尔知道斧头的力量不易抵挡，便开始不停地闪躲。然而对方一点儿也不让步，朝着各个方向挥舞斧头，逼迫着尼哈尔不停地移动。尼哈尔意识到自己消耗了太多的体力在防守上了。斧头不停地从她身上擦过，她明白，只要自己有一滴血滴在地上，比赛就会终止，她进入学院的梦想也会永远地破灭。她急中生智，想出了一个办法。

尼哈尔开始观察对手的每一个动作。她找准时机，用尽全身的力量抓紧长剑，朝着斧头的把柄劈了过去。这一下的反弹力巨大无比，她感觉手腕一阵疼痛，但是仍然咬紧牙关抓住剑柄不放。她蹲下了身子，再向下压。

斧头一下子飞了出去，重重地砸在了几米远的地上。尼哈尔感觉左手的手腕一阵剧痛。观众们看到尼哈尔又赢了，纷纷情绪高涨地呐喊着她的名字。

又是一个又高又壮的战士走了出来。他身披坚硬的盔甲，手上却拿着一只盾牌，以迅雷不及掩耳之势扑向了毫无准备的尼哈尔。他的攻击气势汹涌，接连不断，连喘气的机会都不留给对手。

看台上鸦雀无声。尼哈尔一个劲儿地往后退，一点儿还击的余地都没有。眼看着就要碰到兵器架上的宝剑了，她再次欲擒故纵，一动不动地停在了那儿。对手以为自己胜券在握，用尽全身的力气砍了下去。尼哈尔以闪电般的速度弯下了身，趁着对手毫无防备的时候，瞄准了他的腹部刺了过去。

这一招不能保证百分之百的成功——对方的剑陷进了兵器架的同时，尼哈尔的宝剑也卡在了突如其来的盾牌里面。他们就这样保持着一个尴尬的局面。正当对手准备拔出长剑的时候，尼哈尔狠狠地给了他一脚。那个战士竟然一下倒在了地上，手里的盾牌也丢了。尼哈尔赶紧趁势拔出了自己的黑宝石剑。

就在倒数第二把剑插进土里的瞬间，观众席再次爆发出雷鸣般的掌声。

尼哈尔感觉心力交瘁——她不仅感觉毫无力气，而且连信心都开始动摇了。她从来没想过比斗会让她如此疲惫。突然，她听到了观众的激情呐喊。她终于明白，原来一直环绕在自己周围的叫嚷声竟然是观众的加油声——全场都在有节奏地呼喊她的名字。

没错，她是最强的。战无不胜，无人能敌。这正是全场欢呼的原因，连她自己也不否认。她将剑高高举起，惹得观众又是一阵热血沸腾。

就在尼哈尔走回比斗场中央的时候终于看到了赛奈尔。她的这位好朋友永远都会站在她身边，从来没有抛弃过她，不管发生什么都守护在她身旁。她看着赛奈尔笑了。一瞬间，她感觉赛奈尔也笑了。

最后一位战士上场了。尼哈尔看着对方的架势，甚至有些害怕。毫无疑问，这个战士算不上她对决过的最厉害的战士，但是对方咄咄逼人的眼神却十分有威慑力。他的眼珠清澈透明，仿佛没有虹膜似的；颜色也淡得离奇，都快分不清眼白眼黑了。

尼哈尔不顾手腕的剧痛，紧紧地抓住剑。对方停在了她的面前，手无寸铁。难道他不用兵器？少年突然一挥胳膊，从衣袖里飞出一根长鞭，宛如一条巨蛇盘曲在地上。尼哈尔从来没有见过这样的兵器。不过她已经做好了应战的准备，但是那根鞭子突然从她眼前一晃而过又若无其事地落在了地上。顿时，她吓得脸色都发白了。

“我可以随时将你撕成碎片，小姑娘。”

说完，鞭子又晃了过来。尼哈尔眯着眼睛不敢看，任凭对方在自己周围随意挥动着鞭子。

“我叫邵仑，来自火之王国。请记住我的名字，因为很快我就会将你撕碎。”

说完，鞭子就开始一步步向尼哈尔逼近。

尼哈尔索性闭上了眼睛。

黑暗中到处都是嘶嘶的声音，她仔细地聆听着。突然，鞭子的节奏加快了，她意识到对手已经开始进攻，所以她迅速躲闪。

邵仑对着她的大腿一阵猛抽，想要打破她的平衡。然而尼哈尔左躲右闪，一会儿跳跃，一会儿后退，没有受到一点儿伤害。不过，鞭子的攻击范围实在是太大了，她被迫只能防守，无法进攻。

接着，邵仑开始一点一点地将鞭子往回收。尼哈尔感觉这其中肯定有鬼，但是仍然鼓起勇气向对手靠近。空气中凝结着一股血腥的味道。

鞭子徘徊在她的手边，只要给它一剑，马上就会断成两段。尼哈尔一下子劈了下去。果然中招了！她的剑被鞭子死死地缠绕住，怎么也拔不出来。邵仑见状，狡黠一笑。

“你还太嫩了，小姑娘。这回你死定了。”

尼哈尔感觉自己要输了，但是又不甘心地说道：“你的话怎么这么多。战场上，只有获胜的一方才有资格讲话。”

“我已经胜了。”邵仑从腰间拔出了一把宝剑，“是我过去杀了你，还是你自己过来送死？”

尼哈尔拼命地拉动宝剑，但是鞭子将它卡得太紧了，根本拔不出来。

“看来上了钩的鱼儿还想垂死挣扎啊……”

邵仑确实要比预料中的厉害。尼哈尔扎稳了马步，不让自己被对方拉走。她的手腕已经疼得无法忍受了，但是她仍然不愿意松开手。

看台上的大将军瑞文饶有兴致地欣赏着这场拔河比赛，随时等待着邵仑的鞭子将尼哈尔拉向死亡的虎口。

“放过她吧！”“她已经很厉害啦！”“让她进入学院吧！”观众一个接一个向大将军瑞文求情。

但是邵仑执意要将尼哈尔置于死地。“游戏我就陪你玩到这儿，现在去死吧。”

尼哈尔眼看着自己就要被对手杀死了。她不禁流下了泪水，内心迸发出一股熊熊怒火。如果她就这么死了，她的人生还有什么意义？千千万万家族同胞的生命还有什么意义？

邵仑开始迅速拉动手中的鞭子。

就在这时，尼哈尔突然借着鞭子的拉力，绝望地扑了过去。邵仑还没明白怎么回事，只看见她的剑胡乱地挥舞着。

瞬间，双方都倒在了地上，鲜血从各自的身上流了出来。过了一会儿，只有尼哈尔颤颤巍巍地站了起来。因为她明白，站不起来就等于没有胜利，之前的努力也全白费了。

她一瘸一拐地走到场地中央，抬起了脏兮兮的脸，高傲地看着大将军瑞文。

面对如此出众的女孩，大将军瑞文不得不做出让步，“你可以进入学院接受训练了，小姑娘。”

观众席顿时欢呼一片。

“但是你别忙着庆祝，因为真正的战斗才刚刚开始。”

话毕，大家瞬间簇拥着尼哈尔，争先恐后地伸出手去触碰她，抚摸她，拍打她，她却再也站不住了，一下子摔倒在了地上。

赛奈尔赶紧拨开人群赶了过来，将她紧紧地抱在怀里。至此，尼哈尔疲惫的脸上终于露出了一丝放心的微笑。

# 骑士学院

赛奈尔将尼哈尔抱回了客栈，守护在她的身边。他想起了尼哈尔上次险些死亡的场景，很担心。

其实，尼哈尔只是太累了，她睡得比谁都香。她梦到自己成为了龙骑士，还梦到了亲爱的费恩。

第二天早上，尼哈尔起床的时候，太阳已经升得很高了。她伸了个懒腰，坐在床上，享受此刻的安宁。

“做你的朋友真累，你总是在拿自己的生命开玩笑！”

尼哈尔笑了，可是却引起了腹部的一阵剧痛。她摸了摸肚子，想起了昨天发生的一切。

“我成功了吗？”

“是的。”

“我进入骑士学院了？”

“我跟你说过是的了！”

“我受伤了吗？”

“何止受伤呢。你的手腕骨折，肚子也差点被刺穿。不过这都是小事一桩。快趴下吧，战士，我还得继续给你疗伤呢。”

尼哈尔躺了下来，任凭赛奈尔掀起她的衣服，触碰她的腹部和手腕。

虽然赛奈尔不是第一次用魔法为尼哈尔疗伤了，但是这次肌肤的触摸让他有一种不一样的感觉。

“赛奈尔！你怎么了，脸红什么？”

赛奈尔赶紧慌忙地岔开了话题。“我听说大将军使诈了。最后一个和你比斗的并不是学院的学生，而是他花钱雇来的士兵。即使这样，他还是没能赢你，反而差点被你砍下胳膊。”

尼哈尔听后并没有一丝骄傲，反而希望现在就能开始训练，一分一秒也不要浪费。

“我什么时候可以接受学院的训练？”

“你想什么时候就什么时候。不过，大将军瑞文可能并不想看到你。”

尼哈尔吐了口气，“那是他自己的问题。”

赛奈尔停下了手中的魔法，严肃地看着尼哈尔说：“我有件事情要跟你说……”

“什么事？”

“呃，我……我成为魔法议会的议员了。就这事。”

一听到这消息，尼哈尔差点儿没从床上蹦起来。她太兴奋了。“赛奈尔，你太厉害了！我就说是小菜一碟嘛！我们真是一对大赢家！还没成年就已经实现了自己的梦想！”

“等会儿，等会儿。别高兴得太早，我还没说完呢……”

赛奈尔说，在一系列的考问、面试、魔法测试以及达隆和索纳娜的秘密会议后，元老终于决定跟他好好谈谈。

他应邀来到了达隆的大书房。书房是圆柱形的结构，墙壁用石块砌成，堆满了各种书籍。达隆让赛奈尔在屋子中央的大理石凳子上坐下。

赛奈尔突然觉得自己像个小孩子。也许，这就是达隆的最初目的——让他感觉到自己的渺小和卑微。然而达隆错了。

“在综合考虑了你的能力和动机之后，议会做出了一个决定。”

赛奈尔听到这话，手都紧张得发抖。

“我们觉得你有资格进入议会，取代索纳娜的位子，赛奈尔。”

赛奈尔刚要开口表达内心的感谢与荣幸，承诺以后会一心一意为风之王国的百姓服务，忠于浮岛大陆，忠于议会，遵纪守法，艰苦奋斗……可是达隆却示意他不要说话。

“不过，你要清楚，议员不仅仅是一名魔法师，也不仅仅是一名强大的魔法师。他的身份还包括智者、政客和管理者，因为他做出的决定将影响无数百姓的未来。现在你已经是一位强大的魔法师了，但是你没有经验。在你之前，还有一名像你这么年轻的魔法师进入过议会，他就是独裁者。”说到这里，达隆的脸色有些阴沉，停了一下。

“我想，现在你应该知道为什么我在做出决定前如此踌躇不定了吧。为了避免重蹈覆辙，接下来的一年当中，你会跟在其他议员后面学习。他们将告诉你作为一名议员的所有职责和义务，并且评估你的工作。前六个月，你的老师是我。我们要奔赴风之王国的前线，这样你就知道议员在战争中应该做些什么。剩下来的六个月，你留在太阳王国，因为在和平地区，议员也有很多工作要做。到时候，你会跟着司法官佛罗基斯多学习。另外，你每个月都要来参加会议。嗯，我要说的就这么多了。那么，欢迎你加入魔法议会。”

“那……你要离开了吗……”尼哈尔嘀咕道。

赛奈尔低下了眼睛。他本来想告诉尼哈尔，他不想和她分开，想要永远陪在她身边，为她排忧解难，可是最终，这些话一个字也没说出来。“这是我的职责。”

“那索纳娜呢？”

“她想等你醒了之后，和你道别再走。我估计今天下午她就要出发了。”

尼哈尔突然跳下了床，拿起剑就走。

“喂，你要去哪儿啊……”

“我去练剑。”

尼哈尔一出门，就不知道该去哪儿了。她觉得自己还是没能融入这个喧闹的城市。她就这么漫无目的地跑着，直到看见了一片森林。森林的尽头除了一条翠绿的天际线之外，还隐约可以看到独裁者城堡的丑恶轮廓。

她坐在栏杆上眺望远方，两只脚悬在半空中随意摇晃。赛奈尔要远赴战场，索纳娜要离开去寻找雷伊斯，只剩下这把剑和自己生活在这个庸俗嘈杂的国度。想到这儿，她突然感觉有些孤单。她试图说服自己这些想法很傻，可是一点儿用也没有。

她看了看天边的城堡——这些黑色的建筑宛如一群魔鬼，正在一点一点吞噬自己的生命。

“怕什么呀！孤单就孤单呗，有什么大不了的。你现在是一名战士了，应该想想如何打仗，如何摧毁独裁者。”

她就这么坐在栏杆上，凝视着天际线，发着呆。

最后她决定，今天就前往骑士学院。

回到客栈，索纳娜已经收拾好行李，准备出发。她坐在门口等着尼哈尔回来，看上去依旧美丽端庄，楚楚动人。

索纳娜将尼哈尔紧紧抱在怀里。“这次远行不仅为我，也同样为你。我知道你很厉害，希望不管发生什么，你都要坚持在自己的道路上走下去。”

虽然离开的人不是尼哈尔，但是索纳娜却有种女儿要出嫁时的难过与不舍。她深知，此次一别，不知何时才能相见。

“谢谢你，索纳娜。”她能说的也只有这些。

接着，索纳娜又抱了抱她的好弟子。“赛奈尔，希望你能够比我做得还出色。”

“我不会辜负您对我的希望的。您一定要早点回来。”

索纳娜对着两个孩子笑了笑，头也不回地离开了。

看着索纳娜渐行渐远，尼哈尔对赛奈尔说："陪我去学院吧，赛奈尔。"

"现在就去？你至少等我走了以后再去啊，这样今晚我们就可以一起……"

"不了。对不起，我不忍心再看着你也从我身边离开。而且，再耽搁下去也没有意义。"

尼哈尔转身去收拾行李。她把衣服和那张画着半精灵的羊皮纸塞进包袱，将剑别在腰上就上路了。

一路上，他们俩虽然紧挨在一起，却已感觉相隔甚远。玛克拉塔一如既往地喧闹，可是他们却一句话也没说，就这样一直走到学院的大门口。

"这不是永别，尼哈尔。风之王国离这儿并不远，我每个月都会来看你的，我发誓。"

尼哈尔没有回答。

一时间，气氛有些尴尬。他们低着头看着地上，一句话也不说。过了一会儿，赛奈尔终于开口了。

"你要坚强，千万不要放弃。我知道前方的道路有很多困难，但是你要勇敢地面对。即使我离你很远，但是我的心永远和你在一起。永远。"

"我也是。"尼哈尔哽咽地说道，"你不许忘了我。"

"我不会的。"

尼哈尔突然踮起脚尖在赛奈尔的脸上亲了一口，转身向大门走去。

门卫认出了她。"没想到我们这么快就见面了。进去吧。"

大门打开了，尼哈尔渐渐消失在黑暗中。

到了会客厅之后，尼哈尔一眼就看到了大将军。她万万没有想到，瑞文居然会亲自过来见她。突然，随行的侍卫顶住了她的后背，让她跪倒在地。尼哈尔不服气地吐了吐舌头。

"你要习惯这样，小姑娘。从今往后，你得听从我的命令。"侍卫对她说。

大将军瑞文从他的座椅上站了起来，抱着那只小狗在大殿里走来走去。“你赢了。我想此刻的你一定很得意，觉得自己很伟大，很了不起……不过，这只是你短暂的胜利。在这儿，你的生活可没有那么轻松。我永远不会忘记让我当众出丑的那些人，而你，就在其中。可惜啊可惜。虽然我承认你是个杰出的战士，但是这并不会改变我对你的看法。只要你想留在这儿，你就要随时清楚自己是个什么货色，自己值几个子儿。当你跌倒的时候，你要知道，我随时都会从你身上踩过去。”

瑞文沉默了一会儿。

“拉哈尔会带你去学院，并且告诉你需要做的事。”说完，转身走了。

尼哈尔站起身来，心想：哼！你以为你吓得住我吗？

突然，一个又瘦又高的小伙子来到她身旁拍了拍她的肩膀。

“跟我来，小姑娘。”

他们来到了一条看不到尽头的走廊。门口有一扇高耸的拱门，看了直叫人头晕。尼哈尔也不知道走了多久，一路跟着拉哈尔来到了一块宽敞的空地。

拉哈尔以一种高高在上的姿态跟尼哈尔说话，语气里充满了敌意。

“这儿是新生的训练场。刚来到学院的必须先学会用剑，然后才能学习其他的兵器。学院还有很多和这个差不多的训练场，但是每个用途都不一样。毕竟，想当龙骑士不是件容易的事，十八般武艺必须样样精通才行。今天这儿没人来训练，学生们每个星期有一天的休假。不过，这与你无关，因为你根本就没这权利。”

说完，他又领着尼哈尔在这迷宫似的走廊里穿梭，来到了另外一间训练场。

“这儿是年长一些的学生和他们的龙培养感情的地方。哼，也许你永远都来不了这里。”拉哈尔轻蔑地笑了起来。

尼哈尔再也忍受不住了。“请问你凭什么这样说？”

“不许用这样的语气和我说话！我们的目的是教会学生如何打仗，所以在第一阶段的训练结束后，他们必须经历人生的第一场战争。我告诉你，法冥可是六亲不认的，他们可不遵从什么‘女士优先’的道理。”

“我知道法冥，而且杀……”

“闭嘴！以后只要我不问你，你都不许说话！”

接着，他们又参观了食堂——里面整整齐齐地摆放着十多张桌子，过了食堂，他们来到了一排房间，每间房都有二十多张床——这便是学生寝室。寝室的布局非常简单，每张床的床头都有一张小桌子，以供学生摆放个人物品。除此以外，别无他物。

最后，拉哈尔将尼哈尔带到了一间充满霉味的小黑屋。屋里摆放着一堆稻草，估计是用来当床用的。墙上有一扇小窗户，只有些许的阳光可以从那里照进来。

“因为你是女生，你以后就睡这儿了。”

尼哈尔在屋里扫视了一圈，感觉一阵反胃和沮丧。“这儿一点儿都不透气……”

“你以为这儿是王宫吗？来学院是学习打仗的，又不是度假。你现在给我听好了，我这个人不喜欢把话说第二遍。每天早上在太阳升起的时候起床，然后去进行兵器训练。午饭后，十二点整集合，学习理论知识和军事战略。日落的时候吃晚饭，吃完饭要马上就回寝室。太阳一旦下山，就不许在学院里乱晃悠。你每个月只有一天假期。在你结束第一阶段的训练前，必须穿着学生服。然后，你还有位龙骑士教师，具体的规章制度你得听他的。我想就这么多了。从现在到明天早上，你暂时没什么事做，但是我建议你乖乖待在这儿。最后，祝你在这儿住得愉快。”

拉哈尔正要离开，突然又想到了什么要说。

“啊，我差点儿忘了。学生不可以自带兵器，把你手上的剑交出来。”

尼哈尔紧紧地握住剑柄。“你就为我破个例吧。”

“为你这个小杂种破例？凭什么呀？”

听到这话，尼哈尔拔剑顶在拉哈尔的脖子上。“或许他们没有告诉你，我是击败了十个最优秀的学生才进来的……另外，在风之王国的时候，我的命是靠杀死了两只法冥才换来的。”

卡哈尔吓得浑身冒汗。他早就听说过尼哈尔的传奇故事，只是没有亲眼目睹罢了。他恶狠狠地看了一眼尼哈尔，吐了口痰在地上，砰的一声关上门走了。

尼哈尔把剑插回了剑鞘。屋子里实在很闷，让人感觉透不过气来。

她趴在窗口，想要伸出头张望张望。可是眼睛能看到的，只有玛克拉塔喧闹的一角。

她索性躺在稻草堆里，对着天花板发呆。

她试着畅想自己的未来，可是在这种环境下，根本想不出什么美好的东西来。

不经意间，她又想到了利翁，内心顿感一阵酸楚。

直到一声突如其来的叫喊将她惊醒。她才发现自己居然睡着了。她竖起耳朵仔细听，感觉那声音是从别的寝室传来的。

尼哈尔一边站起来，一边从半掩的门缝里往外看。

太阳已经下山，外面看得不是很清楚。突然，门一下子打开了，一个又矮又胖的人一瘸一拐地走了进来。

“谁啊？”她提高了警觉。

那个身影突然停住了。“没什么，没什么。这儿很黑，你应该需要灯吧。是拉哈尔叫我把灯送进来的。别担心，别担心。”

这个人的声音哀怨而且刺耳。他向前走，伸出一只手要摸尼哈尔。

尼哈尔一下跳了起来。“你想干吗？”

“没什么，把灯送给你呐，你看啊。还有，该吃饭啦。”

借着灯光，尼哈尔终于看清了他的样子。

他简直一点儿人相都没有——秃顶，又矮又胖，还踩着一根木头假腿。总之，他的身上就没有一处对称的地方，像是一只破损的布娃娃。他手上拿着火炬，一脸的狡猾和猥琐。

“没什么，没什么……”

“我知道了，你站那儿别动！告诉我你是谁？”

“我叫马赖巴，是这儿的佣人。没什么，你别担心……”说着，他又伸出了手。

尼哈尔吓得毛骨悚然，连连往后退，觉得这个人非常恶心。“谢谢你送灯过来。我没什么需要了，你走吧。”

马赖巴点了点头，一边盯着她看，一边像个龙虾似的佝偻着身子往后退。

尼哈尔将火炬挂在了墙上。看着屋子里的光亮，她平静了许多。马赖巴的出现让尼哈尔很是害怕，她总觉得那个畸形的胖子躲在哪儿偷看着自己。她越想越不安，决定去食堂走走，散散心。

食堂里坐满了小伙子，人声鼎沸。

尼哈尔看见这么多的同龄人，顿时心情大好，觉得自己再也不是孤零零的一个人了。她往餐桌走去，寻着空位子。

尼哈尔刚走进去，食堂就突然安静了下来。

她放慢了脚步，一头雾水地继续往前走。

一双双眼睛齐刷刷地盯着她看——有的震惊，有的诧异，有的惊奇，有的怀疑。她从来没有被这么多人这样注视过。

她走到一个空位子前准备坐下，旁边的男孩赶紧将手放在上面。“有人了。”

尼哈尔又找了其他的位子，但是得到的都是同一个回答——“有人了”。

接着，寂静中传来了一个声音：“半精灵，你怎么穿成这样啊？”

尼哈尔环顾四周。原来是老师在说话，他们坐在和学生隔开的一块区域里。

“我应该穿成哪样儿？”

“你是一名学生，如果你还觉得自己是一名学生的话。”其中一名老师酸溜溜地说道，“那么，你就得穿学生服。”

所有人都用一种充满敌意的眼神看着尼哈尔，让她觉得说什么都显得苍白无力。“没人发给我学生服……”她解释道。

“那你就不应该下来。拉哈尔没给你说清楚这儿的规矩吗？”

“说了，但是我……”

“作为惩罚，你去站日出那班岗。至于学生服，一会儿让马赖巴给你送去。”

学生中传来了零零星星的笑声。

“现在你去找个位子吃饭吧。”

男孩们又开始狼吞虎咽地吃起来。

尼哈尔走到唯一一个空位子旁边，问也没问就准备坐下。毕竟，这时候不会有人再进来的。

“这儿不给怪物和娘娘腔坐。”坐在旁边的男生恶狠狠地说。

尼哈尔无奈地走开了。浮岛大陆生活着各个种族——仙女族，小精灵，侏儒族，半精灵族，还有人类。什么叫不给怪物坐呢，按这种说法，互相看对方岂不都是怪物了？

尼哈尔长大的地方什么种族都有，从来没觉得自己哪里不一样。但是在这个精英荟萃的地方，她却感觉自己是个笑话。

她找了个没有人的地方坐下，离大伙儿远远的，一声不吭地吃起饭来，感觉很委屈。

晚饭后，尼哈尔马上回到了小黑屋，不想引起太多的关注。她在门口看到了马赖巴，手里拿着一只包裹，看着她傻乎乎地笑着。

尼哈尔看也不看他一眼，拿过了衣服，但是马赖巴却准备往门里走。

“快走开。”尼哈尔跳了起来。

马赖巴一脸受挫的表情离开了。

尼哈尔关上了门。但是她一想到马赖巴坐在门口就浑身起鸡皮疙瘩。她把剑横着插在了门闩里——不管是马赖巴还是那些傲慢无礼的学生都别想进来。

终于只剩她一个人了。火炬上的焰心无力地抖动着，照亮了整间小黑屋。尼哈尔这才安下心来。

她打开了包裹——里面装着一条男式长裤和一件宽大的布衣。真难看！她将学生服扔在角落，穿着自己的衣服躺在了草堆里。门缝里传来了其他学生嬉戏打闹的声音，不过，快乐是他们的，尼哈尔什么也没有。

尼哈尔第一次深深意识到自己与大家是多么的格格不入。在这里，大家都一样，只有她不同。她觉得自己不属于这个时代，而属于她的时代早已逝去。

她还留在世上干什么呢？半精灵族全都死了，她也不该活在这个世上。虽然尼哈尔不是第一次产生这些想法，但是今晚她才真真切切地体会到——她是一个异类。

她还是哭了。她尽力抑制住自己的抽泣声，用手捂住双眼，但是眼睛还是像打开的水闸，泪水哗哗地流个不停。哭着哭着，她就睡着了。

天还没亮，尼哈尔就被一阵敲门声吵醒了。“谁啊？”

门外传来一种令人毛骨悚然的声音，毫无疑问，肯定是马赖巴。尼哈尔模模糊糊地听到他说什么站岗换班一类的话，才突然想起了昨天的惩罚。原来，苦难才刚刚开始。

她赶紧爬起来穿上衣服。可是学生服太大了，根本不合她的身，只让她看起来更加瘦小。她拿着剑和披风走了出去。

马赖巴看到尼哈尔之后很开心，抓着她的胳膊说：“在大门口……”

“别碰我！”尼哈尔厌恶地大吼了一声。

在学院的大门口，尼哈尔看到了等待她的卫士，半眯着眼睛都快睡着了。

“一切正常，没有情况，还有两个小时天就亮了。”卫士打着哈欠说道。

他本来很有礼貌，但是在灯光下认出了尼哈尔之后，脸色立刻变了，恶狠狠地看着她。

尼哈尔接过他的长矛，看着他昏沉沉地走了。屋外寒风刺骨，学院发的学生服一点儿也不保暖。要是她刚才没把披风带上的话，估计早被冻死了。她打着寒战，渐渐闭上了眼睛。“美好”的一天就这么开始了。

这天剩下来的时间并不好过。

她独自吃完早饭，来到了训练场。很多学生已经开始训练了，而且他们都有各自的方阵。她四处张望，不知道哪一个才是她的。就在这时，一位老师示意她过去。

“你应该就是新来的学生吧。我叫帕塞，是你的老师。过来吧。”

尼哈尔跟着他来到一块单独的场地，一些和她差不多大的少年已经整好队站在那儿了。

“这是我们学院最年轻的队伍。在这儿，你将学习如何使用剑以及剑术入门。”

尼哈尔不敢相信自己的耳朵。“剑术入门？我可是用剑打败了这儿最厉害的十名学生才被学院接受的！”

“是吗？我也只是按照上面的指示办事，所以才把你叫过来的。”

尼哈尔绝对不能接受这个事实。“那好吧，我们来试试。这样你就可以知道我的水平，然后把我送到该去的地方。”

尼哈尔刚准备拔出宝剑，却被帕塞拦住了，看样子他有些生气。“你听好了，小姑娘。对我来说，女孩子学剑已经很怪异了。所以你最好低调点儿，按照我说的做。”

尼哈尔这下彻底没辙儿了。

看来，这一整个早上她都得听着那些自己早已掌握的东西，重复着基础练习，秒杀每一个和她对练的男生了。

她似乎已经看到了未来的学院生活——梦想与现实间的差距实在是太大了。

想到这儿，尼哈尔欲哭无泪。

# 新兵尼哈尔

太阳王国入冬以后，到处一片萧条，冷冽的寒风和枯黄的树木总是让人产生孤寂的感觉。尼哈尔也不例外。

经过一段时间的相处，学院的学生们并没有改变对尼哈尔的恶劣态度和看法。一开始因为她的性别排斥她，后来因为她奇怪的长相嘲笑她，现在大家竟然开始害怕她了。

随着时间的流逝，尼哈尔的才能日渐彰显。很快，她进入学院的传奇故事又开始风靡起来，甚至连那些从来没见过她的人都知道其中的来龙去脉。

学院开始传言说她是一位邪恶的女巫，专门引发杀戮和战争。更有甚者怀疑她是独裁者亲自派来的间谍，利用潜伏在这儿的机会彻底摧毁骑士学院。谣言的力量是可怕的，所有人都开始躲着尼哈尔。每当她从走廊经过时，少年们总是自发地分成两排靠墙站好，嘴里叽里咕噜地咒骂着，愤怒地看着她通过。

除此以外，少年们还经常在晚上溜到她的门前偷窥，一旦听到屋子里有动静就立马逃跑。

终于，尼哈尔在沉默中爆发了。

一天晚上，她和往常一样疲惫不堪，梦魇连连，甚至都没有发现有人走进了屋子。睡梦中，无数张乞求的脸一点一点地向她逼近，挤得她喘不过气来。

接着，她感觉有人在触碰她。

原来是马赖巴。他蹲在尼哈尔面前，脸上的笑容诡异又可怕，一边絮叨着，一边抚摸尼哈尔。

尼哈尔尖叫了一声，拔出宝剑就指向他的喉咙。

马赖巴一下子吓哭了，连忙跪地求饶。可是尼哈尔怒气当头，一把将他抓住拖了出去。门外的一帮少年们看着尼哈尔拿着剑冲了出来，全都吓傻了，一个劲儿地往后退。

“你们这帮混蛋都给我听好了！以后谁要是还敢对我无礼，下场就是这样。”

说完，她用剑在马赖巴的脖子上划了一道，吓得他发出了杀猪般的嚎叫。虽然尼哈尔只是在他的脖子留下了一道红印子，但是从那天晚上起，再也没有人敢去她的房门前作祟了。

可是，尼哈尔在夜晚依旧得不到安宁。

由于自身的寂寞无聊和外界的孤立冷漠，她愈发深陷那些可怕的噩梦当中。半精灵族人的面孔每晚都会来折磨她。她每次半夜惊醒后，看着眼前的小黑屋，得到的不是平静，而是焦虑不安。她觉得这间屋子就像是一具棺材，一点儿生气也没有。她坐起身来，抱着自己的膝盖窥看小铁窗外的天空，试图驱逐内心的烦恼。

可是第二天晚上周而复始，一切照旧。

就这样，为利翁和半精灵族的报仇欲望一直在睡梦中纠缠着可怜的尼哈尔。痛苦使人坚强，习惯使人冷漠。一开始，她无法忍受学院少年们对她的仇视，后来又渐渐地开始习惯，现在竟然爱上了这种感觉——她喜欢其他学生看到她畏畏缩缩的样子。

赛奈尔并没有在第一个月来找她。第二个月没有，第三个月也没有。

尼哈尔迫切地需要跟他倾诉，知道他是否一切安好，听他安慰自己黑夜总会过去。不久，她终于得到了赛奈尔的消息。上次送食物给她的那只小鹰又飞了过来，她满心欢喜地打开纸条，却发现上面简简单单地写着两句话——我累死了，得不到半刻停歇，但是一切安好。我没有忘了你。

从那以后，尼哈尔变得更加沉默不语。

她将自己的身心全部投入到学习当中。

她的剑术变得越来越凶狠残忍。

而她自己也变得越来越厉害，越来越敏捷，也越来越冷漠。

剑术老师帕塞看到了尼哈尔的才能后，觉得她在一群连剑都抓不稳的孩子中间着实很浪费。

一天，帕塞将她叫到了一边。“尼哈尔，你真的很好。”

她疑惑地看着帕塞，不知道他是在说真话还是在讽刺自己。毕竟，这句话可以分量十足，也可以一文不值。

“你有过作战经验吗？”

尼哈尔将利翁和费恩对她的教导，以及她在萨拉扎杀了两只法冥，在风之王国边防杀了一只法冥的经历全部告诉了帕塞。

“果真如此的话，看来第一天你没有说假话啊！”

帕塞冲着尼哈尔笑了，而平时一向高傲自负的她却低下了眼睛。

帕塞确信，如果训练尼哈尔使用其他兵器的话，肯定会对她很有帮助。

“我已经建议瑞文给你安排其他的战斗课程，可是到目前为止，他还没有给我答复。”

尼哈尔叹了一口气。这时候，她看见练兵场的门虚掩着，但又很快关上了。

“我讨厌那个人……”

“你可不能这么说我们的大将军。你不了解他，是因为你没有看过他在战场上的样子。虽然他现在身子虚弱，没有以前那么英勇善战，但是相信我，他依然是一个英雄。而且他看人很准，爱惜人才。只要你向他证明你很适合打仗，他就会改变自己的看法。毕竟战场变化莫测，和我们的训练场完全不是一回事。”

帕塞建议尼哈尔利用课余时间练习长矛，尼哈尔非常开心，心想终于可以从这监狱式的生活中找到一点儿乐趣。这之后，她几乎每晚都会练习，对此尼哈尔从来不觉得苦，因为她终于可以发挥自己的本领。她先学习基本的进攻手法，接着又带着长矛上马操作，很快她就爱上了这种武器，感觉自己经历了重生。

再说说帕塞。这段时间，他非常关注尼哈尔，逐渐开始欣赏她坚定不移的信念和顽强拼搏的意志，并惊异于她超乎想象的才能。

但是，帕塞发现尼哈尔的内心深处埋藏着不属于她这个年纪的忧伤。长年投身于战争的他，虽然没有付出感情的经历，更没有组建过家庭，但是在尼哈尔面前，却表现出父亲般的关怀与呵护。

他们俩很快就变得亲密无间。

只不过，他们之间唯一的交流手段就是训练。

他们用兵器对话——尼哈尔封闭害羞，唯一可以宣泄感情的方式恐怕也只有比斗。

帕塞试着从尼哈尔的动作中揣度她的心声，并且一边给予她回应，一边摧毁她内心对周围世界愤恨不满的围墙。

话虽如此，他们却算不上朋友，因为尼哈尔只对他吐露过一次心声。一天晚上，她和帕塞说到了马赖巴，坦言自己非常害怕这个怪物，并且把发生在那个深夜的事情告诉了他。

帕塞听后，摇了摇头。“你不应该这么憎恨他，知道吗？他的背后有一段凄惨的故事。”

尼哈尔认真地倾听着。

“他是一个侏儒人，我们也不知道他从哪个王国来的。几年前，我们在昼之王国成功占领了独裁者的一个重要前哨，就是在那时我们找到了在监狱中饱受煎熬的马赖巴。当时他遍体鳞伤，一看就知道曾经受过巨大的折磨。在那间牢房里还躺着他的其他的族人，有男有女，全部都已经濒临死亡。我们将他们带了出来，以为还能够救他们一命，没想到所有的努力都无济于事，只有他一个人存活了下来。看到他在牢里如此细心地关照那些同伴，还有面对同伴死亡时他的痛苦不堪，我们猜想那些人应该是他的家人。一时间，马赖巴的身世成了一个谜——他在牢里做什么？为什么会受到如此残忍的对待？我们实在无法理解独裁者为什么要对自己手下的人民这么做。接着，当我们发现越来越多类似的情况时，我们终于明白了——法冥不是一个天然的种族，他们是独裁者用魔法制造出来的生物。他还想进一步改善其他族群，好让他们尽心尽力地为他服务，所以不断用囚犯做实验，马赖巴就是其中一个。独裁者想把侏儒族变成完美的战士，在他们身上做了各种各样的尝试。我们不知道有多少人被当成了实验品，也不知道有多少人死于这个实验。也许，下一个就会是整个人类。”

尼哈尔不禁打了个寒战。

“马赖巴那样对你，或许是出于对你的同情，或许是你让他想到了某个人。因为在牢房里还有个小女孩，那也许是他的女儿吧……他不会对你做出什么坏事的，你对他宽容点儿吧。他承受的痛苦已经够多了。”

从那以后，尼哈尔对马赖巴不再那么害怕了。她克制住内心抗拒的情绪，尝试着温柔地对他说话，感谢他周到的服务。有的时候，她甚至还会对他莞尔一笑，虽然换来的是他令人作呕的笑容，但是尼哈尔可以感觉到他的欣喜之情。其实，从某个角度来看，他们俩很相像——既是大家厌恶恐惧的对象，同时也是寂寞孤独的人。

在骑士学院学习了五个月后，尼哈尔再次得到了大将军瑞文的召见。她赶到会客厅，做好了漫长等待的准备，可是惊奇地发现大将军已经坐在那儿了。

“尼哈尔，大家跟我反映说你很厉害，而且进步神速啊。”

尼哈尔不敢相信自己的耳朵，更不敢相信瑞文会对自己说这样的话。

“你的老师多次请求我为你安排更高深的训练课程。好吧，我想也是时候这么做了。从今往后，你可以学习其他的兵器了。走吧。”

说完，瑞文就拖着巨长的披风离开了大殿，只留下尼哈尔一个人将信将疑地站在那儿。其实，她的心里甭提有多开心了。

尼哈尔很快就适应了新队伍的生活。

虽然同学们还是一如既往的傲慢无礼，但是比起之前那些不费吹灰之力就击败的初级学生们来说强多了，尼哈尔终于可以放开来和他们对打了。而且，自从和帕塞学了长矛之后，她的学习热情也日渐高涨，对所有的兵器都充满了兴趣。她觉得每天的训练时间过得很快，所有新奇的兵器也很有意思。

她明白了在近距离攻击时匕首的用法，懂得了长矛的更多用途。另外，尽管她个头小巧，但还是尝试了狼牙棒和斧头这两种重型的兵器。

说实话，她用狼牙棒用得最不顺手。那玩意儿特别的重，举起来就格外费力，更别说发动进攻了。不过，她倒是很喜欢斧头，因为它的杀伤力大而且操作简便，还很适合她生气的时候用来发泄怒火。

除此以外，她还学习了鞭子。当初，臭名昭著的邵仑用鞭子差点杀了她，如今当她自己拿起鞭子的时候，却发现挥舞起来很难。

最后，她练习了弓箭。

刚开始，训练并不顺利。尼哈尔喜欢战场上疯狂野蛮的攻击，挥汗如雨的酣畅和疲惫不堪的快感。然而，弓箭需要的是高度集中的注意力和沉着冷静的心态，这两种品质她目前都不具备。

“正因如此，你才必须学习它。”每当尼哈尔不耐烦的时候，老师总是这么说。

世上无难事，只怕有心人。经过一段时间的练习后，尼哈尔很快就从脱靶的挫败感中走了出来，并信心坚定。她发现，射箭光靠蛮力是没有用的，必须掌握一定的技巧，而且只要入门以后，是很容易带给人成就感的。与生俱来的射击天赋和勤奋努力的学习让她在所有的学生当中脱颖而出，没过多久，连移动射击都不在话下。

不过，尼哈尔最喜欢的兵器还是剑。只有当她紧握那把黑色宝剑的时候，才会真正感觉得心应手，如鱼得水。

尼哈尔学得很快，仅仅花了很短的时间，就把队友远远地抛在了身后。她的才能逐渐得到了大家的认可，同学们在对她的猜测怀疑中开始多了一些尊重。

尼哈尔平淡地度过了自己十七岁的生日。虽说大伙儿的年龄都差不多大，但是她惊讶地发现，几乎所有的同学都比她大，除了一个满头金色卷发，灰色眼珠，圆嘟嘟脸颊的男生。

一开始，尼哈尔根本没有注意过这个男孩，毕竟她也无心结交，也没有机会与其接触。直到一天早上，这个男生在食堂里找到了她。

当时，尼哈尔和往常一样，正在独自享用早餐。突然，她听到身边传来细小的声音："对不起，这儿有人吗？"

这种状况太反常了。尼哈尔一声不吭地看着这个陌生的面孔，想确定自己到底有没有听错。"这家伙是谁？我记得在哪儿见过……可是在哪儿呢？"她心想。

"呃，既然没人，那我就坐下了。"

尼哈尔继续疑惑地看着他，手中的汤勺悬在半空一动也不动。

这个小金毛坐好后，舀了两勺儿汤，撕了一点儿面包，接着清了清嗓子，开始没完没了地说个不停。

"你就是尼哈尔，那个半精灵对吧？你刚来的时候我就注意你了。也就是说，从你进入我们队伍的那一刻起。呃，要是再说远点儿的话，你和十个战士在比斗场比斗的时候我就看过你了。哦，当时你真是太帅了！你打得……打得比谁都厉害！我发誓，当时我简直……简直被你迷住了。对了，你的剑也很帅！是用什么做的呀？看起来坚不可摧的样子呢！哎呀，我怎么这么冒失呢，我还没有介绍我自己呢。我叫莱欧，来自夜之王国。"

说着，他伸出了手。尼哈尔和他握完手后，刚要说话，却被他打断了。

莱欧就这么一直巴拉巴拉地说着，一会儿祝贺尼哈尔，一会儿讲述自己的人生，一会儿又不停地问问题。而尼哈尔连说话的机会都没有，只能偶尔插上个是或者不是。他的热情和孩子气让尼哈尔彻底崩溃了。

他说他才十五岁，来学院已经一年半了。接着，他又说到了他的家乡。由于很小的时候他们家就搬出来了，所以他从来没有亲眼见过自己的家乡，但是对家乡的那个怪异事件却记忆犹新。

在“三世纪”战争期间，有一位魔法师想到了一个主意——他施加魔法将黑夜永远笼罩在这个王国的上空，同时赋予了百姓夜视的能力，这样敌军攻占起来就困难重重。刚开始，人们觉得这个主意很好。可是不料，魔法师死了，但他施加的这个魔法直到战争结束，都没有人能够解除。

“因为它不是普通的魔法，你知道吗？它是一道魔咒！你知道什么是魔咒吗？呃，那是一种无法破除的魔法，永远存在的东西。不，我错了，不能说是永远存在。准确点说，要是施加魔法的魔法师死了，它就会永远存在。因为只有这个魔法师才能破除它。我想现在你应该懂了吧。”

莱欧滔滔不绝地说了一大堆之后，满意地叹了一口气。就在这时，尼哈尔突然笑了起来。一开始很矜持，然后越来越控制不住。她的笑声很快就感染了莱欧，不一会儿，两个人笑得眼泪都出来了。

他们之间的友谊就这么开始了。

莱欧一刻也不离开她。尼哈尔一时间受到别人如此大的崇拜有些受宠若惊，但不可否认，她很喜欢这种感觉。他是第一个不怕她，不恨她，也不鄙视她的学生。尽管他们之间的友谊不如她和赛奈尔的深厚，但是由于莱欧的天真无邪和过度崇拜，尼哈尔心里同样感到很温暖。

莱欧经常在晚上跑到她的小黑屋找她聊天。尼哈尔这才知道，莱欧并不是自己想要进入学院学习的。他的爸爸是一位伟大的将军，希望将他培养成一名顽强勇敢的战士，所以才把他送进了骑士学院。

莱欧他有着自己的理想和抱负。“你喜欢长途旅行吗？就是环游整个浮岛大陆，探寻无人所知的土地，发现新大陆。这就是我想做的事。要是我可以自己选择的话……我发誓，我明天就把剑扔了！”

尼哈尔实在想不明白，怎么会有人被迫做自己不喜欢做的事。

“如果你不喜欢打仗，就别学了。莱欧，战士的人生并不美好。如果你没有十足的信念，当战士一点儿意义也没有。”

他耸了耸肩。“我还能怎么办呢？我爸爸是不会接受自己有个旅行家儿子的。用他的话说，旅行家就是‘不务正业的人’。他一直希望我成为一名战士，所以我必须按照他的意愿这么做。”

尼哈尔从来没有遇到过这种情况。从小到大，她一直都是自己做决定，自己选择前进的道路。她以为所有人都是这样子的。而现在，她却发现竟然有人的人生道路是由别人规划的，他们自己没有任何选择的余地。

当她提出异议的时候，莱欧简单地回答道：“每个人都有自己的命运。有的人过着自己梦寐以求的生活，而有的人则恰恰相反。这就是人生。对了，你的梦想是什么呢？”

每次聊完这些话题后，等到莱欧回到自己的寝室睡觉了，尼哈尔总是一遍又一遍地反问自己——她的命运到底是怎样的。

对于这个问题，莱欧也很想知道。当他第一次主动问起尼哈尔的过去时，尼哈尔立马将他撵了出去。为了彻底打消他的念头，尼哈尔甚至一连好几天都没和他说话。

其实尼哈尔需要的只是时间。不久之后，她开始向莱欧讲述她的过去以及利翁的故事。她无法表达内心的难受——父亲之死和整个半精灵种族的灭绝给她带来的沉痛依旧鲜活，这种罪恶感一点儿也没变，和以前一样强烈。

尼哈尔还说到了赛奈尔，说到他们俩是多么要好，说到自己是多么想念他。她甚至还告诉莱欧她一直深爱着一个出色的男人，对方却毫不动情。

莱欧突然吭吭哧哧地说道：“你应该感到幸福……我对爱情一点儿兴趣也没有。女人总是哭哭啼啼，扭扭捏捏的……反正我觉得一点儿意思也没有。”

“我就是一个女人啊，难道你根本没有发现？”

“我知道，但你是战士啊。这是两码事。”

听到这话，尼哈尔不知道该庆幸自己是一名战士，还是该愤恨自己没有一点儿莱欧说的那些女性特质。

一转眼，已是尼哈尔进入学院的第七个月了。就在这时候，赛奈尔突然出现了。

尼哈尔完全不知道赛奈尔付出了多大的努力才得以出来见她一面。因为，不管赛奈尔在会客厅坐多久，大将军都不肯答应他的请求。最终，他决定求助他的老师达隆。

达隆一向是一个公私分明的人，他很清楚政治权力和军事权力的区别。但是，他非常疼爱自己的这个学生赛奈尔，也知道见尼哈尔一面对他来讲有多么重要。

达隆以魔法议会元老的身份和赛奈尔一起找到了大将军瑞文。“我听说，尼哈尔进入学院后还没有出来过。你不觉得现在应该放她出来透透气吗？”

听到这话，大将军不仅没有改变自己的主意，反倒对他们干涉学院管理的行为很恼火。

“瑞文，尼哈尔很重要。她是灭亡的半精灵族当中唯一的幸存者，雷伊斯在她身上看到了不寻常的命运。而且，都说战士如兵器，难道你不爱惜自己的兵器吗？”

见瑞文只沉默不语，达隆继续耐心地说服他。

经过几小时的协商后，瑞文终于妥协。他一边下令打开学院的大门，一边不停地咒骂着尼哈尔，因为他感觉自己总是败在这个小女孩的手上。

当赛奈尔看着尼哈尔朝自己走来时，差点儿没认出来——她瘦了，穿着一身宽大的学生服，迈着军人稳健的步伐走在学院的广场上。

“这不是尼哈尔。”赛奈尔心想。他希望经过一段时间的训练后，尼哈尔可以走出之前的痛苦，变回那个无忧无虑的小女孩。当他们逐渐靠近时，他情不自禁地笑了起来，伸出手想要拥抱这个久别的朋友。可是尼哈尔不仅没有迎合，反而后退着摆脱他的拥抱。

“你来干吗？”

赛奈尔愣住了。“什么？我来干吗？我来找你……”

“你说过你每个月都会来找我的，你和我承诺过的。”

“我知道，可是出来一趟并没有之前想象的那么容易，我没有……”

“你以为我出来一趟容易吗？没什么可说的了，就这样吧。”

尼哈尔刚要转身离开，却被赛奈尔紧紧地抓住了手臂，只好停了下来。她甩开赛奈尔的手，突然号啕大哭起来。

“你知道我这几个月是怎么过来的吗？你知道我有多孤单，有多被排斥吗？我什么结果都想到了！我以为你死了，以为你去了个与世隔绝的地方，甚至以为你把我忘得一干二净了！”

赛奈尔上前一把将她抱在怀里。“原谅我。”

她拼命地挣脱，但是赛奈尔的臂膀依旧紧紧地抱着她。

“原谅我吧。现在我不是来了吗？”

听到这话，尼哈尔才停止了挣扎，依偎在赛奈尔的怀抱中。“我恨你。”她小声说道，“我想死你了。”

他们来到尼哈尔的小黑屋之后，赛奈尔突然感觉一阵内疚。他实在很心疼尼哈尔一个人住在这么恐怖的地方。

他们坐在地上，开始互相倾诉压抑已久的千言万语。

“我原先想第一个月就来找你的，但是真的一点儿时间也没有。每次来玛克拉塔开完会就得赶紧离开，因为风之王国的状况实在是太糟糕了。”

尼哈尔有点儿不想听下去的冲动，她不想知道自己从小玩到大的土地是如何沦陷的。

然而赛奈尔却将所有的事情都告诉了她。“我第一天赶到战场的时候，简直不敢相信眼前这片荒凉的土地就是风之王国——战乱，贫瘠，死尸满地，血流成河。太可怕了。我想离开，可是达隆不停地给我鼓励。我感觉一下子回到了童年，眼睁睁地看着身边活生生的人一个个地死去，自己却无能为力。更伤心的是，风之王国过去的样子不时地出现在我的脑海——早晨清新的空气，塔城熙攘的人群……还有落日的美景，你还记得吗？”

尼哈尔感觉自己一下子回到了那些美好的时光。“我怎么会不记得那些场景。晚风拂面，霞光照在小草身上，将大地晕染成一片嫣红的世界……”说着说着，她的声音就卡住了，再也说不出什么来。

赛奈尔继续沉重地说道：“尼哈尔，风之王国什么也没有了。如今，大地被浓烟黑雾笼罩，到处都是熊熊烈火，连太阳都看不清楚了。一切宛如噩梦。每次和敌军交锋过后，总是看到不同种族的幸存者在废墟中游荡，像幽灵一样。他们已经一无所有了，只能到处流浪，在血泊中寻找生者，或者已故的亲人。然后就是死寂……每次交战过后都是一片死寂。你还记得萨拉扎从来都是不得安静的吗？店铺的喧闹，行人的叫嚷，客栈的音乐……而现在，你已经听不到一点儿声音。”

赛奈尔叹了口气。

“风之王国已经被分成了两半——一边是我军的势力，一边是独裁者控制的区域。准确说，我们并不知道对方的阵地发生着些什么，但是一些士兵成功靠近了敌军的防线，而且没有被发觉。他们回来后跟我们讲述了那边的情况，真是太悲惨了。所有的百姓都被抓去当了奴隶，为独裁者的军队服务。这个该死的家伙连佛莱斯达森林也不放过。他砍伐树木造兵器、烧柴火，下令百姓在原来的土地上耕作粮食，供军队充饥。所有的人都夜以继日地劳作，一旦谁撑不下去了，他就会立马从队伍中消失，没有人知道他的下落。事实上，这块区域现在正被独裁者的下属，一个叫做多拉的暴君统治着，他特别喜欢看着人们饱受折磨的样子。另外，他还是一名大将军，指挥着整支部队。他总是骑着一条黑龙，奔赴在战争的一线。听说，独裁者赐予他一具不死之身，没有什么能够伤得了他。他每次都冲在队伍的最前面，直接导致我方战士死伤无数。说实话，他的军队真的很强大。所有的法冥、人类和侏儒族都置生死于不顾，一个劲儿地向前冲。我们能够支撑到今天，还多亏了龙骑士们的相助。不过，六个月过去了，我们一点儿土地也没夺回来。”

尼哈尔声音颤抖地说道：“那萨拉扎现在怎么样了……”

“萨拉扎已经不复存在了，尼哈尔。多拉第一次进攻之后，就将所有的俘虏关了起来，接着便一把火烧了萨拉扎。几天几夜的焚烧早已将萨拉扎化为灰烬。听说，他在焚烧之前，将所有的战俘排成排，让他们跪地求饶，屈从的人可以免死。只要谁不听从指令，就会被立即扔进巨塔。而那些照做的人也没有落得好下场，他随机抽了十几个人处死。这就是多拉。”

赛奈尔透过墙上的小铁窗，看了看外面的天空。

“我一直以为独裁者想要的只是权力，只是征服整个浮岛大陆。然而在我亲眼目睹了他的所作所为之后，才发现他追求的根本不是权力。他真正想要的是摧毁整个世界。”

尼哈尔攥紧了拳头，发出嘎啦嘎啦的响声。赛奈尔立马握住她的手，轻轻地抚摸着。

“我知道你想干吗，但是现在还不是冲动的时候。”

赛奈尔接着又说了他自己的近况以及在风之王国所担当的角色。

“我的工作和军队有着密切的联系。你万万想不到，我居然会和费恩一起指挥！他、达隆还有我一起制定了很多次攻击，试图收回失地，削弱敌军力量。不过一切都是徒劳。另外，我需要一直发挥自己的特长，不停地给军队或者兵器施加魔法。说实话，这段时间我累坏了。每天天没亮就得起床，夜深了还不能入睡。有的时候，我们还得在夜间行军，或者发动一次突然袭击。你千万不要认为我没有想你，尼哈尔。每次来到玛克拉塔，我都希望能腾出时间找你，可是议会、会议、魔法师……还有战争，都不允许我随心所欲，必须坚守在战场上……以至于我整天面对的除了死尸，还是死尸……”

尼哈尔安静地听着。有了赛奈尔的陪伴，她感觉自己仿佛回到了四年前的佛莱斯达森林——那时候，赛奈尔的突然出现让她不再孤单，成天纠缠她的“妖魔鬼怪”也瞬间消失了。她也和赛奈尔讲述了她机械般的生活，对瑞文的仇恨，和帕塞的友谊，还有所有自己新学的兵器。

她特别提到了那些一直尾随着她的梦魇。

“赛奈尔，你知道吗？梦里有死人，有活人，他们都是真实存在的人！我怎么可能无视他们的呻吟和抱怨？”

赛奈尔以为学院生活会将她从噩梦中解救出来，可是，他发现尼哈尔仍然没有找到自己在这个世界上的定位。

突然，外面传来了一阵敲门声。

接着，门缝里探出一只笑眯眯的脑袋。原来是莱欧。赛奈尔打量地看着他，他也看了一眼赛奈尔，然后说道：“啊，你有客人啊，那我先走啦。”

赛奈尔很是诧异。尼哈尔是说过她在这儿交了一些朋友，但是这个家伙与尼哈尔随意的相处还是让他感觉很郁闷。这个小子想干吗？

“别，别，快进来。他就是我经常和你提到的赛奈尔。”

尼哈尔说着，站起来示意莱欧进来。“这是莱欧，我的战友！”

尼哈尔介绍完毕后，莱欧和赛奈尔非常不自然地握了握手。

赛奈尔的脑子不禁浮想联翩。这个人怎么不事先预约就跑到尼哈尔的屋子里来？他们的关系就这么亲近吗？尼哈尔说过他们是朋友，但是什么样子的朋友呢？反正，他越看莱欧越不舒服。

屋子里顿时弥漫着尴尬的气氛。突然，尼哈尔有种奇怪的感觉——她感觉浑身不自在，但是这种不自在又不是自己身上的，而是别人的。这有点儿像我们说话时听到的自己的声音，虽然是从自己身上发出来的，却感觉从别处传来的一样。一时间，她不知所措。

“喂，我们为什么不出去走走？难道今天不是我的假期吗？”

他们听着玛克拉塔的嘈杂声，溜达了一整个下午。

虽然她来到这儿的时间不短了，但是仍然很讨厌这种乱糟糟的场面，她感觉自己像第一次来到这里一样，完全不能融入这个城市。赛奈尔依旧一声不吭地绷着个脸。而莱欧则觉得自己像个电灯泡，非常多余。

总之，这个下午过得并不愉快。

到了赛奈尔离开的时候。莱欧先回去了，将他和尼哈尔单独留在学院的门口。

“这么说，你会在这儿留一阵子啰……”尼哈尔终于开始讲话了。

“嗯。从现在开始，我要知道一名议员在和平地区该做些什么。这样的话，我就可以经常来找你……”

“好，那我们再见吧。”

尼哈尔不喜欢在离别的时候磨磨唧唧的。她在赛奈尔脸上亲了一下，转身准备进入学院。赛奈尔鼓起勇气，一下子将她叫住。

“呃……那个莱欧……到底是谁啊？”

尼哈尔先是不知所云地看着他，接着捧腹大笑起来。“莱欧是个小男孩。他很喜欢我，能让我感觉不那么孤单，并且不在意我到底是人还是半精灵。这对我来说很重要，你知道吗？难道，你还怕有人替代你的地位？”

“嗯……哦，不，当然不怕。反正，我就是好奇嘛。就这样吧。”

尼哈尔一边笑一边摇着头。接着，他们便开心地道别。

在接下来的几个月中，尼哈尔的日子好过多了。

经历过上次和马赖巴的小摩擦之后，尼哈尔逐渐喜欢上了他。他其实人挺好的——他经常为尼哈尔在食堂留些好吃的菜，为她收拾屋子，还经常摘些小野花送给她。尼哈尔每次都是笑眯眯地接过那些花儿，因为来到学院后从来没有人给过她这么无微不至的关怀。

有的时候他们也会聊聊心里话。马赖巴总是泪眼盈盈地和尼哈尔倾诉他所经历的故事，那些场景竟然和尼哈尔的梦境完全吻合。而尼哈尔则非常真诚地告诉他自己的恐惧和复仇计划。因为她觉得马赖巴虽然外表疯癫，内心却很清醒，可以理解她的苦痛和煎熬。更何况，她再也不想将什么事都憋在心里了。

莱欧在尼哈尔的生活中也扮演着重要的角色。他可以聆听尼哈尔的心声，并且在夜深人静的时候安慰尼哈尔。这样的朋友让尼哈尔觉得很有安全感。

尼哈尔发现，学院里艰苦的训练和严格的制度并没有改变这个小男孩。莱欧还是充满了孩子气，炯炯有神的眼睛总是憧憬着美好的未来。和他在一起的时候，尼哈尔甚至会想到在萨拉扎和利翁度过的幸福时光。

他们俩很快就形成了一个奇怪的组合——尼哈尔是学院里最具潜力的学生，而莱欧则是最差劲儿、最没有天赋的孩子。但是这并不影响他们成天黏在一起。

另外，赛奈尔每个月都会准时出现在学院门口。

有的时候费恩也会来。每当那个时候，尼哈尔总会表现出自己最女性的一面，并且不停地琢磨着那份永恒却又不幸的暗恋。

费恩看到尼哈尔的进步，感到非常骄傲。他越来越意识到，这个小姑娘今后一定会干出一份大事业。

只要他们一见面，都会趁着中央训练场没人的时候偷偷地切磋剑术，而且每次一打就是几小时。尼哈尔和费恩在一起的时候从来不会觉得累，而费恩和她比斗的时候也会萌生一种前所未有的快乐。

一转眼，尼哈尔进入"太阳王国骑士学院"已经一年了。

她已经完全熟练掌握了各种兵器。尤其是她的剑术，整个学院无人能敌。

她的老师们纷纷请见瑞文，说百年难遇这么个独具天赋的学生，建议尽快让她上战场。面对这么多老师的极力推荐，瑞文不得不做出让步。

尼哈尔知道这个消息，非常激动。虽然第一阶段的训练还没有结束，但是她早已准备好了迎接这场至关重要的试炼——实战。

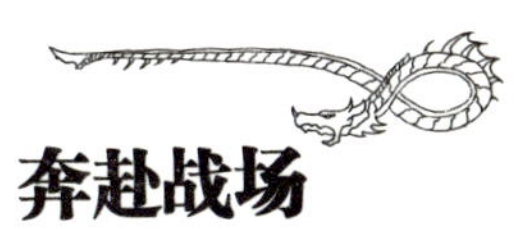

# 奔赴战场

接受这次试炼的一共有三十多个学生，他们将被分成很多小组，整编进前线不同的队伍。

每个小组有一个老兵带领，他除了负责指挥他们作战，还有义务在学生遇到危险时解救他们。

为了突出他们是学院的学生，每个人都配发了一套色彩鲜艳的军服。这样，老兵在战场上指挥起来也更加方便。

试炼前的训练强度越来越大。

每天黎明时分，新兵们就聚集到操场上练习各种兵器，互相纠正错误，优化战场的阵形。

等到太阳下山的那一刻，所有人都累垮了，除了尼哈尔。

她一个人躺在床上，翻来覆去难以入眠。她的心早已飞到战场上去了。怀揣多年的梦想就要实现，她终于可以为打倒独裁者出一份力。她有些不敢相信自己会走到今天。可是，她又迫不及待地想要投身战场，只有在那儿，她才能找得到自己存在的意义；只有在厮杀中，她才能原谅自己作为唯一幸存者，直到现在都不能为自己族人报仇的无能，才能宽恕自己没有保护好利翁，让他被法冥杀死。她一天一天地算着日子。

然而，并不是所有人都那么乐于接受这场试炼。

莱欧能够参加这次试炼全都依赖他爸爸的关系，可是他害怕极了。在此之前，他都无所谓爸妈如何为他安排人生道路，毕竟征战沙场的日子还早着呢。但是现在只要一到晚上，他的脑海中就轰响着兵器的铿锵声。也许他不会在战场上被杀死，但是一定会被吓死。

尼哈尔想尽一切办法给他打气，可是一点儿效果也没有。

最终，她和莱欧达成了一个协议。“莱欧，要不这样吧。我答应你只要一有危险我就来救你。但是你也要答应我，战争回来后你会和你爸说你不想当战士，并且说服他，让他同意你做自己想做的事。”

莱欧答应了。他想，只要尼哈尔遵守这个约定，自己就不会有生命危险了。

赛奈尔非常担心尼哈尔，但是他对这一天的到来一点儿也不诧异，因为他知道尼哈尔的性格——不尝尝战场的灰土是绝对不会罢休的。

在太阳王国的这几个月，他过得很好。毕竟从战争的恐惧中走出来，过上平静的生活是件惬意的事。渐渐地，他甚至爱上了这个嘈杂的城市。

这段时间内，他从老师佛罗基斯多那儿学到了很多东西。尽管佛罗基斯多年岁已高，疾病缠身，常年直不起腰，还饱受健忘的折磨，但是不可否认，他曾是一位杰出的人物。岁月的沉淀赋予了他智慧和知性。

赛奈尔不仅从他那儿学到了耐心和外交事宜，还懂得了理解他人和善解人意。

终于，他可以正式加入魔法议会了。

这次的授职仪式在太阳王国的王宫举行，场面隆重，众多社会高层人士出席。仪式结束后，还将举办一场盛大的晚宴。这些天，王宫上下所有的厨师都在忙活这场宴会。大厅现场摆放着许多黄金餐盘，里面的水果鲜美。墙壁上挂着的毛毯和餐桌上铺着的餐布奢华绚丽。

议员的授职仪式就像一场重要社交盛宴。当晚，太阳王国内外的达官贵人齐聚一堂。除了将军们穿着整齐的制服以外，所有的人都穿金戴银，不放过任何一个炫富的时刻。

经过尼哈尔的不懈努力，瑞文最终同意她参加此次宴会。她脱下了那件不合身的袍子，穿上了自己尘封已久的衣服。她太想念这些衣服了！穿上它们，她觉得自己前所未有的美丽。

出发前，她将剑擦得发亮，细心地梳了个小辫子。一切准备完毕，她满面笑容地朝王宫走去。

当她进入大殿，看见五彩斑斓的灯光和制作精美的摆饰、壁画后，完全惊呆了。

会场上，优雅的贵妇、顶尖的魔法师和各国的贵族们来回穿梭，气氛很是融洽。但是当一个蓝头发、身着战士服的小女孩突然迈着军人的步伐出现时，不免引来众人奇怪的探寻目光。

成为全场的焦点后，尼哈尔瞬间觉得自己走错地方了。她人生中第一次觉得自己应该有套女性化一点儿的衣服，比如一席长裙，加上一件优雅的披肩，再配上一些闪亮的珠宝。“天啊，我穿成这样在这儿算什么啊？”她心想。

还好，她很快就看到了赛奈尔。

没想到，赛奈尔披头散发，蓬头垢面，连胡子都没刮。而且，他竟然还穿着上次授职仪式的黑色披风，就是腹部绣着一只红眼睛的那件。虽然大家想尽一切办法让他换一件衣服，可是他执意要穿这件。

“为什么不能穿这件呢？它可不是一件简简单单的衣服，是我的第二张脸呢！再说了，我又不是蛇，干吗非要蜕皮呢？”赛奈尔这样回答道。

大家拿他没办法，只好恳求他把头发扎起来，把胡子刮了，要不然他的样子和难民没区别。可是他仍然笑着置之不理。他就是不喜欢墨守成规，总是想方设法地打破这些无聊的规矩，随心所欲地做着自己喜欢的事。

赛奈尔看见了尼哈尔，冲着她挤了挤眼睛。就在这时候，盛宴开始了。

一位不知名姓的官员跳了一段开场舞之后，开始了他冗长的发言，内容无非是高度肯定本次活动的重要性。

接着轮到议员们了。他们逐个起立发表自己的演说，详细列举了赛奈尔不负众望、恪尽职守的种种优良品行。

才刚刚到第三个议员，来宾们就快闷死了。这个庄重的开场没完没了地进行着——演讲，行礼，发言，公证，然后继续演讲……

尼哈尔无聊至极，漫无目的地四处张望着。

一个小女孩吸引了她的注意力。

她看上去比尼哈尔小几岁，长相稚嫩，但是穿着打扮却令人感到惊艳美丽，庄重典雅，高贵动人。尼哈尔看见她坐在椅子上，猜想她应该是国王的女儿，但是无论从哪儿看也不像。

正当她惊诧不已的时候，晚宴达到了高潮。只见那个小女孩站了起来，径直走到赛奈尔面前，拿出了一枚奖章。

“我，苏腊娜，以太阳王国女王的身份赐予你保卫浮岛大陆自由与和平的使命。从今天开始，你不得忘记你的本职工作。”

小女孩一说完，大厅里就响起雷鸣般的掌声。赛奈尔低下头，托起女王的手吻了一下。之后，小女孩缓慢高雅地回到了自己的座位。

太阳王国的统治者竟然是个小女孩！

尼哈尔脑子里一片混乱。

坐在她旁边的是一位阔少爷，脸上搽着雪白的粉。他注意到尼哈尔的惊愕后，转过头对她说：“看到这么年轻的女王是不是很讶异啊？”

“其实……我以为太阳王国会有个国王，或者其他的统治者……”

这位阔少爷叹了口气，矫情地说道：“我们本来是有一位国王的，可是他战死在战场上了。啊，多好的国王啊！英勇善战却又致力和平，强势果敢却又崇尚自由……啊，多大的损失啊！”

这个人说话的语气真的是做作到了极点，让人有想抽他的冲动。但是尼哈尔一门心思放在小女王的身上，也就不在乎这些了。“难道没有人能够继承王位吗？”

“哦，当然有啦！刚开始是国王的弟弟接管政务的，但是在苏腊娜十四岁生日那天，她当着所有朝廷大臣和新国王的面，宣布她要继承王位。她的叔叔试图劝阻她，但是她却指责她的叔叔利用战争发国难财，苛捐杂税导致民不聊生。”

“这都是真的吗？”

阔少爷低下头，在尼哈尔的耳边嘀咕道，仿佛在泄漏什么天大的秘密似的。“说实话，千真万确。”

接着他又恢复先前矫揉造作的动作和语气。“苏腊娜说她已经做好准备登上王位了。她的爸爸托梦告诉她，要想百姓过上好日子，就必须夺回王位。话果真如此。她登上王位后，管理王国很有一手，现在的百姓都过上好日子了呢。”

尼哈尔赞叹不已——这么小的女孩居然有足够的智慧和勇气统治整个王国！

“对了，我看您是个战士吧。而且，您应该不是本地人！”

“嗯，没错，这说来话长了。不好意思，现在我得去见一个人……”

尼哈尔闪电一般从人群中悄悄离去，走到新议员赛奈尔身边，开心地抱住了他。

“祝贺你啊，臭魔法师！你的梦想终于实现了！”

“呃，是的。虽然说一切都和梦想差远了。”

“这话是什么意思？”

“你知道吗，议会跟我之前想象的不完全一样。那儿既有崇尚权力的人，也有自私自利的人。当然了，并不是所有人都是这样的。但是有的时候，一些心胸狭窄的议员着实让我伤透了心……不过目前我也不想考虑这么多，毕竟风之王国的前线还等着我去。那些政治纠纷等以后有时间再说吧。”

尼哈尔并不明白赛奈尔所谓的政治纠纷是什么。在她眼中，所有的议员都是拯救浮岛大陆的大英雄，但是赛奈尔的这番话却让她有些疑惑。

一个星期后，学院正式通知尼哈尔和莱欧将于几天后前往风之王国。尼哈尔猜想赛奈尔也许会在暗中帮助她，让学院把他们送到他的地盘上去。事情果然没有让她失望——他们有可能会在费恩的领导下打仗。知道这个消息后，尼哈尔激动了好久。

在一个夏日的清晨，他们出发了。

学院将所有的新兵装进了一辆巨大的木车，并且用铁杆撑起的篷布将木车盖了个严严实实，以防他们觉得行程时间过于漫长。

同行的车辆中有的运输军需物品，还有的装载其他奔赴战场的士兵。

他们穿过田野和村庄，惹得村民们纷纷跑出来好奇地观望，一些小孩子还开心地和他们打着招呼。从大家的眼中看不出一点儿慌张，仿佛他们不是奔赴战场，而是前去参加某个杂技表演似的。

接着，他们又穿过海之王国的丛林和水之王国的绿地。尼哈尔握着剑，看着沿途的风景，不禁想起了利翁。

她记得利翁每天都会待在店铺的角落里，举着个大锤子把铁块敲打得火星四溅。火炉里煤烟四起，将他的脸熏得黝黑黝黑的。闲来没事，他总是喜欢和尼哈尔讲述有关战争的故事。有的时候兴致高昂起来，还会和尼哈尔“打上一架”。可以这么说，尼哈尔爱上剑完全是受到他的熏陶。想着想着，利翁去世的画面又浮现在她的眼前。她知道，前方的战场充满了未知和挑战，但是她一定要为利翁报仇，让他能含笑九泉。

不久，他们就告别了水之王国恬静的风光，来到了一片荒原。

一开始，尼哈尔竟然还期盼自己的家乡会静候她的归来，就像妈妈迎接漂泊多年的游子一样，可是赛奈尔的话却突然使她清醒过来：我第一天赶到战场的时候，简直不敢相信眼前这片荒凉的土地就是风之王国——战乱，贫瘠，死尸满地，血流成河。太可怕了。更令人伤心的是，风之王国过去的样子不时地出现在我的脑海……

很快，她就发现赛奈尔说的话一点儿也没错。

荒无人烟的平原上一片死寂，地上长满了枯黄的野草，仿佛被太阳晒干了一样。虽然时值正午，但是透过浓密的烟雾仅能看到些许的阳光。

再往前，看到了城市的废墟。巨塔的残垣断壁被火焰熏得漆黑，只剩下几段坍塌的围墙倒在那里。废墟中间，一双双惊恐的眼睛注视着前进的军队。如今，这块废弃的土地俨然成了乌鸦的地盘。它们栖息在烧焦的树干上，时不时发出凄婉的啼叫。

接着，他们看到了那些被残忍杀害的无辜百姓——其中大部分都是小孩和妇女，还有一些士兵。周围的幸存者翻动着尸体，抢夺着搜寻到的一些可用的物品。

尼哈尔不敢相信，曾经无数次在萨拉扎天台上看到的大好风光，如今竟然变成了一片荒芜的停尸场。

部队还没有驶入战争的核心区域，木车上的新兵们已经目瞪口呆。

莱欧也不例外。他越看越害怕，越看越无法理解一座城池怎么会被毁成这样。

“你过去就住在这儿？”

尼哈尔没有说话，用沉默回答了这个无奈又伤感的问题。

他们又继续前进，终于看到了部队的堡垒和营地。一些幸存者三五成群地仰躺在地上。那些衣衫褴褛的孩子们本来在四处游走，但是一看到有军车驶过，全都追了上来，伸出手要吃的。

刚开始，车里的新兵们纷纷将自己的储备粮往外扔，但是立即就被长官严厉禁止。

“全部给我住手！在营地里这种人满地皆是，但是和你们一点儿关系也没有。要是你们恻隐之心泛滥，那趁早收拾东西回去吧。”

听到这话他们不得已只能作罢，陆续开始在车中睡觉打哈欠。可是这里毕竟是战场，车队要做的只是找到一个营地过夜，接着第二天清晨继续赶路，哪有时间给他们耽搁。

这一路真是既劳累又恐怖啊！

起先，新兵们完全将这次远行看做是一场郊游，眉飞色舞地谈论着即将到来的试炼。在他们眼中，战争似乎不是一个生死攸关的难题，而是一场游戏。

事到如今，他们终于看到了战争的残酷，再也没人敢拿战争开玩笑了

有的人索性不看窗外了。

还有的试图通过聊天分散自己的注意力。

只有尼哈尔一直目不转睛地注视着大地上的荒凉。“看看这些可怕的景象吧。”她心想，“在战场上的时候要时刻铭记在心。”

在第二十天的傍晚，他们终于抵达了目的地——瑟仑。这个地方也已经遭到了战争破坏，帐篷乱七八糟地撑在巨塔的废墟周围，空地上还躺着一些受伤的士兵。

这是尼哈尔第一次来到军营，但是眼前的景象却让她产生一种莫名的归属感。

她向人打听赛奈尔的住所，但是别人告诉她，赛奈尔现在暂居主战场，离这里非常远。不过还好，费恩统帅的军队离这儿并不是很远，明天他们就会去和费恩的军队会合。知道这个好消息后，尼哈尔心头的小鹿又是一阵乱撞，可是还没容她多想，她和另外五个少年就被立即带到了战区将军的帐篷里。

将军外貌粗犷，一开口就把大家震慑住了。“战争不同于儿戏。平时你们在学院里学的都是些花拳绣腿，和战争完全是两码事。战场上不讲人情，也不论剑术。一旦战争开始，你们要做的只有两件事——服从命令听指挥，勇往向前。因此，不要以为我们会像奶妈一样跟在你们后面照顾着，你们的第一要务就是服从命令。如果你们因为不遵守纪律而身陷困境，没有人会去救你们。不过，你们也不要过分地依赖你们的长官，毕竟在战场上生存是你们自己的事。”

停顿了一下，将军继续说：“下面说说明天的战争。我们的任务是突破一

座被包围已久的碉堡。敌军的储备水粮几近耗竭，因此现在是进攻的最好时机。明早日出前的一个钟头，我们全军出发。弓箭手负责打乱对方营地的阵脚，第一步兵队负责攻破城墙和大门。你们属于第二步兵队。记住了，一旦第一步兵队攻破城墙或大门，你们就立即和其他士兵冲进城堡。具体的细节进攻前再和你们讲。另外，起床的时间是凌晨三点，所以我建议你们今晚睡个好觉。从现在起两个钟头后开饭，到时候你们将见到你们的长官，然后就是自由活动。不过，我不建议你们随意走出营地，也不希望看到有人到处乱管闲事。”

说完，将军就走了，留下六名新兵瞠目结舌、灰心丧气地站在帐篷里。尤其是莱欧，眼泪都快出来了。

“加油。”尼哈尔对他小声说道。

他们的长官很年轻，也非常能够理解学院新兵参加第一场战争前的忐忑心情。

他又重新讲了一遍明天的作战任务，告诉他们遇到情况时要向他汇报，他将负责大家的生命安全。另外，他还向大家展示了作战时的兵器和盔甲，接着就吩咐大伙儿回自己军营。当然，除了尼哈尔。

“你是半精灵吧？”

尼哈尔点了点头。

“那就千万不能让敌人认出你。所以明天你必须做好乔装。”

“为什么？我觉得独裁者不会在乎我在不在军队里的。”

“独裁者已经将你的种族灭绝了。我们也不知道为什么要这么做，只知道你是最后一个半精灵。如果他知道你还活着，整个军营都会有危险。其实，让你在玛克拉塔名声大震就是一个错误。毕竟战场上死一个人事小，全军覆没事大。”

尼哈尔心里再一次产生危机感。看来，利翁死后她的想法是对的——她就是一个扫帚星，不管在哪儿都会给别人带来危险。

长官给了她一只头盔，让她将整个头都遮住。这样，别人既看不到她的头发，也看不到她的耳朵。

但是第一个问题来了——头盔卡得她很疼。

第二个问题紧接着就出现了——所有的盔甲穿在尼哈尔身上都嫌大，没有一件是合身的。

长官开始不耐烦起来。“女人啊！不在家带孩子跑到这儿来做什么！”

尼哈尔一下子将盔甲扔在了地上。

“我不需要这些东西。”

“啊，是吗？这么说你觉得自己是个大英雄，携带着荣誉而来，准备干出一番惊天动地的事业是不是？每支队伍里都有这样的人。你知道我要和你说什么吗？这种人往往坚持不了多久，要么死在沙场，要么躲在角落里活活吓死。”

“长官，我来这儿不是玩儿的，是打仗的。”

长官也不再和她啰唆。“随你的便吧，但是千万不要连累他人的性命！”

长官离开后，尼哈尔一个人在军营里闲逛。她发现即使是在这种战乱的地方，也会有简单平常的生活——有人写信，有人睡觉，还有人洗衣物。反正没有半点喧闹，仿佛时间静止了一样。她感觉自己身处一块与世隔绝的地方，静静地等待着什么。

就连吃饭也是在寂静中度过的。尼哈尔不禁怀疑这是不是战争前人们的正常表现。难道大家都在惦记着明天？或者说大家习惯这种胆战心惊的生活反而不再恐慌了？不管大家是怎么想的，反正她已经迫不及待地想要投身沙场了。

晚饭后，大家都待在帐篷里休息了。尼哈尔陪在莱欧身边，听着他渐渐平稳的呼吸，一直等到他睡着了才躺下。可是她一点儿也睡不着，只要眼睛一闭上，战争的场景、噩梦的画面还有儿时的记忆就在脑海中搅成一团，乱得头都要炸了。她无可奈何地坐了起来，从帐篷里走了出去。

外面寒风刺骨，万籁俱寂，烟雾缭绕。她裹着披风，漫步在夜晚的静谧中。一切是那么的平静与安宁，与沿途看到的残败狼藉极不相称，仿佛是两个世界的极端。

尼哈尔就这么一直走着，直到看见了一座巨塔的残骸。这座陌生城市的废墟勾起了她的回忆。她模糊地看到一座楼梯，虽然台阶断断续续，残缺不全，却从这场灭顶之灾中保存了下来。她一步一步小心翼翼地爬了上去，就在快到顶端的一小块空地上停了下来——这儿原先应该是一个天台，只不过上面的楼层都倒塌了。

巨塔的石块仿佛在向尼哈尔讲述着过去它在风之王国的故事。透过大火焚烧后的围墙，商店、住房、会议厅仍旧依稀可见。

她甚至还看到一家铁匠铺，和利翁的差不多。店铺里有的地方依旧完好无损，但是大部分的墙壁和地面都已辨不清原样。她走进一间裂成两半的屋子，伸出头看了看塔里的菜园，不知道居民们在这块土地上洒下了多少辛勤的汗水；又有多少个燥热的夏天，他们坐在树荫下聊天乘凉？可惜，大部分的园子都被毁了，只有中央的一棵橄榄树仍然顽强地活着。它弯曲的枝干仿佛正诉说着漫长而又痛苦的人生故事，但是它挺过来了。瞬间，尼哈尔觉得它美得难以用语言去形容。

这个场景彻底打开了她记忆的闸门。她突然想起了在佛莱斯达森林里听到的大地的心跳，那种神秘的跃动她现在依然可以感觉得到。这说明虽然她选择了战争的道路，但是与大自然的心灵沟通从未间断过。

此时尼哈尔的心里瞬间五味杂陈——思念，空虚，惋惜……她有种想回到童年的冲动，在那无忧无虑的和平年代，尽情地嬉戏玩耍。想到这儿，她突然觉得能活着是多么美好。她开始害怕死亡，害怕失去自己拥有的所有东西。

在此之前，她一直都是以一种悲观的态度看待自己的人生。去年的痛苦，挥之不去的噩梦，还有身为最后一个半精灵的罪恶感，这一切的一切让她觉得世界是如此的不公。

但是现在，她想要好好地活着。

她抬头看了看黑夜中那轮皎洁的明月，亮得有些刺眼。她想，要是当时放弃成为一名战士，做个平平常常的小女孩应该会很好吧。不用拿兵器，不用惧怕随时会死亡，也不用听从谁的命令。也许她会生活在太阳王国，说不定还会邂逅一段爱情，和一个小伙子坠入爱河，生儿育女，一起牵着手慢慢变老，最后幸福美满地死去。

这一切哪里有问题吗？没有。

但是她就是做不到。她无法目睹那些无辜的百姓被那邪恶的力量伤害，而自己却生活在一片太平当中；也无法眼睁睁地看着这股残暴的势力在自己眼皮底下日益猖狂，而自己却无所作为。

所有美好的幻象瞬间破碎，一切又都回到了现实——巨塔还是那般残破的模样，橄榄树的周围也杂草丛生。

尼哈尔知道，她马上就要成为一名真正的战士，一些不切实际的梦也该醒了。

她解开了头绳，放下了很多年都没有剪过的蓝色秀发。刹那间，一条蓝色的长河贴着腰背顺流而下，几根发丝在微风中肆意飘动。那场景宛如诗人吟诗作画的山水，又似情人坠入爱河的梦境。

她拔出宝剑。

一簇一簇的头发缓慢地在空中飘落。凄美，静谧。

最终，美景不再，爱河干涸，留下了一抹简短飒爽的蓝色。

她捡起地上的头发，扔进了屋后的菜园里。

在第二遍号角吹过之后，莱欧终于醒了。他看着站在窗前的尼哈尔，吓傻了。

“尼哈尔！你怎么了？”

“没什么，长头发不方便打仗。你赶紧起来吧，不然要赶不上点名了。”

接着，尼哈尔找了个角落坐了下来。她感觉内心出奇地平静——自己一旦做出了决定就不会再更改。她拿出一块黑布披在头上，对着一会儿要用的盾牌照了照。虽然不是很清楚，但大致模样还是看得出来的。当她看见自己的样子时，差点没喷出来。“天啊，开什么玩笑，我怎么看上去这么傻。”

她赶紧拿下黑布，开始一层一层地往头上裹，直到看不出来任何面部细节。显然这么乔装肯定会吸引很多人的注意，这种扮相有些夸张，而且她还是个女生，可是这样就没有人会认出她是一个半精灵了。

莱欧依旧躺在他的床上傻傻地看着尼哈尔。

尼哈尔最后照了一下，确保只有眼睛露在外面。一瞬间，她竟然觉得这样的装扮好看极了。“尼哈尔，就这样吧。别管这些没用的外在的东西了。”她心想。

部队出发的时候还是深夜。

他们必须前往驻扎在敌军墙下的军营，之后和前方的部队一同攻破碉堡。不过，这对尼哈尔来说意味着另外一件事情——见到费恩。

一路上，大伙儿寂静无声。大约一个钟头过后，他们终于看见了目的地——这个军营比夜间经过的所有军营都要大，都要整齐。来来往往的士兵，有条不紊地准备着这次进攻，整个军营弥漫着一股高效又紧张的气氛。尼哈尔瞪着大眼睛，在人群中搜索费恩的身影。

终于，她看到一个穿着金色盔甲的士兵表情严肃地从帐篷里走了出来。没错，那就是费恩！她趁着长官不注意，悄悄地溜出队伍，走到了费恩的身边。“费恩？”

尼哈尔以为即使自己打扮成这样费恩也可以认出来的，但是事与愿违，费恩一脸疑惑地看着这个突然出现的“蒙面人”，完全不知所措。尼哈尔解开披风，给费恩看了看自己的新兵战服。

“是我……”

“尼哈尔！”

费恩一下子紧紧握住她的手，久久也不松开。“这是你的第一场战争吧？”

尼哈尔点点头，不敢说话，因为她的腿都软了。

“尼哈尔，千万别逞强做分外的事，毕竟将来还有很多机会给你表现的。一会儿在空中的时候，我会时刻注意你的。”

当尼哈尔还沉浸在这场美好的重逢中的时候，长官的叫喊声将她拉回了现实。“我得走了……”

费恩松开了手，说道：“祝你好运！”

所有的新兵被召集在一起后，归入了第二步兵队。

这支队伍的组成可谓是“大杂烩”——人类，侏儒族，就连小精灵都跑来担当间谍的工作。战士们的年龄也参差不齐——既有初出茅庐的孩子，也有成熟一些的壮汉，甚至还有部分久经沙场的老兵。

大伙儿的心中不停地重复着作战策略——刚开始进攻时耐心等待；第一步兵打开城门后再冲入碉堡。

尼哈尔的思维高度集中，脑子里没有半点儿杂念。她的脑海里只有两个字——战争。而且，现在的她既不害怕，也不激动，更不烦躁。她一心只想着待会儿应该完成的任务。

这时，长官示意第二步兵队埋伏起来。

地平线上泛出了一点儿鱼肚白，太阳马上就要升起来了。弓箭手准备就绪，龙骑士全部就位，所有人都在等待进攻的号令。

独裁者的碉堡十分坚硬，一层又一层的扶壁将它加固得密不透风。城墙内外，虽然驻扎着两支军队，但是都被同一种寂静的氛围笼罩着。

突然，一声令下，所有的弓箭手开始向碉堡内放箭，龙骑士也迅速飞上了天。

士兵们积蓄已久的力量一下子喷薄而出，寂静的天空顿时乱箭飞舞。

没一会儿，碉堡里也开始不断地往外发射武器。巨大的火球重重地砸在第一步兵队的前方，接着，一群会飞的东西从城墙那头飞了出来。

“该死的臭鸟！”尼哈尔旁边的士兵咒骂道。

“那是什么东西啊？”

“我们也不知道，大伙儿一直都叫它们‘火鸟’。它们的攻击力并不强，但是嘴里喷出的火焰却可以阻挠我军的弓箭手进攻。待会儿只要步兵一冲进去，它们就飞走了。”

果然不出所料，昨晚部署的战略真的就用上了。将军下令第一步兵队立刻进攻，第二步兵队等待突击。

突然，碉堡前方的土地撕裂开来，从地下钻出百十名法冥。他们怒吼着往前冲，和战士们厮打起来。

随着战争越演越烈，尼哈尔感觉心脏就要从嘴里蹦出来了。她竭力压抑着内心的战斗欲望，蹲在原地等待着。毕竟，将军还没有下达命令。这就是她在学院里学到的第一件事——遵守命令。她抬头看了看骑在巨龙上的骑士，找到了费恩之后又看了看旁边的莱欧。他浑身颤抖，上牙咬得嘴唇都出血了。

“冷静点儿，别怕。”她安慰莱欧，但是其实她自己也开始抑制不住内心害怕和激动、同时又渴望战斗的复杂感受。

突然，将军下令了。

随着一声大喊，第二步兵队发起了进攻。

尼哈尔一下子站了起来，疯狂地跑着。

她只盯着碉堡前的百多名敌人。

她只盯着越来越近的法冥。

气愤，怒火，仇恨，所有的感受瞬间涌上心头。

尼哈尔深知如何在比斗场上忘乎所有，全身心地投入到比斗中。但是在战场上，一切都没有想象的那么简单。

她根本就没有时间想其他的东西，只是机械般地疯狂战斗。她所有的精力都集中在自己的身体上，除了防卫和厮杀，别无他念。法冥从四面八方向她袭来，她挥舞着剑的同时洞悉周围的声音，清楚地知道攻击的对象的弱点和打斗方式。

一路狂奔，她很快就杀死了第一个敌人。紧接着，越来越多的法冥迎面而来。

尼哈尔已经完全处于一种忘我的状态，只管在战场上不断前进，奋勇杀敌。整个场面混乱极了。对战双方完全扭打在一起，法冥甚至都骑到了士兵的头上。这些畜生凶残地挥舞着手中的剑和斧头，撕咬抓打，样样齐全，甚至连战倒在地的士兵也不忘蹂躏一番。

刹那间，尸体遍地——人类，法冥，侏儒族。红色的鲜血如雨水般泼洒在地上，枯草都被染成了红色，踩上去滑腻腻的。尼哈尔全然不顾地从血流与横尸上跑过。

她一点儿也不害怕，死尸的狰狞和伤口的疼痛都阻止不了她前进的步伐。对她来说，没有什么比杀敌更重要的了！

经过一番激烈的厮打过后，她来到了城墙下面。突然，一滴硕大炽热的油点落在了她旁边。

她用盾牌挡在肩膀上，探出头看了看。原来是法冥搞的鬼！他们站在碉堡上，将一锅又一锅滚烫的热油往战士们身上倒。这招果然狠毒，没一会儿，空中的箭雨便越来越少，弓箭手们也开始没辙儿了。

尼哈尔顺着碉堡一路快跑，终于找到一个凹槽躲了起来。她调整好呼吸，再次探出头看了看。

她突然发现了一只法冥。可是，这些畜生站满了整座碉堡，要想进入城墙，至少要消灭掉一半的法冥。

她紧张地环视四周。

就在不远处，有一名士兵倒在地上，旁边还躺着一把弓。尼哈尔一边躲着油点，一边悄悄地跑了过去。拿起那把弓后，又迅速躲回了凹槽。

接着，她开始找箭——地上散落着一些，墙缝里还插着一些。尼哈尔随便挑了几根手边的塞进了腰带里。随即，她拿出一根搭在弦上跳了出去。看到一只法冥了！瞄准，射箭！那个畜生还没来得及倒油，就被射了下去。

她立即拿出第二根箭搭在弦上。

依然正中目标！可是，尼哈尔还没来得及高兴，一只法冥就举着血淋淋的斧头朝她冲来。她赶紧一手挥舞着弓，一手在腰间摸索着剑柄。

法冥一下子扑在她身上，不给她任何还击的余力。尼哈尔逼不得已，只能往后退。突然，一块石头将她绊倒在地。

就在这时，将军骑着龙火速赶到了。

他用长矛将法冥刺死，一把将尼哈尔抱到了龙鞍上。

巨龙有力地扇动着翅膀，飞上了天空。

尼哈尔紧紧地抓着龙鞍上的缰绳，大口大口地喘着气。地上的战况一目了然——法冥竭力阻止士兵们靠近城墙，而弓箭手的箭支越来越少。

“我让龙在碉堡周围绕一圈，你负责将法冥射死。”将军对她说道。

“好！”

尼哈尔拿出一支箭搭在弦上，开始瞄准。再次射中！

接着，她又成功地将另外两只法冥射了下来。

突然，她的腿上传来一阵灼痛——原来是不小心被腰间的箭头擦伤了。

“糟糕，他们发现我们了！你继续射击，我来对付这些油锅。”

尼哈尔从腰带上拔出最后两根箭后，依次射了出去。

将军则抓紧一切时间，将手中的长矛扔了出去，正好砸中一只油锅。顿时，热滚滚的油滴向着塔下洒去，紧接着就传来一声声痛苦绝望的叫喊。

巨龙迅速朝法冥飞去。

“将军……”尼哈尔大喊。

“还有一个法冥呢！”

“我没有箭了，将军……”

眼看着最后一只法冥就要被杀死了，将军有些不甘心。“好吧，我先把你送回地上。”

等到龙靠近地面的时候，尼哈尔纵身一跃，再次置身于战场之中。她拔出宝剑，准备战斗。

她加入到前线的部队，开始攻击城门。有的士兵试图用大槌将城门砸开，但是却不停地遭到法冥的阻挠。

正当尼哈尔和一只法冥厮打的时候，旁边突然传来一声孩子般的叫喊。

“莱欧！”

他竟然也在城墙下。

原来，战争刚开始的时候，他和所有人一起冲了进去，但是很快就畏畏缩缩地躲在了草丛里。将军发现了之后，逼着他和其他士兵一起攻击城门。可是没一会儿，他的宝剑就被打飞了——这就是他呆若木鸡地站在那儿的原因。

“快逃！”

尼哈尔赶紧跑到他身边。

“你还不快跑啊？”她疯狂地怒吼着。

莱欧这才缓过神来，立刻转身朝营地跑去。还好，将军及时看到了他，将他拉到了龙背上，要不然他永远别想在慌乱中跑出去。

“没事了没事了，你获救了。”

莱欧一下子抱住将军，失声痛哭起来。

尼哈尔捡起莱欧的宝剑，开始双剑并用。尽管她疲惫不堪，伤痕累累，但是仍然斗志昂扬。

咔嚓一声，城门破裂了。他们马上就要拿下碉堡了！顿时，战场上的法冥仿佛失去了斗志，打趴的打趴，战死的战死。部队乘胜追击，准备冲进城门。

可是突然从碉堡里冒出阵阵浓烟，熏得尼哈尔睁不开眼睛。紧接着扑面而来滚滚的热气，呛得她大咳不止，差点儿窒息。

“该死的……”

随后最后一声槌击，城门彻底倒了下来。

瞬间，无数的火舌从城门里喷射出来。

第一步兵队和槌击城门的战士们就这样被活活烧死了。

碉堡里的混蛋宁愿将它烧毁也不肯拱手让给眼前的敌人。

整支部队不得不向后撤退。

就连龙骑士也一个接着一个地被碉堡里射出来的飞弹打跑。

尼哈尔和所有的士兵拼命地往营地撤逃。一路上火球飞滚，浓烟四起，什么也看不见。

# 新痛

大火像魔鬼一般缠绕在碉堡身上，逐渐蔓延，最后将碉堡完全吞噬。火焰就如同它的魔爪，肆意地向天空招展。碉堡的砖石一块块地往下塌，无情的烈火将它们瞬间熔为滚滚黑烟和纷飞的灰烬。

部队在军营里密切关注着这一场景。当他们看到碉堡彻底倒塌时，立刻爆发出胜利的欢呼声。尼哈尔也激动地将宝剑高高举起，欣慰地笑着。

将军走到她的身边，严厉地说："你的任务完成得很出色。"尼哈尔非常开心，成就感油然而生——她马上就要拥有自己的龙了，而且还可以骑着它驰骋战场。现在她想的不是远在天边的赛奈尔，也不是死里逃生的莱欧，更不是心心念念的费恩。她的脑海里满是刚刚杀死的敌人和胜利的喜悦——半精灵取得了复仇计划的首次大捷！

长官也走了过来。"通过了试炼，你一定很开心吧。我不得不承认，你在战场上的表现确实很出色。不过，你的朋友……恐怕现在感觉并不好。你去看看他吧。"

"好的，长官。谢谢你，长官。"尼哈尔匆匆致谢后就跑走了。

她找了半天，发现莱欧正在帐篷的角落里哭鼻子。她悄悄地走了过去，但是莱欧依旧抽泣不止。尼哈尔蹲在了他的旁边，轻轻地抚摸着他的头。

“没事了，小傻瓜。还有什么好怕的呢？现在你就可以光明正大地和你爸爸理论去了，告诉他发生的一切，他肯定会理解你的。”

莱欧眨巴着红肿的眼睛看着尼哈尔，“太恐怖了，我简直不敢相信自己的眼睛。所有战死的士兵……满地狂奔的法冥……还有那些被杀死的兄弟，他们一个接着一个倒在地上……太可怕了，尼哈尔！太可怕了！”

尼哈尔不知道该说些什么，因为莱欧说的都是事实。当时的场面真的很可怕——死尸，鲜血，法冥。不过，这就是战争。

“为什么一定要发生这样的事情呢？为什么独裁者这么恨我们？为什么他连那些无辜的百姓也不放过？”

“没有为什么，莱欧。他就是恨我们，我们也正因如此才去打仗。”

“没错，打仗……你们都能打仗，而我却没有那个勇气动手！我畏畏缩缩，我害得你身陷险境……我恨我自己！我知道我必须往前冲，但是我也清楚自己根本没那个能耐！我简直就是个懦夫！而且，看了那么多血腥的画面之后，你叫我如何活得安心？”

“并不是每个人都得打仗的，莱欧。你也可以通过很多其他的途径帮助我们的浮岛大陆。你想想那些魔法议会的议员，还有各个王国的国王大臣，他们都不碰兵器，可是不也都在为浮岛大陆的自由和解放事业奋斗吗？你也可以找到属于你自己的方式的。”

听完尼哈尔的话，莱欧又开始小声哭起来。

突然，军营里掀起了一阵骚动。

外面不时地传来疯狂的踏步声。尼哈尔探出头，发现士兵们都从各自的帐篷里跑了出来。

“喂！发生什么事啦？”

一名年轻的侍从刚好路过，听到尼哈尔的叫唤后，依然头也不回地继续往前跑。

“我军损伤了几名骑士！”他匆忙地回答道，接着又加快了步伐。

尼哈尔的脑海中顿时闪过一个人的身影——费恩！从战争结束到现在，尼哈尔还没有看过他呢。“别自己吓自己了，他是不会有事的。”她越是安慰自己，内心就越是不安宁。她从帐篷里跑了出来，跟着奔走的士兵和侍从来到了将军的帐篷前。

门口挤着一小撮人。她一边往前走，一边祈祷人群中能够传来费恩的声音。可是在这些情绪激昂的嘈杂声中，根本听不到费恩那独具特色的嗓音。

她找到一名新兵问道：“你知道发生什么事了吗？”

“他们在说这场仗的事呢。其实，结果没有看起来那么好。我们牺牲了大量的步兵，重伤了一名龙骑士，还有另外四名下落不明。”

尼哈尔心头一震。

“你知道他们的名字吗？”

“有一名骑士叫杜瓦……还有一名叫彭，奔，还是什么的……另外还有……”

尼哈尔还没等他说完，一把抓住他的脖子，“是不是叫费恩？”

“喂！你要干吗？”

“他的名字是不是叫费恩？”她提高了嗓音。

“也许吧，我也不知道。”

尼哈尔松开了手，像疯了似的朝医务室跑去。

她不知道医务室的具体位置，但是仍然一直向前跑。因为她觉得自己一旦停下来，就会丧失理智。

她挨个儿检查了每一个地方，终于在一个大帐篷门口停了下来。她掀开门帘走了进去，看见一位魔法师正在用魔法给一位垂死的骑士疗伤。尼哈尔死死地抓住他肩膀，逼迫他停下手中的工作。

“这名受伤的骑士是谁？”

“你疯了吗？”

“他是谁？我求你了，告诉我他的名字吧！”

魔法师莫名其妙地看着眼前这个完全失控的小女孩。“他叫杜瓦，是位老兵。他的伤口需要好一阵子才能愈合，至少从现在看来，魔法一点儿也没奏效。”

尼哈尔一下子冲了出去，不知道该欣喜还是难过。“只要找不到他，就说明他没事。也许他被战争耽搁了……或许卡尔特受伤了，不能带他回来……反正他不会有事的。他现在肯定平平安安的。没错，他不会有事的。”她一边上气不接下气地跑着，一边祈祷费恩没死。当她跑到将军的面前时，将军正在询问一位新兵。

“你什么时候看到他的？”

“城门倒塌之后，部队都开始往后撤退，但是当时有几名骑士正在碉堡的上方。”

“你确定？”

“我们很多人都看见了，将军。敌军的炮弹射中了他，随即他就掉进了碉堡的大火里。”

“你确定是他吗？”

“是的，将军。我认识他的龙，那就是费恩。”

听到这话，尼哈尔大吼了一声，拨开身边的士兵向将军跑去。“不！不可能！费恩打了那么多场仗，从来没有受过伤！他没有死！他也不可能死！他们把他抓起来了！对，一定是这样的，我们得赶紧去救他！他是我的老师！他没有死！他没有死！”

她继续叫喊着，声音里夹杂着哭腔，脸颊上的两行泪水刷刷地流淌着。

将军使劲儿摇晃着尼哈尔的肩膀。“你冷静点儿！”

尼哈尔一下子跪倒在地上，号啕大哭起来。将军关切地看着她，然后命令一名年轻的士兵将她送回帐篷后安顿好。

尼哈尔蜷缩在角落里，将头埋在膝盖中间一言不发。她也不知道刚才自己哭了多久，只知道脑海中一直徘徊着费恩的微笑，费恩的声音，费恩的一切。她想起第一次和费恩见面时怦然心动的场景，和他过招时淋漓酣畅的画面，这几个月来无数次美好的瞬间，还有战争前的最后一次邂逅……

那个士兵陪在尼哈尔旁边，心疼地看着她。

他之前听别人说起过尼哈尔，说她是一名女巫，而且她的种族已经全部灭亡了。她优雅如仙女，狠毒似蛇蝎，打起架来和男人一样。他第一次遇见她的时候，觉得她是何等的单薄。虽然长相有点儿奇怪，但是和传闻中的一样美丽。后来他在训练场目睹了她舞剑的样子，差点儿就以为她真的是女巫了，毕竟一个女生不可能打得那么好啊。

可是现在的她静静地坐在那儿，伤心欲绝，娇弱可怜。

他一直盯着她看，想安慰她，却又不知说些什么。"费恩是你的老师吧？"

尼哈尔没有回答。

"我听说是的。真是太可惜了。哎，发生这些事，谁都不想的，你一定很难过吧？"

尼哈尔连头也不抬，继续蹲着。

"我从来没有过老师，但是我能理解你的感受。我今年二十一岁，已经打了五年仗了。我亲眼目睹了很多兄弟的离去。刚开始，我和你现在的状态一样，可是慢慢地就习惯了。没办法，这就是战争，注定要死伤无数，哭是没有用的。"

尼哈尔动也不动，一句话也不说。因为没有什么话安慰得了她，她也不希望得到安慰。她只想挖个洞钻到地下，暂时地与世隔绝。

"我相信那些神父们说的话——过了今世，我们将前往一个没有战争和痛苦的世界。我所有的朋友都在那儿，我能感觉得到。我想，你的老师也会在那儿，而且以你为豪。对了，打仗的时候我看到你了，你知道吗？你太厉害了，你马上就要成为勇猛的龙骑士了。所以，现在你应该振作起来，我敢肯定你的老师……"

尼哈尔再也忍受不了这番啰唆的废话了。她抬起头，瞪着那双紫色的眼睛直勾勾地看着那个少年，“让我安静会儿！”

士兵一下子被吓住了，垂下了眼帘，嘴里咕哝着：“你要振作。”除了这句话，他也不知道说些什么了。

晚上，莱欧主动提出来要去照料尼哈尔。

换班时，之前的士兵告诉了他白天发生的一切。莱欧顿时明白了，原来那个尼哈尔经常提起的神秘骑士就是费恩！他决定，今晚要好好陪着尼哈尔，就像前晚尼哈尔陪着自己一样。

走进帐篷之后，他看见尼哈尔蜷曲着身子躺在床上，很是心疼。

她面色苍白，眼神空洞，差不多和死人一样。

莱欧什么话也不说，只靠在她身边，将她搂在怀里，陪着她直到自己也睡着了。

尼哈尔并没有一蹶不振。她克制住内心的悲痛，脑海里突然闪现出一个念头——费恩只是失踪了。没错，费恩失踪了，费恩没有死。虽然那个士兵说自己亲眼目睹，但是那么远根本看不清费恩的样子。他一定是看错了。费恩还活着。费恩肯定被敌人抓起来了，或者受伤困在塔里出不来。不行，必须得有人去救他，要不然他会有生命危险。

尼哈尔就这么一直焦虑不安地瞎想着，并发誓一定找到费恩，要将他完完整整地带回军营。到时候，费恩一定会绘声绘色地跟她讲述这次惊险的遭遇，还会笑话她大惊小怪。

她撇了撇嘴，强颜欢笑。

“费恩还活着，我要去救他。”

夜深人静，外面漆黑一片。只有碉堡上的火焰照得它闪闪发光。

尼哈尔不在乎大火烧得有多猛，也不在乎敌人是否会发现她的踪迹。她的脑子里只有费恩，现在，费恩就是她的全部，没有什么可以阻挡她前去救费恩。她悄悄溜出沉睡中的军营，来到马厩牵了一匹马就飞奔了出去。

城门瘫倒在烧焦的地上，大火依旧熊熊燃烧着。尼哈尔看着被烧得火红的碉堡，一点儿也不害怕，毫不犹豫地走了进去。浓浓的黑烟随即扑面而来，呛得她直咳嗽。碉堡里尸体横陈，有的被倒塌的墙壁压着，有的几乎化成了灰烬。

尼哈尔艰难地穿梭在废墟之中。里面的温度极高，吸入的空气都是滚烫滚烫的，然而她却义无反顾地搜寻着。

砰！一大块石头倒在了她的旁边，吓了她一跳。

她大声叫唤费恩的名字，可是只能听到自己幽怨的回声。

她又提高了嗓音，可是仍然只有自己的回声和噼里啪啦的燃烧声回荡在碉堡中。

她停了下来，开始搬动滚烫的砖石和瓦砾。

“费恩！”

由于石块太烫了，甚至弄伤了她的手掌心。

“费恩，你在哪儿？”

瞬间，她的眼泪又开始哗哗地流淌。

“回答我啊，费恩！是我！我是尼哈尔！”

她的声音越叫越颤抖，泪水完全模糊了她的视线。

“他没死。他没死。”她一边念叨着，一边继续往前走。

突然，远处出现了一具硕大的尸骨。

是一条烧焦的龙！

她嘶喊着跑了过去。

虽然它已经血肉模糊，但是尼哈尔确定这就是卡尔特。她的心扑通一声坠了下去，失声痛哭起来。

卡尔特僵硬的翅膀紧紧地夹在一起。

尼哈尔本能地掀开了它的翅膀。

费恩就躺在底下，完完整整地躺在底下。一大摊发黑的血水淤积在他的头下，浸湿了他的头发。

尼哈尔彻底惊呆了，傻傻地看着他。“你的脸色怎么这么难看？”她自言自语道。泪水也终于停止了流淌。

她弯下身子，伸出手轻轻地摇晃他，试图将他唤醒。碉堡热得像地狱，然而费恩的皮肤却是冰冷的。

她一下子跪倒在地，拼命地摇晃他的身子，一声又一声地叫唤他的名字。

第二天，当长官走进帐篷，发现只有莱欧一个人哭丧着脸坐在地上。“我睡着了……我睡着了，然后她就走了……”他一边抽泣一边说道。

长官立即安排士兵全营搜索，接着又在营地周围找了一圈，可是仍然杳无音讯。负责侦察费恩及其他失踪骑士的队伍也接到紧急通知——寻找尼哈尔。

学院的学生们聚集在空地上，听取本次试炼的最终报告。他们很幸运——没有人死亡，只有一名学生受伤。将军综合考虑了他们的勇气、表现以及遇到困难时的自我解决能力，宣布了通过试炼的学生名单。结果只有一半的人通过了试炼，而尼哈尔就是其中的一个。

侦察队最终找到了费恩的尸体。

另外三名失踪的骑士，有两名在碉堡附近的树丛里找到了，受了重伤。还有一名依然杳无音讯。也许他被俘虏了，即将迎接生不如死的生活——听几名从多拉手里逃出来的士兵说，俘虏在监狱里都会遭受着惨不忍睹的虐待。

尼哈尔在那晚之后，没有任何音讯。

因此，军营宣布，尼哈尔逃跑了。

知道费恩死去的消息后，赛奈尔立即快马加鞭赶到了军营。一路上，他一直担心尼哈尔会做出什么傻事来。到了军营之后，他发现自己的担心果然不是多余的。

“什么叫‘她走了’？”

“费恩死后的那天晚上，她收拾好自己的东西，偷了一匹马就走了。就是这样。”一名士兵对他说。

赛奈尔气愤地跑到将军面前：“我听说学院里的那位女学生不见了。”

将军点点头：“您听得没错。”

“真是太不像话了！难道您不知道她是最后一个半精灵族，对浮岛大陆的未来有重大影响吗？”

将军冷静地说道：“对我来说，她就是一名新兵。试炼之后发生的事情，一概与我无关。”

“您要负责新兵的生命安全啊，将军！”

“您说得没错——生命安全。这个小姑娘本来已经从战场上平平安安地回来了，可是之后是她自己又跑走了。对此，我不承担任何责任，议员。”

“好，那她好歹也算部队的士兵吧。难道您都不去搜寻失踪的士兵？”

将军有些不耐烦了。

“您听好了，年轻人。您才来这儿多久？您没有资格来干涉我的工作！我已经派人找了她一整天了，我还能怎么做？现在的局势谁不清楚？我就是睁一只眼闭一只眼行了吧？您要和我讲规矩是吧，那我就告诉您，要是我讲规矩，您的朋友老早就被学院开除了！”

赛奈尔也丝毫不甘示弱。“我希望您尽快派人去找她！没准儿她就在附近，我们完全可以找到她。她只是因为一时糊涂，而且……”

“我和您说清楚了，我没有任何意愿动用我的人去找您的朋友。您爱找谁找谁去吧。对不起，失陪了。”将军说完便从帐篷里走了出去。

赛奈尔握起拳头，狠狠地捶在面前的桌子上。

其实，将军说得没错。

赛奈尔回到为他准备的帐篷里，在地上放了一小盆水，坐在了旁边。

定位魔法需要高度集中的注意力，可是外面一直传来士兵的走动声、铁匠修补兵器的铿锵声还有将军的指挥声。赛奈尔深深地吸了一口气，努力排除外界的一切干扰，试图达到心静如水的境界。“你在哪儿，尼哈尔？”他将手掌放在水盆的上方缓缓移动着，“让我看看你。”

瞬间，水面开始荡起阵阵涟漪，随即显现出一个骑马奔驰、身披黑色披风的身影。“告诉我你在哪儿？”画面突然消失了。“尼哈尔！”一张满是泪痕的脸出现在水面中央，可是很快又消失了。“尼哈尔！”

“该死！”赛奈尔咒骂道。由于他的内心满是担忧和不安，所以根本无法集中注意力操纵魔法。水盆里的水很快恢复了平静，倒映出他焦虑的脸庞。

当天晚上，心烦意乱的赛奈尔还得会见军营首脑和龙骑士代表，以便确定接下来讨伐独裁者的路线。

这对他来说简直就是煎熬。从他上任的第一天起，他就发现那些将领们因为他的年纪对他极其不信任。他们总是以像看三岁小孩儿一样的目光看着他，而且每次只要他一说话，总会有人在底下暗自讥笑。这让赛奈尔很是恼火。

这次会议也不例外——不管讨论如何激烈，他的话永远被视为儿戏。

赛奈尔从本次战争犯下的错误说起，提出了一系列战术上的改革。可是还没等他说完，一位上校就摇着头打断了他，一脸不耐烦的表情。

“议员，请允许我说两句。当时您不在场，所以您根本不知道当时的情况。另外，这仅是您首次参与作战，您也没有什么经验。而且，您也不是什么战略家。所以我觉得在您发表自己的看法之前，最好先听我们说完。”

赛奈尔从会议的开始就以一种谦卑的态度坐在那儿，说话都是小心翼翼地，没想到最后还是落得这样的下场。他彻底失去了耐心。

他知道，和这些人说他会见过伟大的战略家，说他在前线他的想法被付诸行动，说他饱读兵书才得以提出那些看法之类的话，都是没有用的。反正他的建议永远不会被采纳。接着，一位将领的恶意讥讽使得赛奈尔的忍耐终于到了极限。

“也许您现在根本不能正确判断局势，因为您朋友的出逃对您的打击太大了。”

赛奈尔突然一下子站了起来，“依我看，会议可以结束了。”

他没有和任何人打招呼就离开了会场。

这种局面最可恶了——将领和议员之间总是充斥着矛盾。赛奈尔越发清晰地意识到，这场矛盾中的罪魁祸首就是大家没有达成一个合作的共识——将领们认为如果少了他们，浮岛大陆早就被独裁者统治了；而议员们则坚决认为他们的战略意见以及魔法在很多重要战争中都发挥着决定性的作用。

而他，根本不想考虑这么多，只希望能尽快解救出那些遭受压迫的百姓，让自己和天下所有的人一同生活在和平之中。可是那些目光短浅的议员和将领们可不这么认为，这让他特别气愤。

他又回到自己的帐篷，坐在凳子上一言不发。

侍从给他端来一些食物，可是他一点儿胃口也没有。他的心里一直惦记着尼哈尔，只要一想到她独自露宿在外就担心不已。他迫切地想要看到她，就像去年一样欢快、活泼、神气。他不知道为什么命运总是捉弄她，让她永远找不到自我。想到这儿，他更加难受了。

突然，从帐篷外伸进来一只小脑袋。赛奈尔立马就认出了他。“这家伙想要干吗？”

“我可以进来吗？”莱欧腼腆地问道。

赛奈尔竭力克制住自己对这个小男孩的敌意。“进来吧。你的试炼怎么样啊？”

莱欧羞涩地走到桌子旁。“很差劲儿，我都没通过。不过我能活着站在这儿，都是尼哈尔的功劳。”

赛奈尔想不明白这小子来找他做什么。难道想“开后门”？“好吧，这么说你做不了战士了。真遗憾，我也帮不了什么忙。”

莱欧深深吸了一口气，“尼哈尔的出逃都怨我。”

赛奈尔一下子站了起来，把椅子都弄倒了，“这话是什么意思？”

“费恩死后的那天晚上，是我陪在她身边的。她伤心欲绝，一句话也不说，动也不肯动一下。在她需要别人安慰的时候，我却什么话也没说。我甚至连熬夜的能耐都没有。第二天一早我醒来的时候，她就不在了。”

赛奈尔沉默了一会儿，哀叹道：“这不怨你，莱欧。尼哈尔的性格就是这样，当她心情不好的时候，就是喜欢把自己封闭起来。即使你安慰她，她也不会听的。而且，就算你没有睡着，她还是会逃跑的，相信我。”

“可我是她的朋友，是朋友总该安慰对方的吧！”

“我说了这不是你的错。回帐篷睡觉去吧，莱欧。”

正当莱欧低着头要走到门口的时候，赛奈尔突然想起来这小子和尼哈尔黏在一起度过了很多时光。而那段时光的他完全不在尼哈尔身边，虽然思念，却不得相见。没错，不能让这小子就这么走了。

“喂，等会儿！”他叫道，“和我说说尼哈尔逃跑前的事吧……”

莱欧和他讲到了这场战争——尼哈尔给予他勇气的同时，还救了他一命。战后，当他觉得自己软弱无能的时候，她还耐心地安慰了他。

“她……她真的太出色了，赛奈尔。就凭这点，我觉得她一定会回来的。因为她是强者，不会就这么逃跑的。她一直都渴望着上战场与敌人厮杀，所以尼哈尔肯定会回来的。我确定。”

听到这番话，赛奈尔也觉得尼哈尔最终还会回来的。“今后你有什么打算吗？”他最后问莱欧。

“这些天我想了很久。虽然我不会打仗，但是我可以为部队做点儿事。所以我决定留在这儿当个侍从。”

赛奈尔笑了，“你肯定会是个好侍从的。我也确定。”

他们握了握手之后，莱欧就出去了。

“没错，尼哈尔一定会回来的。”赛奈尔心想，“不是为了我，也不是为了别人，只因为痛苦会为她带来动力，驱使她更加勇猛地战斗。”

第二天，赛奈尔和骑士学院的学生们带着杜瓦和费恩的尸体上路了。

赛奈尔在军营前面停了一会儿，希望尼哈尔能够看见他们——也许她就在附近，当她看见他们拖运费恩的尸体时，肯定会冲上来的。

可是尼哈尔没有出现。

一路上赛奈尔一直在四处搜寻，从水之王国的森林到太阳王国的田野，可就是没有尼哈尔的身影。他不相信尼哈尔就这么放弃了，像大家说的“逃跑”了。要知道，尼哈尔从来不会逃跑。

他们一直走到学院门口都没有碰见尼哈尔。

赛奈尔希望尼哈尔失踪的消息还没有传到瑞文耳朵里，毕竟他没有军营的将军那么通情达理。

在大将军召见之前，赛奈尔先主动要求觐见。

“我很高兴您主动要求见我，议员。商定今后的讨伐路线确实迫在眉睫……”

“其实我不是因为这件事来找您的。”

瑞文一脸诧异地看着他，差点儿发怒。

“我的意思是，我现在要说的不是这件事。今后几天的日子里我自然会向您请教，您的意见对我来说弥足珍贵。”

将军的脸色这才稍微好看些。赛奈尔现在终于明白，为什么这个傲慢的将军讨厌不会说客套话的尼哈尔了。

“现在我想向您汇报的是，在我负责的境内，学院学生的试炼发生了一点儿小意外。不知道您是否听说了这件事？”赛奈尔问完，立即屏住了呼吸。

“我不知道您在说什么。”

“我想您应该记得那个年轻的半精灵……”

瑞文无奈地叹了口气，示意赛奈尔继续说下去。

“当我赶到军营的时候，有人向我汇报说她失踪了。准确点儿说，是逃跑了。”

“该死的丫头！我就知道……”

“我还没说完呢，将军。我有证据证明尼哈尔没有逃跑。她给我留下了一张纸条，说她会自己回到学院的。您知道费恩是她的老师吧。费恩的死对她的打击很大，所以她这么做也是可以理解的……”

大将军一下子站了起来。“这个丫头只会给我添麻烦！从她进入学院的那一刻起就没停过！尽管她会成为一名好战士，但是也不能这么为所欲为。她的行为已经违反了军规。她人呢？”

“还没有回来。我想她可能迷路了，或者遇到了敌人。不知道您是否能够大人有大量，派人去……”

大将军白了他一眼。他见情况不妙，知道自己要求得太多了，便没再说下去。

“等她回到学院，我肯定要惩罚她。现在我没有时间跟你胡扯，我最钟爱的两名骑士都死了，请你让我静一静，议员。”

赛奈尔出去了，夹杂着焦虑和宽慰。虽然没能说服瑞文去寻找尼哈尔，但至少她还是学院的学生。

当天下午，杜瓦和费恩的葬礼同时举行。

太阳王国的达官贵人、学院的所有学生以及整个龙骑士战队都前来参加了这场葬礼。

两名骑士的尸体被摆放在两堆柴火上面，费恩的旁边还放着卡尔特——它一直到生命的最后一刻都对自己的主人不离不弃。

瑞文的致辞出奇地平静。

他饱含深情地介绍费恩的生平，说他在部队内外皆受尊敬，天生就是当战士的料儿，为人正直，沉着冷静……

葬礼上，赛奈尔也伤心欲绝。

说实话，他和这个骑士感情并没有很深厚，因为他战场上奋勇卖命，平日里过于严厉。但是不可否认，跟着费恩的这几个月里，他们相处得甚是融洽。费恩总是虚心地听取他的意见，从来不会因为他是索纳娜的学生或者年龄过小就瞧不起他。而且，在尼哈尔最艰难的那段时光，他一直陪伴着她。赛奈尔又想到了索纳娜，在外飘荡的同时却对自己男人的死全然不知。

接着，柴堆被点燃了，火焰无情地吞噬着两位骑士的遗体，将他们化为灰烬，飘向天空。

浮岛大陆有一个风俗——为了表达对已故亲友的爱意，人们会向火堆中扔一把火。赛奈尔觉得自己应该完成这个工作，为了索纳娜，为了尼哈尔，更为了自己。他和士兵、骑士还有百姓一起来到了火焰旁。

就在这时，他隐约看见一个身披黑色披风的身影，手上还拿着一根点燃的小树枝。

他的内心燃起了希望。他拨开人群，可是瞬间，那个黑影子又不见了。

要知道，在这么拥挤的情况下，找一个人很难。

当柴堆烧得差不多的时候，人群渐渐地散去了，赛奈尔立刻开始仔细地搜寻。黑影子时而闪现，时而又迅速消失。他肯定，尼哈尔就在附近。

他加快了步伐，躲开了学生和士兵，终于找到了那个黑影子。他伸出一只手迅速抓在黑影子的肩膀上，激动地喊道："尼哈尔！"

真的是她！可是她面色苍白，浑身灰泥，像是经历了一段长途跋涉似的。他们四目相视，不言不语。

"跟我来。"尼哈尔说道。

他们紧挨在一起，坐在观景台上看着独裁者的碉堡，一句话也不说。赛奈尔温柔地抚摸着她的短发，觉得她就像一只脏兮兮的小鸡。

"你有话要说吗？"

尼哈尔摇摇头。

"你不想跟我说说你之前去了哪儿吗？"

"当时我需要一个人静静。"

"我知道，可是你去哪儿了，都做了什么？"

尼哈尔没有回答。

"你现在想干吗？"

“我得回学院。我通过了试炼，马上就可以拥有属于自己的龙了。瑞文说什么了吗？”

“他说他要惩罚你，没别的了。”

尼哈尔站了起来，一言不发地向学院走去。

赛奈尔跟了过去，气不打一处来，感觉自己跟空气似的。“为什么你不想说话？你要倾诉要大哭随便你，但是你至少做点儿什么让我知道你的想法啊！”

尼哈尔继续向前走。

“有点儿反应好不好，尼哈尔？别让自己被仇恨吞没！说点儿什么吧，我求你了。”

尼哈尔停了下来，看着赛奈尔的眼睛，“没有什么可说的，赛奈尔。费恩死了，就这样。现在我得去学院了。”

瑞文已经做好了和尼哈尔“大战一场”的准备。

他来势汹汹，面目狰狞，嘴角还挂着讥笑，可是尼哈尔的举动却让他十分意外。

“我知道我犯下了大错，所以请求您能够原谅我。我愿意接受您的任何惩罚，并且向您发誓，这种事以后再也不会发生了。我只希望能够继续在学院学习。”

尼哈尔跪在瑞文跟前，低着头说道：“我求您了，大将军。”

尼哈尔的行为已经让瑞文大吃一惊了，然而她的眼神却更让他震惊。他从尼哈尔的眼神中看到了她坚定的信念，那种选择了前进的道路就再不会后退的决心，那种不达目的誓不罢休、即使在他面前饱受屈辱也没有关系的意志。

他还在尼哈尔的眼神中看到了迷失自我的绝望，那种屈服于命运的无奈和惆怅。瑞文看到这样的场景，顿时觉得自己占据了上风。他站了起来，第一次近距离地走到了尼哈尔身边。他搭着尼哈尔的肩膀说道：“对于费恩的遭遇，我很惋惜。他是我多年前的战友。因此他的离去对我来说，也是莫大的损失。”

接着他拿开了手，恢复了他一贯的语调。

“你可以继续留在这儿训练，但是你必须在牢里度过整整一周。一名战士最起码应该懂得控制自己的情绪。”

尼哈尔握紧了拳头，“谢谢您，将军。”说完，她站起身来，鞠了个躬，准备去执行瑞文的惩罚。

# 拯救心灵

三百年前，浮岛大陆动荡不安，八块大陆之间战乱连连。那是一场为了占据绝对统治权的战争：“两百年大战。”

当年居住在昼之王国的半精灵族，是浮岛大陆最古老的民族——精灵族和人类诞下的后裔。他们崇尚和平，潜心科技研究、专攻知识领域，多年未介入到战事之中。但他们天生所具备的矫健身手尤其擅长在战斗中进攻。莱文——是该族中最有雄心壮志和坚定信念的一位君王，他决定让半精灵的天赋物尽其用，奋战沙场，开拓疆土。

由于莱文的杰出统帅，半精灵族只用了短短几年的时间就组建了浮岛大陆最强大的军队，并且战胜了所有的王国。可是好景不长，在赢得最后一场胜利后不久，莱文就驾崩了。虽然他没来得及享受这份最高权力，但在临死前将王位传给了儿子纳蒙，希望子承父愿。

纳蒙加冕后，召集来浮岛大陆所有的国王。这些战败国的君主们对他百依百顺，可是他的一番话却震惊了全场，“我不想操纵父王用鲜血换来的政权，你们八国将重获自由。”接着，他又附加了一些条件。

每块大陆应放弃其领地，结成一个统一的联盟即中心陆地。该地将成立国王议会，用来商议制定浮岛大陆施政方针；另设魔法议会，职能是研究科教和文化领域。两个议会均由各个王国派出一名议员作为代表参会，并由各王国派出部队来组建浮岛大陆的军队。最后，纳蒙废除了所有国王的王位，让各国的居民重新推选出新的执政者。

纳蒙的意愿均得以执行。

**——源自埃纳瓦城失落的图书馆，作者不详**

独裁者最令人发指的行为即是血洗半精灵一族。昼之王国在一个月之内被他夷为平地。屠杀过后的幸存者们重新寻找新的避难之所……

那年岁末大约有百余位半精灵存活下来。他们在海之王国建筑了新的聚集点，可随着自由陆地的军队丢失了对这一带的控制权……法冥彻底灭绝了半精灵族。

**——节选自魔法议会年刊**

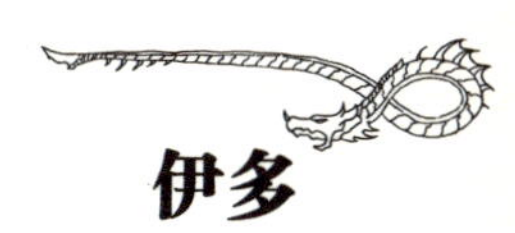

# 伊多

尼哈尔蹲在牢里的一个星期里什么也不想，什么也不做，只是睡觉养精神。等到出狱的那天，她已经做好了迎接全新生活的准备。

一个比她稍大一些的男孩将她带了出来，一直将她领到了学院的门口。尼哈尔诧异地问道：“难道不应该去见见我的龙吗？”

“在见龙之前，你总得见见你的老师吧。从今往后，那名龙骑士将和你一起生活，教授你所有的知识，当然还包括如何驯服你的龙。”

“但是那些不参战的骑士不是住在学院里吗？”

“话虽如此，但是并不是所有的学生都被分配到不参战的骑士手里。瑟仑之战过后，情况发生了一些变化。学院里没有足够的老师了，大部分人都在前线呢。”

尼哈尔和他来到了马厩，牵了两匹马，启程去见尼哈尔的老师与巨龙。

他们穿越太阳王国，一路向南，畅通无阻。

这个小伙子很喜欢随风奔驰的感觉。他在森林里穿梭的时候，丝毫没有拉紧缰绳，完全任由马儿往前跑。然而对尼哈尔来说，沿途美景和策马奔腾都激不起她的兴趣，这些花花草草她早就看够了，唯一驱使她急速向前的动力便是巨龙。她突然觉得能够跟着一位参战的老师学习也不错，这样就可以拥有更多的机会征战沙场——这已经成为她唯一的愿望。

赶了半天的路，他们在一条小溪附近停下来歇歇脚。一来马儿也跑不动了，二来他们的目的地还很遥远。吃饱喝足后，小伙子一下话多了起来。

“你就是在瑟仑之战中杀了很多法冥的半精灵吧？”

尼哈尔不想说话，看着手中的食物发呆。

“你成哑巴啦？”

她站起身来，“不好意思，我想去附近走走。”

“随你的便吧。”小伙子自言自语道。

尼哈尔在森林里悠闲地漫步。

自从离开风之王国之后，她再也没有走进过森林了。秋天染黄了大树的颜色，一切都是那么美好。落叶宛如一条金黄的毛毯，踩上去软软的。

“嚓嚓”。尼哈尔警惕地转过了头。她拨开枝叶，小心翼翼地拔出剑，走到一棵小树跟前狠狠地劈了下去。

一只小精灵惊恐万分地跳了出来。

“喂！你小心点儿！你想杀死我吗？你们这些剑客抓走了多少……”小精灵突然停了下来，“尼哈尔？”

“佛斯！”

看到了久别重逢的尼哈尔，佛斯欢快地叫唤着她的名字，在她周围飞来飞去。尼哈尔也开心地笑了。是的，能在这儿看到佛斯真是太意外了。可是佛斯翻了几个筋斗之后突然停了下来，看着尼哈尔的眼睛问道：“发生什么不好的事了吗？”

“没什么。”

“不可能！谁都看得出来你的脸色不好。”

尼哈尔走到一棵大树旁，坐了下来。

“你跑到太阳王国来做什么啊，佛斯？”

佛斯飞到尼哈尔的怀里，气愤地说道："我们在水之王国待不下去了。那群白痴仙女总是吆喝我们做事！我们一致决定卷铺盖走人！"

"这儿也不错。"

"一开始我们也这么认为。空气清新，生机盎然，甚至还有一棵和佛莱斯达之王差不多的大树，而且还没有那些尖酸刻薄的仙女……可是……"

"可是什么？"

"可是后来人类发现了我们，开始捕获我们用来当间谍。我们组建了一支临时部队抵御侵略，可是他们愈发觉得我们有利用价值，竟然开始疯狂地追捕我们。正因如此，我决定前往玛克拉塔向魔法议会汇报这件事。凭什么议会没有我们小精灵的代表呢？"

尼哈尔全神贯注地倾听，可是一点儿也感受不到佛斯的悲伤。她觉得自己异常地冷漠，好像所有的情感都消失了似的。

"赛奈尔现在是议员了，你可以去找他。这两天他去风之王国了，但是我相信你很快就可以在玛克拉塔见到他的。"

佛斯激动地拍打着小翅膀，"你可真够意思！"接着他飞起来靠在尼哈尔的脸颊旁。"为什么你不愿意跟我说说发生了什么事呢？"

尼哈尔站起身来，"我得走了，佛斯。后会有期。"

"等等！或许我可以帮上你的忙呀！"

然而尼哈尔头也不回，渐行渐远。

奔波了一整个下午，太阳也疲惫了。它慢慢地钻进森林的毛毯里，留下一片漆黑的天空。尼哈尔和那个小伙子在军营门口停了下来，牵着马向站岗的门卫走去。

"我是来找伊多的，这是他的学生。"小伙子说道。

"他在军营那头。"门卫回答道。

小伙子转向尼哈尔，"我的任务已经完成了。你自己进去找他吧。祝你好运，半精灵。"

尼哈尔把缰绳递给他，一言不发地进去了。

这个一望无边的地方就是太阳王国的军队大本营，将军和长官们都驻扎在里面。营地外围被一圈结实的栅栏围护着，从外面根本就看不到尽头。里面的房子基本上都是小木屋，空地上还有一块训练场，和学院的很像。

尼哈尔询问了好久才找到伊多的住所，可是映入眼帘的却是一间毫不起眼的小破屋子。她三两步走过去，到了门口竟发现自己有些底气不足。马上就要见到老师了，马上就要和老师学如何打仗了！她有些激动。

犹豫了片刻后，敲了敲门。

没人应声。正当尼哈尔抬起手准备再敲一遍的时候，门嘎吱一声开了。

屋子里的环境比外面还糟糕——墙角堆满了脏衣服，兵器扔得到处都是，残羹剩饭和各种草药也撒得满桌子、满地板。

昏暗的灯光下传来一声慵懒的嗓音："谁啊？"

"我是……我是学生……"

"啊？"

尼哈尔走上前，支支吾吾地说道："就是学院分配给您的学生……"

说完，她闭上了嘴巴，朝灯光下看去。

一张乱糟糟的床上堆着一坨起球的毛毯，上面睡着一个吸着大烟的侏儒人。

他的下巴留着很长的胡须，嘴上的两撮儿小胡子呈现出一个"八"字；蓬乱的头发上扎着很多零散的小辫子，谈不上高雅，也构不成庸俗。尼哈尔心里琢磨着——也许等他站起来以后会体面很多吧。可是接下来的一幕更让她吃惊。

伊多夸张地伸了个懒腰，随即又打了个哈欠，嘴巴大得可以吞得下整只拳头。由于他的动作幅度过大，烟斗都掉在了地上，撒了一地的烟灰。接着，他突然站起身来，使劲儿跺了跺地上的火星，嘴里还骂着脏话。

尼哈尔花了好阵子才回过神来，战战兢兢地说道："我找伊多……就是那个龙骑士……"

“正是在下。你刚才说你是谁？”

“他就是龙骑士？竟然住这种地方？”尼哈尔心想。

“我是您的学生，先生。”

伊多上下打量了一番尼哈尔，疑惑地问道：“学生？他们是和我说今天要来个侍从，可不是学生啊。对了，冒昧地问一句，你是女孩子吧？”

尼哈尔自信地昂起头，“没错，我就是女孩子，然后呢？”

“然后，我想说在我们那个年代女孩子根本不打仗，也不做侍从。你别误解，我可不是说我的年纪很大啊！”

说完，他坐到床边，又点起了烟斗。

“看你的样子，你不是人类吧。你是什么种族的？我觉得是……半精灵族？”

“我是浮岛大陆的最后一个半精灵，先生。我猜您应该是……侏儒族吧？”

“哎哟，天啊，别在那儿和我假客气了！一会儿‘先生’一会儿‘您’的，说得我跟个糟老头似的。我们平辈相称好了。来，给我讲讲你是什么学生。哎，你倒是找个地儿坐啊。角落里到处都是凳子，虽然被东西遮着，但是肯定有。”

尼哈尔四处看了看，终于在一大堆衣服下找到了一张凳子。她也没动它，就这么坐了上去。

“嗯？坐好了就说吧。”伊多说道。

尼哈尔鼓起勇气，将事情的来龙去脉全都告诉了他。“我是从骑士学院来的。一个星期前，我通过了新生的战场试炼，如今需要继续接受训练。他们将我送到这儿来，是因为在这次战争中丧失了两名骑士，还有很多其他的也受了重伤。然后……反正……他们就把我交给了你。我觉得就是这样。”

伊多一边听着，一边从烟嘴里吐出阵阵白烟，接着“啪”地拍了一下自己的脑门。“哎呀，就是瑟仑战争嘛！费恩在这场战役中死了，我没说错吧？”

尼哈尔点点头。

“这么说你确实是从学院来的。有人和我说起过一个小女孩成为学院学生的故事，当时打死我也不相信！”伊多冷笑道，“你看看你看看！我这个自以为了不起的人竟然和瑞文一样狗眼看人低！世界总会变化的嘛，女人也能撑起半边天，你说对吧？不过说实话，我还真不记得有人跟我说我会多个学生。也许说了吧。不管怎样，既然事情摊到我头上，我就担当起来吧。你叫什么啊？”

“尼哈尔。”

“这可不是半精灵的名字。”

“为什么这么说？你认识半精灵族的人吗？”

“也不能说认识。”伊多立刻岔开了话题，“你怎么叫这么滑稽的名字？”

“我爸爸给我取的。”

“你训练多久啦？”

“我一直都在训练。我爸爸是个铁匠，从小就教我练剑。后来十六岁那年我开始跟着费恩学习，再后来我就进入了学院。”

伊多仔细端详着这个小女孩。“费恩就这么死了真的很可惜。我们一起打了很多场仗，他是个了不起的战士。”

听到这话，尼哈尔什么也没说。

他们的聊天就这样以“审问”的形式进行着——伊多问一句，尼哈尔答一句。看样子伊多想从这个奇怪的小女孩身上知道些其他东西，一直叽里呱啦问个没完。

“所以，你顺利通过了战争的试炼？”

“嗯，有人说我表现得很出色。”

“都是运气，没别的。我亲眼目睹了很多英勇善战的少年以自己的未来做赌注，战死沙场的事例。哎，他们都是能干的小伙子啊！”

伊多拿下烟斗，哐哐地敲击着床头的木板，倒干净烟灰后接着说道：“能活下来基本都靠运气。因为在战场上，死亡和每个人都会玩一场掷骰子的游戏。”

尼哈尔觉得这番话很打击人，但是没有开口和他争辩。

她只觉得一切都很荒谬——面前的人很荒谬，这个乱七八糟的房子更荒谬……反正没有一件事是她预料中的。

“听好了，小姑娘，今晚你想干嘛就干嘛去吧。要是你愿意的话，可以先在军营里转转。而我呢，就去后勤部给你找个地方安顿下来。好啦，你走吧。”

尼哈尔从小木屋里走了出来，感觉如释重负。

尼哈尔刚一出门，伊多立马快步奔向了后勤部。

“这是什么情况啊，你们都疯了吗？”

大本营的主管奈冈严肃地回答道：“不，我们没有疯，伊多。她就是你的学生。”

“你给我听好了，我不要什么学生，更不要这个……这个小女孩！你去和瑞文说，要是他把这个麻烦扔给我，我就……哎呀，他是不是疯了啊！”

“我也不知道怎么跟你说，伊多。这个半精灵族就是你的第一个学生。我之所以没有提前告诉你就是预料到你会有这样的反应。反正这个麻烦你是推不掉了。”

“什么狗屁大将军！他不明摆着想要一石二鸟嘛！他把这个尖耳朵的废物丢给我之后，一下子摆脱了两个人。这回，他算是让我吃大苦头了！”

伊多回到小木屋后，越想越气愤——他压根就不想收学生。他是龙骑士里面唯一的侏儒人，在军营混了那么久之后，好不容易才找到自己的立足之地……但是现在情况又发生了变化！而且，竟然还冒出来个半精灵！难道半精灵的故事还没终结吗?

到底该怎么处理这个烫手的山芋呢？把她送回去肯定是白日做梦了，瑞文可不喜欢别人跟他开这种玩笑。

要不然就和他说个谎好了，就说这个野丫头动手打了自己，和她在一起他肯定要担心受怕。

不过，话说回来，为什么不训练她呢？也许会很有趣呢。

这个小女孩看起来自信满满的，眼睛里还流露出一种——痛苦的目光？谁知道呢，反正很有意思。也许最好的方法就是看看她到底有多大能耐，然后再决定到底要不要继续训练她。说不定她还会知难而退，觉得自己根本不是当骑士的那块料儿呢。就这么办了！现在就去把她叫过来。

伊多花了好大的工夫，终于在大本营周围的森林里找到了尼哈尔。她一个人坐在林边的石头上，遥望着远方。

“你很喜欢一个人嘛。”

伊多的口气很肯定，根本不需要回答。

听到有人跟自己说话，尼哈尔转过了头。

“打起精神，我们去吃饭吧。”

尼哈尔站起身，一言不发地跟在他后面。

他们先是来到了大本营的食堂，安静地用完了晚餐。

在回小木屋的路上，他们路过了训练场。场地的泥土夯得很实，四周砌满了一层又一层的木质阶梯。军营的夜很寂静，黑暗中只听得到一旁的喷泉汩汩作响。

尼哈尔停下来看了一会儿，而伊多则不动声色地继续往前走。

“我什么时候可以见到我的龙？”几个小时过去了，她终于开口说了第一句话。

伊多也停了下来，捋捋自己的长胡须说道：“你的龙？我也不知道啊。”

·

伊多指着自己的床说道：“你晚上就睡这儿吧。”

尼哈尔吃惊地看着他：“那你睡哪儿？”

“不用你操心，我在门口拉了一张吊床。”

尼哈尔赶忙摇着头说道：“不，屋子是你的，床也是你的。而且你是老师，我是学生。还是我睡门口吧。”

“别废话了，侏儒族人天生就好客！”

“但是……”

“没有但是了，小姑娘。这是命令。”

说完，伊多“砰”的一声关上门走了出去。

屋里只剩尼哈尔一个人了。她脱下衣服，决定明天把它们好好洗一洗。然后坐到床边，淘气地上下颠跳着。她把剑放在旁边，闭上眼睛享受着羊毛床垫的柔软感觉——说实话，她这辈子还没怎么睡过像样的床呢。

渐渐地，她进入了梦乡，又看见了费恩那俊俏的脸庞。

第二天，天空突然下起了倾盆大雨，军营俨然成了一个巨大的泥塘。

尼哈尔醒来的时候，以为还是深夜呢。屋顶的雨声啪嗒啪嗒地响着，窗外的天空布满了乌云。看来今天只有和伊多那家伙在屋里待一天了。

她刚琢磨着打点儿水把脏兮兮的披风洗了，门外突然传来伊多的敲门声。

“我可以进来吗？”

“不可以！”

“那你快准备准备，待会儿和我出去！”

出去？没听错吧？尼哈尔以最快的速度把脏衣服穿上，冲出了房间。“我们要去哪儿啊？外面下着雨呢！”

“我可从来没听说过独裁者会因为下雨停战啊。那帮冷血的东西不管晴天雨天都照打不误，小姑娘。”说完，伊多转身走向桌子，吃起了早饭。

“吃点儿东西吧。一日之计在于晨，吃早饭可是非常重要的啊。”他吃了一口盆里的黑面包，接着说道，“等你吃完了，让我看看你的作战水平。”

尼哈尔惊愕万分——这个侏儒人不仅没有告诉她自己的龙在哪儿，现在还要在大雨里训练！

“我觉得今天这么大的雨不适合训练。”她气愤地说道。

伊多透过饭盆的上沿看了看尼哈尔，冷静地撕下一口面包塞进嘴里，一边嚼一边擦着胡须。“小姑娘，我知道你的心思。你一定在想，一个侏儒人能教你些什么呢？可是你错了，很快你就会发现的。再说了，现在摆在你眼前的就是这样的老师，要是你不喜欢，赶紧滚蛋，别到时候晚了再后悔。可是，如果你选择留下，我希望我得到应有的尊重，毕竟我是龙骑士，而你什么也不是。现在，你自己做出选择吧。”

说完，他又开始吃起来。尼哈尔先是愣了一会儿，接着还是温顺地走到自己的座位上坐了下来——为了能够打仗，在这个家伙面前也只有依从了！她拿过饭盆，吃了一口面包。天啊，太好吃了，里面到底是什么啊？管它呢，都吃光了再说！

吃完早饭，他们就出去了。外面还是倾盆大雨。

尼哈尔用披风把头和身子裹得严严实实地跟在伊多后面，而伊多则全然不顾，任凭雨水在他的脸上和胡须上流淌。

终于走到了训练场，里面空无一人。

“你准备用什么兵器？”伊多问道。

尼哈尔满腹牢骚地脱下了披风，拿出剑放在伊多面前。

“黑水晶。这种材料很有名啊。”

“这是我爸给我造的。”

“真是个能干的铁匠……”伊多说着，拔出了自己的剑。他的剑修长有型，剑柄处装饰着一些图案，有的地方由于长期使用已经有了磨损。其实这把剑的尺寸很正常，但是拿在他的手里就感觉格外地细长。

伊多漫不经心地挥舞着剑。尼哈尔以为他只是做做准备活动，可是没想到他竟然当头一剑劈了过来。虽然尼哈尔躲了过去，却失去了平衡跌倒在地上。

“呃，你就这么点儿能耐？”

尼哈尔气急败坏地站了起来，“我以为你会给我时间做准备活动呢！”

“啊，是吗？你可别以为这是在学院练习花拳绣腿啊，我想看的是你战场上的样子，不需要那些没用的比赛规则。”

伊多说话间，又开始了新一轮的攻击。

尼哈尔虽然开始反击，但是仍然有些措手不及——大雨让她感觉浑身都不自在，一点儿信心也拿不出来。突然，地上的泥水溅得她满脸都是，她本能地抬起手揉了揉眼睛。伊多利用这个机会，一脚踢过去将她绊倒在地。等她再次睁开眼睛时，她已经躺在了地上，脖子上还驾着伊多的剑。“你乘人之危！”她气爆了。

“看来我一开始没跟你说清楚，我是认真的，不是跟你开玩笑。战场上的唯一规则就是没有规则。下一次你想怎么打就怎么打，两只脚给我站稳了！快起来！”

尼哈尔从伊多的眼神中看得出来，他是认真的。“这个侏儒到底想干什么？”她纵身一跃站了起来，疯了似的朝伊多冲去。

伊多却一点儿也不慌张，镇定地站在原地，仅仅几个侧身、几个翻腕就挡过了尼哈尔的攻击，真是不可思议。他的剑术精准，不停地挑动着对方的剑刃，然后找准时机，出其不意地突然进攻。

尼哈尔火冒三丈，可是伊多似乎知道她心里怎么想的，防守得天衣无缝。看得出来，他的力气不大，但是手腕的灵活性却十分惊人。尼哈尔想要逼近，但是一步也前进不了。她又试图从高处袭击，但是伊多每次都毫不费事地就抵挡住了。一时间，她不知如何是好。

她一声怒吼，朝伊多的身上飞扑过去，想要打掉他手中的剑。

伊多见状，一个下身从她的腿下钻了过去，顺势将她踢倒在地。

尼哈尔又一次摔在了泥潭里。

“这回好多了，但是我觉得还不够，你怎么也得攻击我一次啊。再来！”

地上一片泥泞，尼哈尔踉踉跄跄地站了起来。雨水模糊了她的视线，她索性闭起眼睛什么都不看，集中注意力聆听她和伊多短兵相接的声音。她一边反击，一边试图破坏对方的节奏，但是伊多总能迅速地适应她在速度上的变化。既然破坏未遂，那就把他绊倒！她不停地往前伸脚，可是伊多一步也不让她靠近。经过几轮激战后，她终于找到了机会。伊多的剑在她的剑刃下连连打转，眼看就要被卸下了，可是伊多一个抽拔，让她扑了空。她恼羞成怒，刚准备向前扑去，却发现自己的腹部顶着伊多的剑。

“我猜他们也肯定对你用过这招吧。”伊多笑着将剑收了回去，“总体来说，你还不赖，打个法冥或者普通战士绰绰有余了。不过作为骑士，我经常和身边的其他骑士对练，因此你的剑术还嫩了点儿，差强人意，以后还要再积累点儿经验。”

尼哈尔气得握紧了拳头，发出嘎达嘎达的声响。

“你还有个致命的缺点。”伊多又接着说，“一位优秀的战士在战斗的时候应该像只野兽，凶猛的同时不忘保持清醒的头脑。但是你刚刚却被怒火操控住自己的理智。记住，怒火会让你神志不清，犯下愚蠢的错误，甚至成为将你推向坟墓的罪魁祸首。”

这话说得没错，一点儿也没错。

伊多拧了拧湿透的胡子，“这雨真烦人，我们赶紧进屋吧。晚些时候带你去看看我的维萨，顺便和龙熟悉熟悉。”

尼哈尔浑身泥浆，像只落汤鸡一般站在训练场上看着伊多远去的身影。

也许，她低估这个家伙了。

儿乎一整个下午，尼哈尔都在看外面的雨。

在学院的时候，她只能从小黑屋的天窗看到一小块儿天空，但是现在从这间木屋的门却可以看到一整片天空。

她喜欢下雨，因为雨水让一切变得安宁，清透，干净。一时间，她竟然觉得费恩也许就是天空飘浮的一朵云，随着雨水降落到人间。她幻想自己也飞上了天空，幻化为风中的一缕烟雾。

此时的伊多正躺在床上抽着大烟，回想着尼哈尔给他留下的第一印象。没错，她的身上确实有很多可以激发的潜力，但是也有让人琢磨不清的东西。

伊多开始猜想，尼哈尔的心里到底隐藏着什么秘密。

龙厩耸立在军营中央，高大宽敞，不远处便是训练场。

尼哈尔刚走到门口，就听见里面那些庞然大物的喘息声，顿时有些激动，也有些紧张。

等她进去之后，她完全被眼前的场面震住了。

龙厩的墙面被分成十几个隔间，每只凹槽里都住着一条龙。它们身上的绿色深浅不一，大小也各不相同。有的龙巨大无比，光看身高就有好几米，而有的龙却小巧精悍。

尼哈尔羡慕不已——要是她也能有一条属于自己的龙就好了！

伊多淡定地往前走着，而尼哈尔小心翼翼地跟在后面，生怕亵渎了这块圣地。

他们一直走到龙厩的尽头，在最后一个隔间门口停了下来。

隔间里躺着的这只巨龙颜色非同寻常，竟然是通体的红色！它的虹膜是黄色的，周围还镶着一圈绿色的边儿，看上去格外显眼。真是美极了！

它看见了尼哈尔之后，立即站起身来提高了警惕。伊多赶忙走过去，轻轻地抚摸着它的鼻子。“乖，维萨，没什么好紧张的。她是我的学生。你要习惯，她以后会经常来的。”

听到这话，它立马平静了许多，但是仍然喘着粗气，目不转睛地盯着尼哈尔。而尼哈尔则站得远远的，一点儿也不敢靠近。

“它只是有点儿紧张，你快过来吧。”

尼哈尔试探性地向前迈了一步。看到维萨没有反应，她又向前迈了一步。终于走到了维萨的身边，尼哈尔鼓起勇气伸出手想要摸摸它，可是维萨执拗地将头甩向一边。

伊多“扑哧”一声笑了出来。“看看就好啦，它毕竟不是小狗嘛。它是一名战士，肯定要得到应有的尊重嘛。”

哼！真是有什么样的主人就有什么样的龙，维萨的个性和伊多的简直一模一样。

尼哈尔突然觉得，也许维萨对自己不信任，充满了好奇才会有此表现的。虽然她自己没有这样的想法，却很能理解这种感受。因为在她第一次见到莱欧和赛奈尔的时候，就是这种心情。

“它为什么叫这个名字？”她问伊多。

“因为它是我的龙，也是唯一一个侏儒族骑士的龙。我来自火之王国，‘维萨’在我们那儿的方言里是速度的意思。”

伊多轻轻一跃，跳到了龙鞍上。维萨以为他要和它做游戏，拼命地摆动着身体，想要把他摔下去，然而伊多却笔挺挺地坐在它的背上。折腾了一会儿后，它终于妥协了。

“我知道，我知道，一直都是我听你的指挥。”伊多说着拍了拍维萨的身体，接着又对尼哈尔说，“我想，今天就由你来喂它吧。食物就在那边的角落里。”

听到这话，尼哈尔吓了一跳，因为她清楚地记得上次卡尔特对她喷火的情形。她就这么呆呆地站在那儿，眼神在维萨和伊多之间徘徊。

“你越是害怕，它就越不让你靠近。你必须让它接受你。因为只有当你觉得自己可以被它接受的时候，它才会接受你。记住这句拗口的话。等你有了自己的龙，就会发现其中的真谛了。”

龙厩的角落里整齐地摆放着一排手推车，里面都是一堆堆血淋淋的鲜肉。

尼哈尔费了很大力气才把一辆小车推到维萨的隔间，可是它看起来一点儿食欲也没有，继续疑心重重地看着尼哈尔，胀大的鼻孔里不断地喘着粗气。

尼哈尔在战场上不害怕，第一次面对法冥的时候也不害怕，但是此时此刻却惶恐不安起来。

伊多叉着胳膊望着她。“你冷静点儿。把它当成是在战场上好了，拿出点儿自信来。”

尼哈尔咽了口吐沫，鼓起勇气往前走了几步。

维萨起初只是发出低沉的呼呼声，但是当尼哈尔试图再次靠近时，竟几近咆哮。

尼哈尔赶紧停了下来，吓得直哆嗦。

维萨竖起前爪直立起身子，做出进攻的架势。看样子，它准备随时扑到尼哈尔身上。

“不许松开推车，你得把它送到维萨嘴边。”

算了，豁出去了！尼哈尔向前迈了一步，接着又迈了一步，正当她准备再迈一步的时候，维萨突然伸出一只爪子对着她，大口大口地喘着粗气。没办法，她只得硬着头皮继续向前走。等到她觉得近得已经不能再近的时候，迅速丢下推车就跳了出去，心都要蹦出来了。

“这么近它够得着了！”

伊多走向维萨，一边轻拍着它的鼻子一边用开玩笑的口吻说道：“真可怜，我的龙真可怜啊。”

晚些时候，雨停了。尼哈尔正好可以利用这个机会欣赏美丽的日落。她坐在屋子外面，倚着墙上的木桩，半眯着眼睛看晚霞渲染整片森林。

伊多并没有想象中的那么差，维萨也很了不起。也许留在军营里可以学到很多东西。

久违的声音突然又向她袭来。

尼哈尔本能地伸出手抱住了头。

艳丽的晚霞变成了萨拉扎的大火。

利翁死去的身体出现在眼前，躺在柴堆里的费恩被熊熊大火燃烧着。

她感觉头快要炸了。

“别，别，求你了！”

就在这时，伊多将她从噩梦中拽了出来。“嘿，你已经完成今天的任务了，现在该去吃饭啦！”

尼哈尔摇了摇头，那些声音才戛然而止。

她跟在伊多的身后，感觉头轻飘飘的。

接下来的几天里，尼哈尔的生活平淡而又有规律——早上和伊多练剑，下午和维萨培养感情，晚上帮伊多擦剑。

而伊多看上去则清闲很多。一般情况下，他都待在自己的木屋里，只是偶尔出去骑着维萨飞两圈。有时候，他会和其他骑士聚在总部开会，共同商讨未来的作战计划。

可事实上，他一直在研究他的学生。

他能理解尼哈尔战斗时的怒火，因为在那份怒火中他看到了自己过去的影子。

因此，他迫切地想要将她训练成一名优秀的龙骑士，把自己这么多年来的战斗经验都传授给她。

毕竟他教的也是一个半精灵啊。

从一开始的百般不愿意到如今的尽心尽责，他发现自己渐渐喜欢上了这份工作。

经过一段时间的生活后，尼哈尔开始对这个地方有了一定的了解。

原来，这个大家称之为“基地”的地方是一块军事要塞，所有对抗敌军的号令都是从这儿发出的。

更让她震惊的是，这儿居然离自己出生的土地仅仅一步之遥。

那天，伊多带她来到一座悬崖边上。从那里，可以看到一望无垠的荒地。

“喏，那就是你的祖先和同胞们生存的土地。对不起，我想说‘生存过的土地’会比较准确些。”

尼哈尔默不作声地看着满目疮痍的大地，心里暗暗地发誓——总有一天她会为所有的族人和她的亲人报仇，让他们在九泉之下瞑目。

不知不觉，二十天过去了。日子依旧平静地度过，可是她的龙却一点儿消息也没有。

不过尼哈尔也无心考虑这个问题，因为每天的大部分时间，她都在和伊多训练。她开始学会欣赏她的老师，这不仅因为他的剑术精妙，也因为他的人格独具魅力。不经意间，她对伊多的感情已经从怀疑转变为敬爱。

一天晚上，尼哈尔觉得白天的训练很累，想要出去透透气。她躺在小木屋外的草地上仰望天空的繁星，突然想起了赛奈尔——因为他喜欢夜晚宁静的感觉。还记得他们都是小孩子的时候，她和赛奈尔在萨拉扎的天台上和索纳娜屋后的草地上一起度过了好多个夜晚。想着想着，她的思维又开始模糊了。费恩，利翁，半精灵族人……各种哀怨的声音不时地回荡在耳畔。哎，这些老朋友又来了。

“天空很美吧？”伊多突然坐在她的旁边，嘴里依旧叼着那只烟斗。

“真的很美……”尼哈尔并没有感觉伊多的出现打扰到了她，很真诚地回答道。

“我有件事情很好奇。”

听到这话，尼哈尔转过头来看着伊多。

“你是个优雅的女孩子，却没想过要找个丈夫……”伊多深深地吸了一口烟，接着说道，“战争很可怕的，尼哈尔。当初你为什么要选择这条道路呢？”

尼哈尔皱着眉头，反问伊多：“那你呢，你为什么要选择这条路？”

伊多笑了笑，从嘴里吐出一串白烟。

“我？因为有一天我突然明白了对与错、是与非的道理，明白了浮岛大陆的百姓拥有向往和平的权利，所以我就拿起我的剑参军啦。就这么简单。”

尼哈尔不知道为什么，那天晚上特别想说话。“我从小就具备明辨善恶的能力，所以我一直想当战士。”

“尼哈尔，如果一定要我说出打了这么多年仗学到了什么，我会说善恶只在一念之间。”

尼哈尔突然坐了起来。“啊，是吗？我只知道独裁者想要摧毁我们的世界，只知道他的所作所为就是恶。他杀了那么多人，必须血债血还！”

伊多叹了口气，躺了下来。“你说话的口气还真像个傲慢的小士兵啊……”

“这些话都是我爸爸教我说的。而且，就是因为他我才参军的。”

“他希望你成为一名战士吗？”

“他的死逼得我不得不成为战士。”

伊多没再说什么，尼哈尔却说个没完。她觉得他们之间的隔膜已经捅破了，顿时产生了一种倾诉的欲望。她想要告诉他所有之前没有说过的事情，包括她在萨拉扎的童年生活，她发现自己身世的经历，还有她的复仇计划……

伊多就继续躺在一旁安静地吸着烟，时不时地吐出一两朵烟云。

尼哈尔坚信他一定可以懂得自己，因为战士的感情只有战士才能体会。

她把憋在肚子里的话全都说了出来，滔滔不绝宛如黑夜中的溪流。

“伊多，独裁者毁灭了我的家族，我是在同胞们尚留余温的尸体中被发现的。那时候，我才刚刚出生没多久。族人用鲜血浇灌了我的心灵，现在他们要求血债血偿！”

等到尼哈尔全都说完了，伊多取出嘴里的烟斗坐了起来。“尼哈尔，你是无法为死者血债血偿的。在这世上，没有什么比偿还一个生命还困难的事情了。我们还是进去吧，入冬了，天气渐渐转凉了，别冻着啦。”

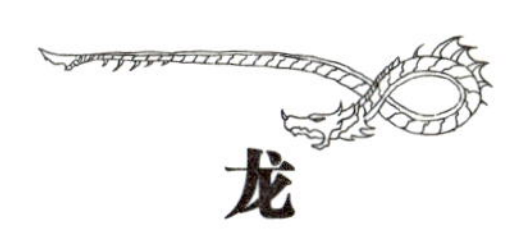

# 龙

尼哈尔的龙终于出现了！它体型巨大，被关在一只铁笼子里，引起了军营上下阵阵喧哗——一般情况下，分配给新手的都是幼龙，而且只需要一名老练的骑士就可以带过来了。然而这只关在铁笼子里的龙却动用了三名战士才把它运送到位。

看到自己梦寐以求的龙，尼哈尔满心欢喜地走了过去，伊多也在一旁目不转睛地注视着。这只龙真是太惊艳了！高大强壮不说，火红的眼睛咄咄逼人，翠绿的身体宛如初春的嫩芽。可是……

“为什么要把它关起来呢？”尼哈尔问道。

一名士兵一边咒骂一边回答道：“这个畜生真不是东西！不仅不让人靠近，而且当一名骑士试图骑上去的时候，还差点儿被它弄死。真是混蛋！”

“它受伤了。”

“肯定受伤了，毕竟刚从战场上回来嘛。”另外一名士兵说道，“它的主人不久前战死了，就是那个叫杜瓦的，记得吗？”

伊多擦了下脸，然后摇了摇头。“尼哈尔……”

“嗯？”尼哈尔头也不回地应答道。

“你到底对瑞文做了些什么？”

尼哈尔一头雾水地转过头来，“你这话是什么意思？”

“这只龙已经有自己的主人了，而且还在战争中死了。这话你听得懂什么意思吗？”

可是尼哈尔根本没把伊多的话听进去，继续欣赏着她的龙。“它叫什么名字呀？”她问其中一名士兵。

“它的前任主人叫它奥尔夫。”

伊多提高了嗓门，“你到底听不听我说话啊？”

尼哈尔不耐烦地翻着白眼，“听，听……我听……”

“一条死了主人的龙是不会接受其他人的。只有经验丰富的骑士才能驾驭得了它，骑着它驰骋沙场。”

尼哈尔胸有成竹地看着她的老师，“那又怎样？我都从萨拉扎和法冥的手里活着走出来了，一条龙根本别想难倒我。”

伊多看着冥顽不灵的尼哈尔彻底失去了耐心。“好吧。既然你这么说，那我们今天就和它打打交道。”说完，他就走了。

今天？要是尼哈尔可以自己决定的话，肯定马上就开始！

当天下午，伊多果真带着尼哈尔来到了训练场。

奥尔夫待在训练场中央，一动不动地注视着周围的情况，仿佛随时准备发动攻击似的。当它看到尼哈尔和伊多的时候，立刻提高了警惕，气势汹汹地张开了翅膀。它的翅膀硕大无比，骨架间的皮膜薄如纸片，却强劲有力。尼哈尔瞬间惊诧不已——这场面和利翁雕琢的龙头剑柄惊人地相似。

伊多在阶梯座位上坐了下来，并且让尼哈尔坐在他旁边。“现在你听好了，尼哈尔。这条龙非同寻常，每次你靠近的时候都要记好了，它的主人已经死了，不再信任任何人了。”

尼哈尔若有所思地点了点头。

“它一定会试图攻击你的。但是你不要担心，要像战士面对敌人一样站在它面前，千万不要低下自己的头。话就说这么多，你去吧。”

尼哈尔站起身来，径直往前走去。

她以为奥尔夫会和维萨一样，尽管拱起身子虎视眈眈，但最终还是会让她靠近的。可是她错了。就在她刚刚准备靠近的时候，奥尔夫气势汹汹地竖起了前爪，眼睛直勾勾地盯着她看。

尼哈尔被吓得往后退了几步。

可是奥尔夫还不满足，继续疯狂地咆哮着。

尼哈尔又尝试了一次，两次……十几次，可是奥尔夫却越发凶猛，尾巴紧张地拍打着训练场的土地，鼻孔也剧烈地颤动着。

最后，它居然怒吼着站了起来，差点儿冲到尼哈尔身上。

尼哈尔气急败坏地走开了。“现在我就要你看看我的厉害！”她走到训练场的角落，转身面对着奥尔夫，深深吸了一口气之后，呐喊着跑了过去。

“停下来！你这样是没用的，龙可强迫不得啊！”

听到这话，尼哈尔立马刹住了脚，差点儿绊倒在地。她回过头一想，自己确实做得太过分了。

“那我该怎么办呢？我需要它，你懂吗？”

“你不需要它，你只是希望它成为你的盟友罢了。现在，你得和它交流，集中注意力体会它的情感。”

这让尼哈尔想到了她那蹩脚的魔法。不管怎么说，这条龙也是大自然的子女，而她早在多年前就跟大自然心心相通了呢！

深呼吸。“天地并存，万物合一。”闭上眼睛。“天地并存，万物合一。”集中精力。“天地并存，万物……”

龙的情感像汹涌的波涛向她袭来——害怕，仇恨，煎熬，漠视。尼哈尔握紧了拳头，体会着这潮水般的情感，突然开始晃悠起来。

就在尼哈尔快要摔倒的时候，伊多上前一把抓住了她。“感觉到了？”

“我……我觉得我感觉到了，毕竟我学过一点儿魔法。”

“是吗？那会对你很有帮助的。继续！让它对你放下戒心。”

尼哈尔重新保持平衡，再次打开奥尔夫的情感闸门。

她感觉到它的怒火仿佛在自己的身上燃烧，它的痛苦仿佛在自己身上流淌。

她竭力与之交流，奥尔夫却以敌意、恐惧和怀疑的态度给予回应。

她试图再次靠近，可是却惹得奥尔夫一阵咆哮，叫得整个军营都震动了起来。然而尼哈尔镇定地张开双臂，一边往前走一边念道："我在你身边，我和你一样……"

"尼哈尔！"伊多噌地一下跳了起来，大步向前奔去。

可是尼哈尔什么也不听，继续执著地往前走。"我也失去了所有，所以我和你一样……"

奥尔夫突然张开了嘴。就在这时，伊多一个飞身将尼哈尔扑倒在地，吱吱作响的火焰刚好从他们头顶掠过。

"你没脑子啊，小姑娘？和它交流不是要你去送命，你得控制住整个场面啊！"

伊多站起来拍去身上的灰尘后，随即伸出一只手将尼哈尔也拉了起来。"再试试。"

接着，尼哈尔又尝试了很多次，可是每次奥尔夫都以粗暴的态度回应她，完全不愿意和她进行心的交流。而伊多就在一旁给予她建议，鼓励她不要停下来。尼哈尔便一直进行着尝试。

一整个下午就这么过去了。营地的骑士、侍从和士兵们纷纷前来观看，挤满了整个训练场。大家都很好奇，尼哈尔和这个"丧主"巨龙的会面到底是怎么样的。

就在奥尔夫喷吐了无数次火焰之后，一位年轻的骑士再也看不下去了。"伊多，你太过分了。你不觉得应该适可而止吗？"

伊多不动声色地看着他，"为什么？万事开头难，大家当初不都一样嘛。"

"可是奥尔夫是属于杜瓦的，这个小女孩是不可能征服它的。"另外一名骑士说道。

"谢谢你的好心相告。龙是不属于任何人的，这点你应该比我清楚。另外，请你相信我，这个小女孩绝对不是一般的小女孩。”

尼哈尔就这么一直坚持到了太阳下山。等她决定离开训练场的时候，已是心力交瘁，面色苍白，狼狈不堪。

就在她走到门口的时候，突然转过身对着奥尔夫吼道：“我们看谁能笑到最后！”

伊多笑着拍了拍尼哈尔的脑袋，“快走吧，你这个吹牛大王！”

第二天一早天还没亮尼哈尔就起床了。她没有等伊多醒来，独自一人跑去了训练场。

骄阳初升，所有的龙都在各自的隔间里蜷曲着身子休息。

奥尔夫也不例外。它睡觉的样子看起来可比昨天温顺多了。尼哈尔坐在隔间门口，静静地观察着它。它的大头枕在交叠的前爪上，腹部跟随着呼吸的节奏一上一下地起伏着，尾巴还时不时地微微颤抖一两下——欣赏这头庞然大物沉睡的样子真是享受。“没准龙也会做梦呢。”尼哈尔心想，“没错，你就是我的龙！”

很快，奥尔夫就察觉到了尼哈尔的存在。它慢慢睁开了眼睛，眨了眨翠绿的眼皮，火红的眼珠在眼皮的遮盖下忽隐忽现，格外显眼。它醒了。

它在看见尼哈尔后一下子跳了起来，竖起前爪愤怒地号叫着。

尼哈尔的心剧烈地跳动着，握紧了拳头。她努力让自己平静下来：“我不怕你，我们是一样的。我不怕你。”奥尔夫越叫越凶猛，甚至开始向前扑去，可是每次都被后脚上沉重的铁链拉了回来。

在龙厩值夜班的士兵突然出现在一旁，冲着尼哈尔大喊道：“你疯啦？谁让你未经允许就进来的啊？让它静一静，它根本不是你的！”

他伸手抓尼哈尔，但是尼哈尔很快就挣脱了。

“你给我放手！这是我的龙，我想什么时候来看它就什么时候来。谁让你把它拴上的？”

“姑娘，这要是你的龙，你就让它听你的话啊！我要是不把它拴上，它早就跑了！”

他们的争执声吸引了一大堆人的围观。

伊多也从小木屋赶了过来，一边拨开人群一边问道：“这边发生什么事啦？”

尼哈尔气愤地向他告状：“我来看我的龙，但是发现它被拴起来了。我想让他把我的奥尔夫放开！”

“这不是你的龙，也不是别人的龙，我要和你说多少遍？既然它被拴起来，自然有它的原因。跟我走。”

伊多说完就用力拉着尼哈尔往外走。“你以后不许擅自做主，听到没有？你既不是战士，也不是骑士，什么也不是！你必须听我的话，不然什么事也干不成。”

“我……我就是来这儿训练的啊！这不正是你想要的吗？我并没有违反规定啊！”

伊多停下来看着尼哈尔，眼神犀利，不给她任何还嘴的余地。“别闹了，丫头！我是你的老师，我有权决定你什么事该做什么事不该做，听明白没有？”

听到这话，尼哈尔不得不收起自己的架势，乖乖地跟着伊多走了出去。

晚些时候，当伊多带着尼哈尔来到训练场时，灰蒙蒙的天空已经下起了冰冷的雨。

奥尔夫依旧被铁链锁着。尼哈尔躲在披风里气不打一处来。她不能忍受自己的龙受到这样的待遇，它应当得到自由。想到这儿，她加快了脚步向奥尔夫跑去。可是伊多一把拉住了她的衣角，将她按在阶梯座位上。而伊多自己则站在她的面前，看着她的眼睛。

“尼哈尔，你记好了，奥尔夫不属于你。如果你表现出色，它最多就是你的伙伴，没有别的。你要让它感觉你信任它，这样它才会信任你。而且你要找到让它信服你的方式，明白了吗？”

尼哈尔点点头。

“很好，我们走吧。”

尼哈尔站起身来，充满信心地朝奥尔夫走去。可是走到半路又突然回过了头，飞快地奔向训练场边的水池。

“喂！你跑哪儿去啊？”伊多大喊。

尼哈尔头也不回，“相信我，一会儿就回来！”

到了喷泉旁，她脱下了身上的披风。

天气很冷，但是她似乎一点儿都感觉不到。

她把披风放在喷泉的喷嘴上，等到全部浸湿了重新又穿到自己身上，并且戴上了帽子。

冰凉的水瞬间浸透了全身，尼哈尔不禁颤抖起来。

奥尔夫看见尼哈尔的举动，立刻火冒三丈，怒吼声整个军营都听得见。

尼哈尔全然不顾，继续往前走。

奥尔夫撕心裂肺地喊叫着，似乎在发泄肚子里积蓄已久的怒火。

尼哈尔越走越近了。

奥尔夫拼命地拉扯着脚上的铁链。

就在距离奥尔夫不远的地方，尼哈尔停了下来。

她看着它的红眼睛，体会着它内心的感情。

仇恨。害怕。孤独。

一股火焰“扑哧”一声喷了出来，眼看就要烧到尼哈尔了，但是她一步也没有后退，依旧裹着湿淋淋的披风站在那儿。

“真是吓死我了……”伊多在一旁小声嘀咕道。

奥尔夫看见尼哈尔竟然不躲不闪，满脸疑惑地看着她。居然连火焰都不怕，那还能拿她怎么着?

尼哈尔继续看着奥尔夫的眼睛，希望能读懂它的心思。

它不想和那些相互残杀的低贱物种有任何关系，它憎恨他们。是他们将这块富饶的土地变成了焚尸场，是他们夺走了它的伙伴。

它也憎恨眼前这个小姑娘。没错，它要杀了她。

又是一阵火焰从它的嗓子里喷了出来。

尼哈尔感觉到火的热量已经迅速将披风烘干了，但是她不能动弹，因为如果现在放弃，之前所做的一切都将毫无意义！

她感觉身上越来越热，周围的雨还没落到地上就在半空中蒸发了。

尼哈尔怒吼起来："我不会妥协的，你明白吗？你没发现我们是一样的吗？我也失去了我的主人，我也恨这个世界！"

奥尔夫完全听不进去，继续喷着火。

尼哈尔感觉到自己的眉毛在燃烧，披风的衣角也烧起来了。"接受我吧！"

热量越来越让她无法忍受了。

"和我一起战斗吧！"

叫完最后一声后，她的头一阵眩晕，呼吸愈发困难。

"好吧，就这样吧。"说完，她跪倒在地上。

直到这时，奥尔夫才停止了喷火。

它停在尼哈尔上方看了一会儿，又退回到了角落里。

伊多将她送到了基地的医务室。医务室的墙壁都是用砖石砌的，算是基地比较好看的建筑了。

还好，尼哈尔除了轻微的烧伤外并无大碍——她只是累坏了。

一位年迈的女军医取了些新鲜草药膏涂在她的伤口上。没一会儿，尼哈尔就睡着了。

等她醒来的时候，已是下午了。她躺在床上，回忆着早上发生的事情。这时候，伊多走了过来。

尼哈尔想从他的眼神中揣度出他有没有生气，但是伊多深不可测，一般人根本猜不透他的想法。

“你生我气了吗？”

“没有。你早上挑战自我的表现很不错，虽然方法有问题，但那是另外一回事了。”

尼哈尔疑惑地看着他，“你的意思是？”

伊多搬了张凳子坐在床旁边。“尼哈尔，你犯了战术上的错误和时机上的错误。虽然你想和奥尔夫交流的初衷是好的，但是结果很坏。”

“我没有……”

“别说话，听我说。在战场上，你采取每一个行动之前都要衡量其中的利弊关系。一支军队是由很多人组成的，每个人都是取得胜利的重要环节。因此，骑士的生命在其中显得尤为珍贵。他就和将军一样，掌控着千万士兵的生命。假如他死了，他指挥的那些人也会跟着命丧黄泉。正因如此，每个人都应该珍惜自己的生命，因为他的命不光属于他自己，还属于一起奋战沙场的战友们。”

伊多点起烟斗，深深地吸了一口。

“鲁莽的行为是没有任何意义的，对生者没有意义，对死者更没有意义。一名出色的战士只会服从命令听指挥，即使想要擅自行动，也应当有个分寸，然后再行动。早上，你不仅做了无用功，而且差点儿搭上了自己的性命。这就属于做了没有分寸的蠢事。”

尼哈尔气急败坏，情绪激动地坐了起来，“可我知道自己在做些什么！”

“不，你不知道。你想干嘛？想用一件湿披风对抗大火吗？你明明知道这种方法撑不了多久，但还是冒险行事了。”

伊多淡定地又吸了一口烟。

“也许有些热血豪情的人和你说战士不该怕死。这话说得一点儿没错。但是战士也是普通人，和芸芸众生一样热爱生命，不想死亡。只不过他不会因为害怕乱了手脚，反而会因此更加清楚什么时候需要他抛却生命，什么时候死也无济于事，而这就是战士应该具备的素质。而你呢？你又是为什么拿自己的生命冒险？仅仅是为了得到我的赞赏，得到你期盼已久的龙吗？那么我会觉得你的行为既没用又没脑子，而且非常愚蠢。”

尼哈尔觉得非常冤枉——打她了解自己身世的那一刻起，就发誓不会让自己轻易死去。而现在她的老师竟然说她在拿自己的生命开玩笑。“你错了！”她激动地说道，“我当时知道奥尔夫不会杀了我的！”

“尼哈尔，虽然我们认识的时间并不长，但是我相信我已经很了解你了。而你却到现在都不知道自己在和谁打交道，你的一言一行根本瞒不了我的眼睛。你当时根本什么都不知道，只是想向我证明你很勇敢罢了。我想说，你那并不是勇敢，是无知。比那些为独裁者卖命的人要无知几百倍。”

尼哈尔沉默了。

她的脑海中突然闪现出一个念头——难道她那么做真的是因为不在乎生死吗？“不，不可能！我知道自己当时在做些什么！我想活着，我要活着！因为我还有未完成的使命在身！”

“你记好今天我对你说的话。这次我不发火，是因为我自己也经常会做出这样冲动的事。但是从今往后，你必须清楚地知道自己在做什么以及这样做的原因。”

“我只是觉得那条龙是我的！”尼哈尔又激动了起来。

伊多伸出一只手搭在床上。“那水是你的吗？风是你的吗？狂风暴雨也是你的吗？龙，它是一种大自然的力量，它会自己选择自己的伙伴。如果你不能明白其中的道理，那么你永远也别想骑到奥尔夫背上。今天早上你说你的主人死了。我很遗憾地告诉你，不管你说的那个主人是谁，他都不是你的主人，尼哈尔。”

尼哈尔低下头，看着身上的被子。她不希望伊多看到她眼中朦胧的泪水。

“人类，半精灵族，侏儒族都是一样的，没有人愿意被别人说成属于谁。每个人都有决定自己命运的能力，只有奴隶才会有主人，而你并不是奴隶。如果你想成为名副其实的骑士，就必须从过去的苦痛经历中走出来，将命运掌握在自己手上，然后自己选择是好好利用它还是随意挥霍它。”

伊多说完，平淡地把烟斗重新点上。

尼哈尔看了他一眼，觉得他矮小的身躯里散发着一股巨大的力量和勇气。瞬间，她觉得伊多的内心很强大。

“你想不想出去看看？”伊多叼着烟嘴问道。

“好啊。我们去哪儿？”

“去打仗，我的小姑娘。一支军队正在离前线不远的城市作战，他们试图解救那座城市时，被独裁者的军队包围了起来。我们要去支援他们。”

尼哈尔突然感觉心跳加速。

“我也能参与打仗吗？”

“你必须参与打仗。我想看看你在战场上到底有多大能耐。”

那座城市离基地并不远。

具体的战略方案早在出发前就计划好了，因为那座城市附近没有营地，抵达之后根本没有时间和地方商讨军事。他们所要做的就是突袭，歼灭所有围剿的敌人。伊多是军队唯一的龙骑士，同时担任总指挥的角色。

伊多和尼哈尔策马并行。一个镇定地吸烟，一个却激动不已。

“你怕吗？”伊多问。

“不怕。”

“糟了，所有人在打仗前都会害怕的，这才是合理的反应。我自己也害怕。”

“我可不觉得你在害怕。”尼哈尔反驳道。

“我害怕，但是不恐惧。害怕是我的指导老师，也是我的朋友，因为它能让我保持清醒的头脑，告诉我在战场上该做些什么，避免可能的冒险。”

尼哈尔疑惑地皱起眉毛，“你在说什么啊？害怕不是会让士兵临阵逃脱吗？”

“也会的，尼哈尔，也会有这样的情况发生。害怕是个危险的朋友，你必须学会控制好它，听清楚它对你说了些什么，只有这样，它才会帮助你完成任务；反之，如果你让它左右你的行为，它不但不会帮你，还会将你推进死亡深渊。”

尼哈尔看了看伊多。她很喜欢伊多的个性，尽管有时候听不懂他在说些什么。

“我们快到了，下来吧。”伊多说道。

下马后，尼哈尔从包袱里拿出来一块黑布，严严实实地裹在了头上。

“你不戴头盔？”

“我不喜欢戴。”

“随你的便吧……”

伊多说完，回头去找他的维萨了，因为他得在天上俯瞰全局。

步兵火速地前进。

尼哈尔赶紧快步跟了上去，像只动作敏捷的小黑猫。

一切都紧张有序地进行着。

围剿的军队就在前面，黑压压的一片围在城墙四周。

伊多一声大喊，战斗随即爆发了。

尼哈尔冲在战场的最前线，霸气和怒火丝毫不亚于试炼的那次战斗。她全然不顾法冥斧头的攻击，满脑子都是“拦我者死”的欲望。

伊多在上面指挥作战的同时，还不停地注视着他那勇猛杀敌的学生。

尼哈尔也是一样，利用战场上喘口气的时间，抬头观察着伊多和维萨的情况。

军队在伊多的带领下步步逼近，就像刀枪不入的战斗机器一样。他沉着冷静，指挥若定，一边躲避敌军射来的箭，一边镇定地发动攻击。维萨喷出的火焰让地上的敌军惊恐万分，四散逃窜。

待到大局已定，伊多示意维萨停止攻击，跳到了地上和尼哈尔并肩作战。尼哈尔自信地看了他一眼，继续杀敌。

最终这场仗赢得很轻松——损失轻微，俘虏无数。小城被解放了！这四十年来，很少有军队能够从独裁者的手里夺回失守的土地，然而他们却做到了。

城里的百姓欢呼雀跃，战士们都受到了英雄般的特殊对待。所有人都得到了百姓的盛情款待，而伊多更是受到了隆重的邀请。

晚上，大伙儿在广场上载歌载舞，尽情狂欢。当地的一些女民兵们还特地准备了一些食物充当晚会的餐点，虽然菜肴并不丰富，但是每一口都倾注着她们的真心感谢。

尼哈尔并没有参与到大伙儿的狂欢中。此时此刻，她的脑海里想的还是战斗和杀敌。即使周围一片欢呼，她仍然没有办法忘记这些事。

“想跳支舞吗？”

一位年轻的士兵绅士地伸出一只手，向她发出邀请。尼哈尔顿时感觉脑袋空空，面颊火热。“跳舞？我？”这还是第一次有人把她当成女人来看呢！

“不，谢谢了。我不会跳舞。”她说着，身体向后缩了一点儿。

“没关系！来嘛！我们今天死里逃生，还不赶紧庆祝庆祝！”这个小伙子笑着鼓励尼哈尔起来跳舞。

“真的，我不会跳舞。”

小伙子耸了耸肩，鞠了一躬便走开了。没一会儿，他便牵着另一位城里女孩的手走进了舞池。

尼哈尔突然想到了费恩。

她不知做了多少和费恩共舞的白日梦啊！就像千万少女一样，小鸟依人地依偎在他的怀中翩翩起舞，长裙在艳丽的灯光下缓缓绽放。太梦幻了。而如今，这样的场景连梦中都不会存在了。

她揉了揉眼睛，告诉自己不能再这么瞎想下去了。她是一名战士，风花雪月只适合在和平年代，现在的她只是一支作战武器罢了。

尼哈尔正感到无聊的时候，突然在人群中看到了伊多。他手里拿着一只陶壶，和几名士兵谈笑风生。整个广场充斥着人们的欢呼，而这些欢呼理应属于他。

接着，伊多也看到了尼哈尔，径直走了过来，贴在尼哈尔的耳边说：“我有话跟你说。”说完，就把她拉到了不远处的廊柱下。

说话之前，他又喝了一口陶壶里的东西。

“喝点儿，庆祝胜利的时候不喝点儿酒可不行。”

尼哈尔尝了一口壶里的东西，立马吐出了舌头。一股奇怪的味道刺激得她眼泪直流。

伊多觉得很好笑，“我看你从来没喝过啤酒吧！这可是侏儒人最喜爱的饮品了，你知道吗？”

尼哈尔把陶壶还给了他，“很好喝……”

伊多大大地喝了一口，然后用手背擦了擦胡子，“你怎么不去狂欢啊？”

“我不想。”

“看出来了。”

伊多又喝了一口。“打仗的时候，我仔细观察过你了。”

尼哈尔不禁扬起了嘴角，准备接受老师的褒奖。

“我不是很喜欢你的表现，尼哈尔。”

她立刻收起了笑容，“我做错什么了吗？”

“没有。我只是不喜欢你在战场上的作战方式。”

“我不明白你在说什么……”

“你在混战中并不理智，一心只想着杀死周围的敌人。这对一名步兵来说也许是件好事，但是对一名骑士来说则不然。”

“战场难道不是以杀敌多少论英雄吗？我只是做我该做的事啊！”

伊多又把啤酒递给了她。她艰难地咽了一口，努力控制住内心的不服和失望。

“战场上，你给我的感觉就像是刚从笼子里放出来的野兽，被自己的天性支配着。而且，你总是自顾自地战斗，好像整个战场上只有你一个人似的。其实不然。你必须清楚地知道其他人在哪里，他们在做什么。这对你将来的骑士生涯很重要，因为只有这样，你才能掌控全局，指挥士兵。还有，尼哈尔，战斗是一种非常时期的需要，而不是一种喜好。”

“我就是喜欢战斗，这有什么错？”尼哈尔一下子爆发起来。

“不，我喜欢的才是战斗，因为我是自愿选择这条道路的。而你喜欢的是杀人。你听好了，我们的军队里容不得任何嗜血如命的人。如果你投身战场是为了发泄内心的仇恨，那么还是请你别打仗了。听明白了吗？”

伊多说完，淡定地点起了烟斗，仿佛刚才说的话都无关紧要似的。

尼哈尔感觉全身的热血都冲上了脑子。“法冥杀了我爸爸，伊多！”她吼道，“还有费恩！还有我的所有族人！我怎么可能不恨他们？”

伊多依旧平静地说道：“法冥和独裁者也杀了我的爸爸，夺走了我弟弟的生命，还将我的种族当成奴隶使唤。我们的经历同样悲惨，同样一言难尽，但是我们必须要清楚我们为何而战。你知道你为何而战吗？”

伊多深邃犀利的眼神逼得尼哈尔低下了头。

“如果你不知道，那么我该怀疑你是否有资格继续当战士了。”

“我一直都想……”

“好了。去跳舞吧。”

“我不会跳……”

“这是命令。”

尼哈尔还没反应过来，就被伊多拖到了广场上，跟随着节奏来回摆动。

恨独裁者到底有什么错？难道仇恨不是战斗的动力吗？难道以法冥为敌，将它们赶尽杀绝不对吗？这一切到底有什么不对的地方？

她的身体虽然摇摆着，心思却根本不在这里。

狂欢一直持续到很晚才结束，尼哈尔和伊多只好在附近找了个商家暂住一宿。

“你不喜欢今晚的狂欢吗？”离开的时候伊多问道，“你不觉得这样很开心吗？享受生活吧，尼哈尔，只有这样你才会明白为什么需要战斗。”

尼哈尔听得一头雾水，不仅没弄明白，反而更糊涂了。

# 飞行课

对于尼哈尔来说，真正的训练才刚刚开始。每天，伊多从黎明开始就带着尼哈尔练习战术，一直到午饭时间训练场挤满了人才肯罢休。

尼哈尔知道自己拥有天赋，也知道如何最大限度地利用它，但是正如伊多所说，她习惯了用自己的感性战斗，想改掉并不容易。伊多对她很严格，每次都要求她做到快速、机警、理性。伊多自己也不例外，不管用什么兵器都从不失误。

尼哈尔又重新拿起了长矛、钉锤、斧头和鞭子，巩固和改进之前在学院学到的知识。

她努力让自己在战斗中集中精力，力求每一次攻击都达到忘我状态，但是伊多对她的表现从来都不满意。

伊多不仅仅教会尼哈尔格斗技术，还想把她变得坚强自信，时刻清楚自己战斗的目的以防被内心的仇恨冲昏头脑。他希望她成为一个真正的战士，为浮岛做出贡献的同时不忘自己的身份。

伊多很喜欢尼哈尔，很欣赏她的潜质和顽强。但是他知道这背后支撑尼哈尔的力量是怒火，是复仇的欲望，是无视自我的念头。他担心她会毁了自己的人生，毕竟她以后的发展无可限量，这样太容易走火入魔了。

正因如此，他必须不停地训练她。

他从来不夸赞尼哈尔，和她过招时也从不留情，总是一次次地将她摔在地上，然后逼迫她站起来重新开始。而尼哈尔每次都毫无怨言地站起来，也从不在意身上的伤口，因为她的内心有一个信念，她想要不惜代价地追随它。

日子一天天地过去，可尼哈尔的信念却开始变得不明确。过去，她始终坚持认为自己生来就是报仇的命，也从不问自己这样做对错与否，但是战后伊多对她说的那些话却让她不禁深思。

她开始反复质问自己内心的仇恨到底错在哪里。为什么身为半精灵族的最后一个幸存者却不能为他们报仇？每当她半夜被噩梦惊醒的时候，她总是坚定不移地告诉自己她的唯一人生目标就是打败独裁者。然后就可以安心地死去了。因为她不知道打败独裁者之后的人生会是怎样的。她该去哪儿？她该做什么？总之，一旦失去了这个目标，她就会像行尸走肉般碌碌无为。也许……

也许正是伊多的出现激发了她的重重疑问。她的老师是怎么做到抛下个人仇恨投身战场的呢？支撑他的力量来自何方？

那是生命的美好，正如他所说……

是的，尼哈尔曾经也觉得生命美好过。但是那段时光已经过去了。现在她的人生就是白天艰苦地训练，晚上饱受噩梦的折磨。

有的时候，她会回想庆祝打胜仗那晚的狂欢以及人们的欢呼雀跃。难道这就是人们钟爱的生活吗？也许是的，但是对她来说只是一个遥远的梦。

基地里开始有越来越多的人注意尼哈尔，一小帮侍从和士兵甚至开始关注她的训练。

如今的她名声大震，观看她和伊多比斗已经成为基地里不可缺少的表演。因为尼哈尔灵巧，厉害，更重要的是她还很漂亮。

虽说她不符合传统意义上的美女标准，但是她全身上下都散发出一种独特的魅力。她的睫毛修长浓密，淡紫色的眼珠中投射出犀利的光芒。她的身材宛如灯芯般纤细，却拥有完美的曲线。她在比斗时的每一个动作都轻盈高雅，换做谁都会被吸引住的。另外，她除了和伊多说话时滔滔不绝之外，其他时候都冷若冰霜，这更加增添了她的神秘感。

大伙儿开始将她看做“理想猎物”，甚至打赌谁能最先将她追到手。但是尼哈尔丝毫不关注周围的目光，依旧目不斜视地走在军营里，因为她觉得这些肆意的眼神很恶心。而且，自从费恩死去的那天起，她就不把自己当女人看了。现在她只是一名战士，仅此而已。

有的时候，一些士兵靠近她仅仅是想和她做朋友，并无恶意，但是她都以冷漠的态度回绝了。

她不仅不接近男兵，和基地里的女性也合不来。她们都嫉妒尼哈尔的男人缘，嫉妒她的本领和男人般的强悍。当然也有特例，也有那么一两个女孩子真心想和她交朋友，但是尼哈尔觉得她们就是在家帮妈妈做做事、等到长大成人后结婚生子的大小姐，自己和她们不会有任何共同语言。

她总是孤单一人。偌大的军营里，没有什么能够勾起她的兴趣，除了奥尔夫。

尼哈尔已经深深地爱上了它。

尽管它不听使唤。

刚开始伊多会待在尼哈尔旁边看着，但是后来干脆随她去了。

“我已经和你解释过龙的来历以及如何面对它了，现在由你自己来完成让它接受你的任务。等你骑上它的背，我们就开始正式的训练。”

这样一来，尼哈尔就可以自己选择时间和方式来接触奥尔夫了。她和龙厩的门卫达成协议，每天一吃完午饭就把龙拉到训练场接受训练。

她第一次来的时候，奥尔夫依旧蜷缩在角落里被铁链拴着。但是它一看到尼哈尔，立马开始发出沉闷的呼呼声。

尼哈尔紧握着拳头站在它的对面，还是能感受到它的仇恨，但是它却一点儿动静也没有。这就像是一场心理战，尼哈尔必须要展现出自己的强势，要不然对方永远不会妥协。她就这么一直看着它，目光坚定地盯着它那双冷漠血红的眼睛。

有几天，门卫都特地抽出时间观察他们，但是发现每天上演的情境都是一样的——尼哈尔和奥尔夫一个下午都只是大眼瞪小眼，没有任何其他的举动。

只要有人问起这件事，他总是一成不变地回答道："我觉得那个姑娘疯了，一直站在那儿盯着龙看。半精灵肯定都是这么古怪！"

经过一段时间的努力后，尼哈尔开始尝试和奥尔夫对话。

她坐在地上，眼睛直勾勾地看着它，试图向它传递内心的想法。可是一切并没有想象的那么简单，奥尔夫根本不愿意配合。她开始直接张口说话。她觉得她的人生经历比任何娇嗔亲昵都管用，因为她始终坚信她和奥尔夫的命运是交织在一起的。

她向它讲述折磨她的噩梦，讲述利翁的死以及家乡的毁灭。她还说到了费恩，说到她有多么喜欢他，说到他的死对她造成的巨大伤害，说到她在他的葬礼上扔下火把的时候多么希望感受到他的气息。

奥尔夫不动声色地躺在那儿，没有任何动作，只是发出低沉的吼声。尼哈尔并不理会奥尔夫的威胁继续和它说话，同时试图进入它的内心世界。

这时，伊多经常会站在远处观察，他觉得尼哈尔做得很好。尽管奥尔夫仍然满目猜疑地看着她，但是从它血红的眼睛中隐约流露出了一丝兴趣。

除了和奥尔夫交流外，尼哈尔还得战斗。

她和伊多总是忙于各种对抗独裁者的战争。伊多已经决定，只要尼哈尔征服了奥尔夫，就让它跟着他们一起征战沙场。

因此，每次出征之前，尼哈尔总是跑过去看看它。"你感觉到如今的紧张气氛了吗？还有这种死一般的寂静？大家都在呼唤你啊，奥尔夫。大家需要你重返战场。"

说完，她便立刻整理好心情投身战场。她总是不顾安危地冲在队伍的最前面，用她一贯有的拼劲儿奋勇杀敌。每次战后，不论输赢，地上总是堆满了战友的尸体。她必须学会接受这一点。

伊多依旧严厉地训斥她。虽然尼哈尔每次都发誓下次一定改，一定会理智地打仗，但是这根本没用，因为她只要听到短兵相接的隆隆声，大脑就顿时不听理智使唤了。

不得不说，战场上的尼哈尔真的就像一台杀人机器。

征服奥尔夫的行动继续。

尼哈尔试图每天都靠近一点点，每次都前进一小步。奥尔夫并没有太在意他们之间距离的缩短，只是疑心重重地看着她。尼哈尔能够感觉到奥尔夫已经对她没有那么大的敌意了，也没有当初那么紧张了。现在要做的就是建立进一步的交流。

接下来的两个星期里，她继续蹲在它的面前与它谈心。

这就和当初在佛莱斯达森林里的试炼一样，必须集中注意力然后捕获到对方的思想。伊多和她说过，一名龙骑士只有和他的龙彼此欣赏，互相信任，才能进行深层次的交流。因此，现在万事俱备，只欠奥尔夫的一颗“芳心”。

尼哈尔对此信心十足，一点儿也不怀疑自己的能力。

一天，她比平常都要早地吃完了午饭，正巧看到了奥尔夫被拉到训练场的过程。

门卫在另外两名后勤人员的帮助下，正拼命地拖拽着奥尔夫。整个场面非常残忍。奥尔夫极力反抗着，前爪死死地趴在地上不肯向前，但是没一会儿就妥协了，因为被铁链锁着的那只脚受了伤。它一边痛苦地呻吟，一边在三名人员的咒骂声中踉跄前进，所有的挣扎都显得苍白无力。

尼哈尔从来没有注意到它的伤口。她开始埋怨自己为什么没有早点儿发现，不然也不会让它像现在这样痛苦。等到奥尔夫被拉到位子上之后，她大步流星地追赶上正要离去的后勤人员。

“喂，你们站住！”她训斥道，“从今以后我不希望看到这条铁链！”

他们俩对视了一下，“扑哧”一声笑了。

“你懂什么啊，小姑娘？”其中一个后勤兵说道，“要是没有这根铁链，它早就把你吃了然后飞走了！”

尼哈尔上前一把抓住了他的衣领，“我是未来的龙骑士。我劝你和我说话的时候放尊重点儿。”

另外一名后勤兵没忍住笑了出来。尼哈尔一下子拔出剑对着他，“你也一样。从明天开始，这条铁链必须从我眼前消失。至于它会不会杀了我，那是我自己的事。要是它逃跑了，任何责任都与你们无关，所有的惩罚我一个人承担。”

说完，两名后勤兵就灰溜溜地离开了。

尼哈尔转过身来，看见奥尔夫正在舔舐脚爪上的伤口，舌头拼命地够着铁链挡住的部分。尼哈尔手持剑，慢慢靠了过去。

奥尔夫立刻拱起身子，做出要发动进攻的架势，可是尼哈尔已经近在咫尺了。

它发出疯狂的怒吼，示意尼哈尔退回去。

就在它准备喷出火焰的时候，尼哈尔突然挥剑砍了下去——铁链断成了两半，显露出一大块化脓的伤口。

奥尔夫被她的举动震惊了，可是更让它震惊的是，尼哈尔居然跪在地上将手伸向了它的爪子。

奥尔夫感觉伤口上突然传来一阵热量，暖暖的很舒服，疼痛似乎也随之减轻了。

尼哈尔完全体会得到它的感受。

奥尔夫垂下它翠绿的头，看见尼哈尔的手上正在发出一道桃红色的光。它往后退了两步，因为它不需要任何人的帮助，也不相信会有人帮它。可是尼哈尔又向前跪行了两步，继续为它疗伤。

奥尔夫一直盯着尼哈尔看，毕竟好久都没有人这么温柔地对待它了。也正是从这一刻起，它对尼哈尔敞开了心扉，告诉她自己的伤悲、迷惘和痛苦。它打开尘封的记忆，感受着尼哈尔内心的爱。

尼哈尔并不善于长时间施展治愈系魔法，但是当她停下来的时候，惊奇地发现伤口已经不化脓了。她一屁股坐在地上，满头大汗——这么一个小小的魔法已经耗费了她大量的体力。

奥尔夫好奇地伸出头嗅了嗅——这个种族是有多脆弱呀……

尼哈尔笑了笑站起身来，“你需要得到自由，奥尔夫。但是从今天开始，你要乖乖的。”

尼哈尔刚说完，奥尔夫就转身朝龙厩走去。这还是它第一次主动回自己的小窝呢！

第二天，奥尔夫心甘情愿地来到了训练场。

尼哈尔走近它之后，伸出手想要摸摸它。至今为止，她还没有摸过龙呢，即使是非常熟悉的维萨也没有。

奥尔夫不高兴地缩了回去。

“喂，你怎么这样啊？我给你自由，为你疗伤……你必须给我摸一下，奥尔夫！”

奥尔夫使劲儿摇了摇头，嘴里还发出咕咕的低吠声。

“快点儿，你会喜欢的。”

尼哈尔再次伸出了胳膊。由于过度兴奋，她的手竟然抖了起来。她用手指在奥尔夫的皮肤上轻轻地划过——冰冰凉凉的，质感润滑，总之摸起来很舒服。

尼哈尔将整只手掌都放在它的肚子上，顿时感觉到了一股强健有力的心跳搏动。生命，这就是生命的律动。接着，她又摸了摸它的鳞片，动作幅度也越来越大。

奥尔夫一动不动地躺在那儿。

它侧着头，仿佛在聆听着什么——这还是第一次有人如此爱抚它呢。

眼前的这个小女孩很可爱，也很讨人喜欢。她的手很小巧，却很饱满。她对它格外地温柔。她甚至了解它内心的仇恨，而且在第一次见面的时候就察觉到了。她很倔强，很记仇，也很忧伤。这些都和它一样。

也许它真的可以重新相信人类了。它突然想展开翅膀随风飞翔，就像小时候那样……

“我也一直想飞翔，你知道吗？”尼哈尔一边摸它一边说。

她很喜欢抚摸龙鳞的手感。

现在，它真的成为她的龙了。

她简直不敢相信自己居然成功了，而且还爱上了这条龙，这条属于自己的龙。过不了多久，她也能骑在它背上驰骋沙场了。

一瞬间，尼哈尔感觉自己又回到了萨拉扎的大火之中。但是不同的是，她逃出来之后看见了一条全新的人生道路，上面还没有留下任何的脚印。“我是怎么从里面逃出来的？”她有些疑惑。

就在这时，奥尔夫缩回了身子，不再让尼哈尔抚摸。但是她已经能从它的眼睛中看到一丝平静和安详。

晚些时候，尼哈尔向伊多讲述了白天发生的事情。

“做得很好，尼哈尔，我为你感到高兴。”

“现在你可以教我如何骑它了，对吧？”

伊多吐了一口烟，一副犹豫不决的样子。

尼哈尔突然感觉如坐针毡。“对不对嘛？啊？”

伊多又吐了一口烟，若有所思地捋了捋胡子，接着点了点头，“嗯，我想也是时候了。你来这儿已经三个月了，我们等的时间也够长啦。”

尼哈尔悬着的心终于落了下去。她终于可以骑龙了。她终于可以学习如何像龙骑士那样战斗了。这些她梦寐以求的事情马上就要成真了。

可是伊多并没有那么激动。

他非常疼爱尼哈尔，最想做的就是将她从苦痛中解救出来。他清楚地知道，如果他没能将她解救出来，就必须阻止她成为龙骑士。因为她的复仇欲望太强烈了，一心只想着上战场杀敌。

尼哈尔在战术上已经取得了巨大的进步，一旦上战场却依旧会被怒火冲昏头脑。只要她学不会如何为他人而不是只为她自己战斗，那么她将一直是一个潜在的危险。

伊多觉得尼哈尔迟早有一天能够明白他的良苦用心，在犹豫了一阵子之后，才没有做出马上让尼哈尔骑奥尔夫上战场的决定。

接下来的两个星期，尼哈尔将所有的下午都泡在训练场里。她和奥尔夫聊天，玩耍，然后将它送回龙厩，亲手喂它吃东西。

奥尔夫也习惯了她无微不至的照料，开始很含蓄地接受她的关心。其实，它是很喜欢这个小姑娘的，却不想让她看出自己的真实想法。

日子一天天地过去，伊多还是没有教她如何飞行。她越来越耐不住性子了，每次遇见伊多都要纠缠个半天。

“你明天干吗啊？”

“我要去总部，尼哈尔。”

“啊，还去呀？”

“是的，尼哈尔。”

“那后天呢？”

“后天我要去另外一个军营。”

“那你什么时候教我骑龙呢？”

“我也不知道，尼哈尔。”

伊多最近很忙，因为没多久将要发动一次大规模的进攻，而他正是主帅之一。这段时间，他总是忙着研究军情，会见其他军营的将军和骑士，根本没有时间顾及尼哈尔。

“如果你没有时间，那我可以自己试试吗？”一天在食堂吃晚饭的时候，尼哈尔试探性地问道。

伊多将勺子放回碗中，严肃地看着尼哈尔。“你不要总是冒出这种荒谬的想法好不好？骑龙可不是开玩笑。”

“我知道，但是……”

“够了！”

尽管如此，这个想法却一直在尼哈尔的脑海中徘徊。

她试图克制住这个念头，因为她信任伊多，并且钦佩他的自信和冷静。可她总是忍不住反问自己为什么要等下去。她还有重要的使命需要完成，这种等待简直就是浪费时间。

一天早晨，尼哈尔起床后提前来到了训练场。她也不知道为什么自己要那么早来，但就是迫切地想见到奥尔夫。时值严冬，寒风刺骨。尼哈尔裹紧了披风，坐在阶梯座位上等着。

在清晨的浓雾中，她渐渐看见了侍从将奥尔夫带出来的身影——它那庞大的身躯总是能一眼就认出来。

她开始盘算早上要做的事——聊天，爱抚，送它回龙厩，最后喂它吃一大车新鲜的肉。

“假如今天……”

奥尔夫继续往前走着。

“不，尼哈尔，别瞎想了。伊多会发怒的。”

奥尔夫越来越近了。

“但是……”

尼哈尔感觉自己的身体内有种想腾云驾雾、远走高飞的强烈冲动。

“不，不行。我都还没开始学呢。”

她感觉内心传来一个声音，告诉她不必想得那么复杂，毕竟也不是第一次坐在龙背上了。虽然当时是有人跟她一起，但是有没有人陪着又有什么区别呢？

奥尔夫走到她面前，低下了它硕大的脑袋。

“你好吗？”尼哈尔一边挠着它的鼻子，一边问道。奥尔夫呼出来的气让她冻僵的手觉得暖和了很多。

尼哈尔像往常一样，开始抚摸它。在这两个月的努力中，她虽然步入打开奥尔夫心扉的误区，但是最终还是和奥尔夫达到了心灵相通的境界。他们俩应该都准备好了。

“你觉得今天去飞行怎么样？”

奥尔夫瞪着它红彤彤的眼睛看着尼哈尔，接着将鼻子从她手上挪了开来。

“也许它现在不想，但是很正常，等我骑到它背上它就会开心起来的。”

“让我上去，奥尔夫。”

奥尔夫嘟囔着向后退了几步。

但是尼哈尔已经下定了决心，今天无论如何都要骑一回龙。她提高了嗓门：“停下来！”但是奥尔夫却加快了步伐。

尼哈尔迅速追了上去，一个跳跃抓住了它的身子，然后毫不费事地爬到了奥尔夫的背上。

她也没有想到，自己居然很轻松地就坐在了龙鞍上。奥尔夫这回是真的生气了，开始剧烈地摇晃着身体。

尼哈尔紧紧地抓住它脖子上的皮。奥尔夫加大了力量，并且怒吼着吓唬她，可是尼哈尔一点儿也没有妥协的迹象。

奥尔夫万万没想到这个纤瘦的小女孩居然胆子这么大，顿时又震惊又愤怒。它扭过头来，对着尼哈尔疯狂地吼叫着，她却愈发地兴奋。“不好意思了，我的朋友，今天你必须听我的。”

就在这时，奥尔夫突然离开了地面。

它扇动着强劲有力的翅膀，径直朝天空飞去。

风猛烈地吹来，尼哈尔甚至感觉有点儿呼吸困难。她闭上了眼睛，非常害怕。但是当她意识到自己在飞翔的时候，却又激动不已。“飞起来了！我终于骑着龙飞起来了！而且还是属于我自己的龙！”

她睁开眼睛，欣喜若狂地大叫起来。奥尔夫如闪电般穿梭在云海中，越来越高，越来越快，甚至让尼哈尔感觉自己拥有了神力。

她用尽全身力气抓住奥尔夫，向下望去。

天啊，高得让她觉得头晕！森林里的大树是那么遥远，隔着这层牛奶般的云海宛如一片纯净的世外桃源。

太美了！太刺激了！

飞了一阵子之后，奥尔夫突然停在了半空中。它收起翅膀，一动不动地停在那儿。接着像失控一样往下面坠去。

一开始还比较慢，可是后来竟然越来越快，以至于大树、房屋、草坪、土地都要迎面撞来似的。

尼哈尔紧紧抓住奥尔夫的脖子，竭力使自己不要被风吹走。她惊魂失魄，冲着奥尔夫大喊："我相信你！我相信你！"

其实，她当时一点儿也不相信它。

距离地面越来越近了，一股强大的冲击力向她袭来，眼看着马上就要撞上去了。

尼哈尔再也忍不住，失声大叫起来。

就在她以为自己将要粉身碎骨的时候，奥尔夫突然又飞了上去，擦过房屋的屋顶完成了一个完美的低空滑翔。城里的百姓可吓坏了，纷纷抱着头四处窜逃。

尼哈尔的大腿牢牢地夹住奥尔夫的身体，甚至可以感觉到它因为扇动翅膀而紧缩的肌肉。她眯着眼睛看了看，感觉奥尔夫张开的翅膀足足有它身体那么长。

她惊魂未定，五脏六腑全都搅在了一起，完全没有注意到伊多从总部出来以后抬头怒视的眼神，更没有听到他气急败坏的破口大骂。

可是奥尔夫却玩儿得很开心。

它已经很久没有展翅高飞了，这种凉风拂面的舒爽，低空滑翔的快感，还有随风摇摆的乐趣都让它感觉很惬意。它光顾着自己在空中放纵地嬉戏玩乐，完全忘记了背上还坐着一个胆大妄为的小姑娘。它就这么一直上升下降，放慢速度随后又突然加速地飞行着。

可是它觉得这样并不尽兴，开始在空中兴奋地旋转，接着又一个筋斗接着一个筋斗地翻滚。

这对尼哈尔来说可就遭罪了。她的眼前一会儿是天，一会儿是地，上上下下来回几次之后连东西南北都分不清了。

她感觉脑袋一阵眩晕，紧跟着情不自禁地松开了缰绳，一屁股坠入了空中。

风猛烈地吹着。她竭力呐喊却听不到自己的声音。要是就这么死了岂不是很可笑？她吓得闭上了眼睛。

突然，她撞上了一个坚硬结实、长满鳞片的东西。

是奥尔夫接住她之后，开始缓慢地向基地飞去。

训练场上挤满了围观的群众。

奥尔夫小心地着陆之后，蜷起身子让大家将尼哈尔扶下来。人群中瞬间爆发出雷鸣般的掌声，祝贺尼哈尔的首次飞行安全无恙和奥尔夫成功救人的智勇之举。此时的尼哈尔已是浑身酸痛狼狈不堪，她一边下来一边对奥尔夫说："你救了我一命，不愧是我的好搭档。"可是奥尔夫却气愤地走开了。

她刚站稳脚，就被啪地扇了一巴掌。"你以为自己有几条命，可以让你这样一次又一次地冒险？混蛋，你什么时候才能理智一点儿？"

伊多一把拽开她捂住脸的手，尼哈尔"扑通"一声跪倒在地上——从她在空中被奥尔夫疯狂折腾到现在，腿就一直在发抖。

"你不是没有时间嘛……我就……"

伊多咒骂道："等一等不行吗，混蛋！你倒好，整天自作主张自以为是！"

说完，他猛地一下将尼哈尔拉了起来。

尼哈尔感觉浑身上下跟散了架似的，连站立都有些困难。

伊多使劲拉着她的胳膊穿过人群，来到了一座偏僻的小矮房。

那里窗户很少，到处都装着栅栏。

一位士兵打开了监狱的牢门，将她推了进去。"我求你了，伊多……我没有恶意的……"她试图向伊多解释。

“你好自为之吧，尼哈尔。”说完，伊多就走了。

尼哈尔无助地靠倒在墙上。

后背一股钻心的痛。

她将手伸到后面摸了摸，一阵强烈的灼烧感——随之而来的是手上星星点点的血渍。

她身心俱疲，根本没有精力施展魔法给自己疗伤。

她索性躺在了地上，渐渐睡着了。

几个钟头后，她被后背的一丝清凉惊醒了。她慢慢地转过头，半眯着一只眼睛——伊多正在往她的伤口上涂着药膏。她没有动弹，因为她不想让伊多发现她醒了。毕竟比起伤口，更让她难过的是——这次她确实过于鲁莽了。

“你醒了。”伊多说道。

尼哈尔不吭声。

伊多加大了涂药的力度，疼得尼哈尔发出了一声痛苦的呻吟。

“你不听我的命令，闹出了不知多少笑话，今天又让整个军营鸡犬不宁。我不知道怎么跟你说了，尼哈尔。你这不叫勇敢，叫愚蠢。你在这儿好好反省吧，明天再放你出来。”

敷完药后，伊多二话没说就关上门走了。

尼哈尔依旧躺在地上。

此时的她，也只能在这里面壁思过了。

第二天，伊多亲自将她带出了监狱。

他不知道，尼哈尔昨晚过得有多惊心动魄。

就在她半睡半醒、身体不听大脑使唤的时候，监狱里挤满了恐怖的鬼魂。

尼哈尔几近瘫痪地躺在地上，看着这些血肉模糊、缺胳膊少腿的身体，连移开目光的力气都没有，任凭他们在自己的耳边唠叨着复仇的计划。她想尖叫但是喉咙喊不出声音；她想闭上眼睛，却怎么也闭不上。

都怨伊多。

就是他将自己扔在这个鬼地方的，让她饱受惊吓。

就是他阻止自己的复仇计划的，还和她说什么热爱生命，什么“害怕”理论，什么打仗的理由。

她和别人不一样。

她不只是个娇弱的小姑娘。

她也不是一名普普通通的战士。

她是一支只为复仇的杀人武器。

伊多气冲冲地看着她，“这是你自找的，尼哈尔。你应该比谁都清楚。”

这一整天，他们一句话也没说。

尼哈尔所做的只有两件事——照料维萨和修理兵器。

伊多没有和她练习战术，也不允许她看望奥尔夫。

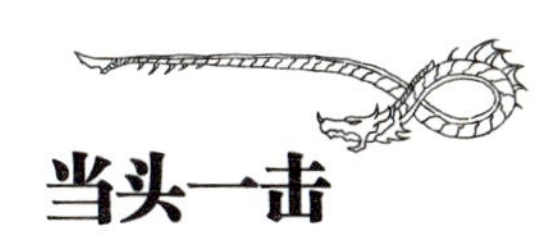

# 当头一击

整个议会沉浸在一种凝重的氛围里。九名魔法师坐在各自的石凳上，仔细听着达隆的讲话。

“事情进展得并不顺利，赛奈尔。你看看最近我们失去了多少土地？太多了。你也知道，风之王国是我们损失最为惨烈的地方。我并不是怪罪于你，因为我知道你的表现很出色，对得起我对你的教导……”赛奈尔心里很清楚，元老达隆是唯一听取他想法的人，其他议员只会充满敌意地对他瞪眼。“但是独裁者已经控制了五个王国的领土，并且每个王国都在研制新的武器。与之相比，我军的人数日益减少，龙骑士的数量也不多了。现在必须想出一个解决方法。”

达隆说完，坐了下去。

议会一片寂静。

轮到赛奈尔发言了。其实他并不喜欢这样当众发表自己的看法。他站起身来，开始说话，声音都有些颤抖。

“达隆，议员们……是的，现在的局势确实不容乐观。独裁者的实验室里不停地走出新的作战士兵。前段时间在风之王国，我们又发现了新的物种。他们像火鸟一样，矮小的法冥还可以骑在他们身上飞行。与此同时，我们却只有人类和侏儒族。最近，我们损失惨重，军队士气大降。我承认，就连我自己都有些泄气。”说完，底下立刻传来一两声讥笑。

但是赛奈尔没有理会，继续说了下去。“我们在战场上丧生的士兵越来越多，后备力量也日益减少，军队陷入了一种恶性循环。虽然说我可以向你们请求支援，但是这并不能解决问题。因为我们面对的强敌多拉不仅仅是一名拥有不死之身的战士，更是一名伟大的战略家。”

赛奈尔揉了揉眼睛。昨晚，他紧张得一宿都没怎么睡。“他们攻击我们的目的就是想攻占防御最薄弱的水之王国，因为水之王国没有自己的军队，完全依赖太阳王国的驻军。因此，它的边境一直战乱连连。目前，虽然我们守住了这块土地，但是付出的代价却是巨大的——遇难者的数目已经无法估计。我和葛拉以及爱丝特莱尔谈了很多次，他们已经答应让所有的仙女在边境用魔法筑起一道防线。这就是水之王国最后的武器，可是这又能支撑多久呢？”

太阳王国的侏儒族议员萨德打断了赛奈尔，“那你有什么建议呢？”

从赛奈尔成为议员的那一天起，萨德就一直对他冷眼相看。还有一些其他议员也是一样。

赛奈尔停顿了很久，依次打量了每个议员，然后鼓起勇气说道：“我们只有向沉没大陆求救。”

底下顿时响起了一阵骚动，不过这一切都在赛奈尔的预料之中。

萨德代表其他议员提出了疑问：“沉没大陆？”接着他又用讥讽的语气面朝大家说道，“或许赛奈尔议员并不知道沉没大陆在‘二世纪’战争期间已经决定和我们断交的事情吧。不过也不能怪他，他这么年轻，怎么会知道这些多年前的历史呢！”

大厅里瞬间爆发出一两声讥笑。

萨德冷冷地看着赛奈尔，“我们对这块大陆一无所知，议员先生。甚至都没有人知道怎么过去呢。”

议员们纷纷点头表示赞同。

赛奈尔摇了摇头。“加油，继续说！”他在心里给自己打了打气，继续说道："独裁者对所有人来说都是威胁，沉没大陆也不例外。而且，仅仅是我们，根本不是他的对手。"

水之王国的仙女议员张开了口："他们已经决定抛弃我们了，而且永远也不会回头了，赛奈尔。他们是不会忘记沉没大陆大陆多年前遭受的侵略的。再说了，我们不认识路，怎么过去呢？"

赛奈尔从包袱里拿出一卷羊皮纸，"这是我在王宫的图书馆里找到的，上面大致标注出了沉没大陆的地理位置。"

议员们开始依次传阅这张模糊破旧的地图。

"如果你觉得用这张地图可以找到沉没大陆的话……"有人发出了质疑的声音。

赛奈尔握紧拳头，提高了嗓门，"我无法眼睁睁地看着我们的家园被摧毁！正因如此，我才加入了议会！独裁者想要摧毁我们，我们孤军奋战是行不通的。我知道很多将军不愿意向其他部队借兵，也知道在座的诸位和很多官员不愿意拉下脸向沉没大陆求助……"

"赛奈尔，你竟然敢这么说你的前辈们！"一位议员恼羞成怒地喊了起来，但是达隆示意他不要说话。

赛奈尔冷静下来，接着说道："事实就是如此——我们不愿意向曾经背叛过我们的沉没大陆卑躬屈膝，议会担心损害军队的声望和利益。但是这些我都不在乎。事到如今，还故步自封已经没有任何意义了。我知道这是没有办法的办法，但是只要有一丝希望我都愿意尝试。如果说这是解救浮岛大陆的唯一方法，那好，我愿意身先士卒。不知诸位意见如何？"

终于说完了，他的心都快跳到嗓子眼儿了。他松开一口气，坐了下去。

议员们面面相觑，鸦雀无声。

这时，海之王国的议员站起身来，"那派谁去完成这个任务呢？"

"我们需要派出一位政界代表和一位军事代表。比如说一位议员和一位将军，这样就完美了。"赛奈尔回答。

议员们又不说话了。

最后，达隆打破了这份寂静，“诸位议员们，我觉得赛奈尔说得很有道理。战争已经持续这么多年了，能有领土还坚守着真的可以算做是奇迹。我们还等什么呢，赶紧投票表决他的提议吧。”

萨德站了起来，“没错，我们投票吧。但是有一个前提，那就是由他本人前往沉没大陆，因为只有他最明白他的计划。”

“如果提议通过的话，我愿意接受这个任务。”赛奈尔坚定回答道。

“我还没说完呢，议员先生。”萨德看了他一眼，继续说道，“现阶段，将军的地位举足轻重。我建议让赛奈尔听取他们的要求后，只身一人前往沉没大陆。只要他找得到，自然……”

接着，议会开始了投票。

结果不用猜测——赛奈尔将独自踏上寻找沉没大陆的旅程。

“我真没用。”赛奈尔走在太阳王国的小道上，一遍又一遍地埋怨自己。他将前往海之王国，然后乘风破浪穿越大海。据他所知，那儿曾经是一片陆地，可能现在已经被大海全部淹没了。他有点儿害怕，毕竟一百五十年没有沉没大陆的消息了，一个半世纪啊！

不过，去海之王国之前，他得先去军营看看尼哈尔。

自从她离开学院跟了新老师之后，他们虽有书信来往，但是几个月来一次面也没有见过。现在他要去跟她道别，不，也许还可能是永别。

赛奈尔难过的很大一部分原因也正是因为这个。

他总是离尼哈尔而去，然后在遥远的地方痛苦思念。他很讨厌这种感觉。

可是尽管他害怕，尽管他不想和世上唯一在乎的人分开，尽管这张破旧地图让他迷失方向的可能性很大，但是他必须要走下去。

到了基地之后，赛奈尔直接询问了训练场的方向，因为他确定尼哈尔一定在那儿。但是训练场上挤满了训练的士兵，根本找不到尼哈尔的踪迹。

“请问您，尼哈尔在哪儿啊？”他向一名侍从打听。

“你说那个‘炸药包’啊？她肯定和她的龙待在一起。那两个怪胎啊，真是天生一对！”

赛奈尔又朝龙厩走去。一路上，他四处张望，最后终于看到了尼哈尔。

尼哈尔正蹲在奥尔夫的旁边给它喂食！

赛奈尔站在那儿静静地看着她，激动不已。几个月不见，她似乎更漂亮了。赛奈尔走了过去。“尼哈尔？”

尼哈尔抬起头，拨了拨额头的刘海，站也没站地说道：“你好啊，赛奈尔。你怎么过来了啊？”

赛奈尔一下子呆住了，大失所望。“这个招呼打得真好……”

他原先以为尼哈尔会跳到他的怀里，和他说见到他真高兴。但是尼哈尔却没有表现出一点儿热情，说完继续忙活着手里的事。一旁的龙瞪着鲜红的眼睛，满目猜疑地看着他。

随后，他们去外面散了会儿步。尼哈尔和赛奈尔讲述了她和奥尔夫的关系以及她成功骑龙的经历，却只字不提她的老师。她其实还在生伊多的气。他们已经很多天没有说话了，日常训练也没有恢复。

赛奈尔一句话也不说，沉默得有些反常。他们继续走着，对话却一直进行不下去。

“呃，赛奈尔，你到底怎么啦？”尼哈尔终于忍不住问道。

“我来找你你真的很高兴吗？”

“你这说的什么话啊？我当然高兴啦。”

“我们好久没见了……怎么说呢，尼哈尔，我觉得你不再需要我了。”

赛奈尔的声音里夹杂着一丝感伤。尼哈尔突然停住了脚步，“我不明白你什么意思。”

“我的意思就是你不再需要任何人了。你已经找到了不依赖别人的生存方式，我在想我到底喜不喜欢这样的你。其实，我一点儿也不喜欢。”

尼哈尔冷冷地看着他，“你喜不喜欢是你的事，我怎么生活是我自己的事。”

“不，你怎么生活不仅仅是你自己的事，也是我的事，索纳娜的事，还有所有关心喜欢你的人的事。我都快不认识你了，尼哈尔。”

尼哈尔觉得这些话像针一样刺在她的心上，瞬间火冒三丈。“你可以告诉我你到底怎么了吗？你到底在说什么？为什么你们所有人都在针对我？‘你不可以恨别人’，‘这样不可以’，‘你不是原来的自己了’！你们只会和我说这样的话。但是你活在我的心里吗？你知道我的想法，了解我的感受吗？既然你不认识我，那就闭上嘴别和我说话了！”

瞬间，他们俩都不说话了。接着，赛奈尔低下了头。“我要走了，而且不知道什么时候才能回来。”

尼哈尔一下子愣住了，低声问道：“这次你又要去哪儿？”

“去沉没大陆请求援军。”

尼哈尔想了一会儿，然后又问：“就是那块失去联络的大陆吗？”

“嗯。”

“为什么让你去？”

“因为这是我的提议。”

“这样啊。”尼哈尔踢了一脚地上的石子，“好吧，随你便吧。”说完，她就转身大步向龙厩走去。

她已经经历过多少次这样的场景了？成千上万次，她觉得。也许她的命运就是看着自己爱的人一个一个地离她而去。

赛奈尔追了上去，一把抓住她的胳膊，将她拉转过身来，接着大吼道：“为什么每次你都不肯说出内心的想法？为什么你不对我怒吼，不对我生气？做点儿什么吧，混蛋！至少让我知道你不希望我离开！让我知道你还是个人，不是把没有感情只知道杀人的剑！”

尼哈尔用力挣脱开来。她感觉浑身的热血在沸腾，脑子里一片空白。她的手情不自禁地伸向了剑柄，一下子拔了出来。

赛奈尔的脸颊出现了一条狭长的血口。

时间瞬间凝结了。甚至连血都停止了流动，过了好久才从赛奈尔的脸上滴了一滴在地上。

“哐当……”从开始打仗到现在，尼哈尔第一次松开了手中的剑。她划伤了赛奈尔——那个帮了她无数次、一直保护她照顾她的患难之交；那个唯一留在她身边、唯一理解她的真心朋友。“赛奈尔……我……”

赛奈尔强颜欢笑。“好吧，就让我带着这样的记忆走吧。我永远不会忘记的。”他用手指擦去了脸上的血迹。“你要继续活下去，尼哈尔。为了你自己，也为了你深爱的、已故的费恩。”

赛奈尔头也不回地走了。他的眼眶流出一股咸咸的泪水，滴在伤口上很痛，很痛。自从他的父亲死后，他还没有哭过……

尼哈尔一动不动地站在那儿，看着剑上赛奈尔的血迹发呆。她不知道时间过了多久，只感觉浑身没有一点儿力气。

最后，还是伊多将她摇醒了，“你刚才去哪儿了？快走吧，天要黑了。”

尼哈尔一路跟着他去了食堂，吃了晚饭，躺倒在了自己的床上。

她望着空白的天花板，久久不能入睡。

军营静得有些出奇，她转过头看了看窗外。下雪了。

又过了两个星期，训练仍然没有恢复。刚开始，尼哈尔觉得一切正合她意——赛奈尔刚走，她做什么都提不起兴趣。她每天就两眼无神地待在龙厩里，看得奥尔夫一脸疑惑。

最后，尼哈尔再也受不了了。她觉得自己接受的惩罚已经够多了，伊多也该给她点儿活干了。这些天，她的脑子里满是赛奈尔被自己划伤，然后漠然转身离开的场景。她需要走出这个阴影，她需要打仗。她狠下心，决定去找伊多谈谈。

伊多蹲在小木屋的地上，擦着手中的兵器。

“这不该是我做的事吗？”她问道。

伊多没有回答。

尼哈尔没有绕圈子，直接说出了心里想说的话。“其实我是来向你道歉的，伊多。我承认我做的事很愚蠢，我向你保证从今往后我再也不乱来了。我求你重新开始带我训练吧。”

伊多不予理睬，继续擦着手中的盔甲。

“伊多？”

“干吗，尼哈尔？”

“我求你了，再给我一次机会吧。”

伊多的头抬也不抬，继续忙活。“不可能，尼哈尔。”

尼哈尔压抑住内心的不满，好声好气地追问道：“为什么不可能啊？”

“你以为这样乖乖地道个歉就能解决问题吗？”

“我没有这么以为啊，伊多。我向你发誓，我只是想成为一名骑士。我只相信你一个人，我愿意听你的话！只是我有些急于求成罢了。我知道我是傻瓜，但是……”

伊多放下盔甲，又拿起地上的护腿铠甲。“明天我就要奔赴战场了，这些事等我回来再说吧。”

“奔赴战场？”

伊多抬起头，看着尼哈尔的眼睛说道：“没错，我和其他士兵要奔赴战场了。”

尼哈尔不敢相信自己的耳朵，“那就把我一人扔在这儿？”

“我不会把我不信任的士兵带上战场的。之前，我已经看错你了。其实你仍然是个小女孩，不懂得自律，只知道随心所欲地做自己想做的事。”

尼哈尔再也憋不住了，“你不能这样对我！我必须得战斗！你知道这对我来说有多重要！”

“正因如此我才要把你从战场上拉下来。除了战争，还有很多其他的事要做你明白吗？在这个世界上肯定有个属于你的地方，让你感觉像家一样温暖。”

尼哈尔不明白他在说什么，也不想明白。“你胡说，你胡说！”她大喊道。

伊多不予理会，任凭她在一旁大吵大闹。

尼哈尔跑回自己的房间，砰的一声关上了房门。

她一个人躲在屋子里，暗自准备着——擦剑，将作战服摊在床上以便随时穿上。她一整个晚上都没有睡觉，一直竖着耳朵偷听伊多的动静，看他到底什么时候出发。

她不在乎伊多知道后会说有多生气，也不在乎自己面对的是什么样的敌人，不需要了解什么作战方式。她只感觉自己遭受的束缚已经够多了，现在需要做的就是打仗。

天亮前，她听到了伊多离开小木屋的声音。随后，部队顶着鹅毛大雪出发了。尼哈尔裹上披风，从窗户跳了出去。

她翻过围墙，顺着基地的外围绕了过去，没有被任何人发现。

为了避免被认出来，她决定穿上盔甲。虽然这样并不利于作战，但是她相信自己一样可以所向披靡。在她的战士生涯中，她遇到的困难多得去了，这点小事根本不算什么。

她躲在森林边上等待着部队的到来。她的黑色披风在大雪中太显眼了，因此她决定往森林深处走走，通过窃听部队铿锵有力的脚步声辨别他们的位置。经过漫长的等待之后，她的耐心终于有了回报——部队过来了。

部队的列阵又长又宽，一直拖到大雪的尽头。

尼哈尔找准他们的行军路线后，也在树林里开始了自己的征程。她每迈出一步，地上的积雪就发出一声咯吱咯吱的闷响。不过，这和大部队的行进声比起来也就微乎其微了，他们不会发觉的。她紧紧地跟着，像是一只正在搬运食物的土拨鼠，样子滑稽可笑。

隐约中传来了一阵士兵的嘀咕声。她试图听清楚谈话的具体内容，因为其中有可能涉及这次作战的策略。但是部队离得太远了，她根本听不清。“算了，到那儿以后自然就知道了。”

走了很久之后，尼哈尔还是没有习惯盔甲的重量——这是早上她趁着军营没人以后溜到军械库偷的，看上去很合身，但是穿起来真的很不舒服。她的胸口被压得透不过气，腰部空荡荡的，肩膀处的甲片还来回晃悠。

渐渐地，天边出现了一丝晨曦，可是大雪依旧肆意地纷飞着。这让她很不习惯，因为风之王国的冬天几乎不下雪。她还记得第一次看见雪时的惊讶与欣喜——利翁将她带到了萨拉扎的天台上，她一边欢呼一边追逐着漫天飞舞的雪花。甚至她还张开嘴巴让雪花落进去，逗得利翁捧腹大笑。

她又想到了自己打的第一场仗，就在几个月前。可是现在，一切都变了。

当时的她激动，紧张。当然，还有点儿害怕。

而现在的她走在风雪中，除了焦虑，什么感觉也没有。对她来说，这只是一场长途跋涉，一场战争，没什么特别的。

到了和敌军交锋的地方，尼哈尔混入了部队，夹杂在人群中溜进了军营。

戴着头盔对尼哈尔来说简直就是一种折磨。她的耳朵被卡得难受，鼻子也堵得透不过气来——这完全出乎了她的预料。可是，她惊喜地发现竟然可以自己挑选作战位置！过去，都是伊多来确定她的位置，而且她总是被安排在中间，因为那儿任务少、风险小。但是现在，没有任何人会来干扰她的抉择了。

她毫不犹豫地走向了前线，感觉好极了——她终于可以当家做主了！

晚些时候，部队开始往战场行进。

之前，尼哈尔只参加过突袭或者营救小城市的行动。

像这种大规模的战争对她来说还是第一次。

她第一次和敌军的前线靠得这么近——她和独裁者的军队之间只隔着几米的距离，中间除了一堵厚厚的雪墙，什么也没有。风肆意地吹着，雪花不断地飘进她的嘴里。

白皑皑的雪地上竖立着的一排黑色的长矛和盾牌，挡住了她的视线。

这排长矛和盾牌整齐地移动着，仿佛一条在阳光下慵懒滑行的蛇。原来，这是法冥在整理队形。他们完全按照独裁者的命令行事，没有半点儿差错。

这样的场面让尼哈尔有些局促不安，心跳加速。

这时，一位不认识的将军走了过来，一边检阅一边向士兵叮嘱战术——他们需要冲破敌军的第一战线，并且在抵达第二战线后分成两路人马以便实现包围。

“你们要听好我的命令。”将军说完就走了。

突然，尼哈尔看见一位魔法师走到了将军跟前。他的体型消瘦，身上的魔法长袍随风飘扬。

“赛奈尔！”

她向前移动，但是沉重的盔甲拖住了她的双腿，前排的士兵也挡住了她的步伐。“赛奈尔！”她想冲上去，紧紧地抱着他，求他原谅她，求他不要走，求他留在她的身边。她用力拨开前面的士兵，拼命地往前挤。

突然，那位魔法师转过了脸。

不是赛奈尔。

他确实是魔法师，也许是议会的议员，但他不是赛奈尔，赛奈尔已经走了。

尼哈尔觉得胸口一阵揪心的痛。

龙骑士被安排在第二战线。尼哈尔在人群中看见了伊多，并没有为她的所作所为感到后悔。

她集中精力，等待着将军的命令。看着面前的敌人，她的心疯狂地跳动起来。雪越下越大，但是她却冒出了汗。

接着，她听到了一声进攻的吼叫。

第一战线的士兵们立刻冲了出去，却被法冥及时放下的长矛堵住了路。

冲锋太激烈了。混乱中，尼哈尔摔在了地上。突然，一把斧头向她砍了过来，还好她身上穿了盔甲，不然肯定没命了。她艰难地站起身来，开始战斗。

法冥像是会分身术似的，越来越多。没一会儿，地上就躺满了死尸。

尼哈尔排除杂念，带着一腔热血向敌军扑去，但是情况却大不相同。过去，她的前面总会有一大堆士兵替她挡着，但是现在她却成了替别人挡着的士兵。她感觉所有的法冥都在向她袭来。举步维艰之中，除了长矛、大刀和剑，她什么也看不见。

她继续进攻，四处挥舞着手中的剑，盔甲瞬间被敌军的鲜血染红了。

接着，天空下起了箭雨。但是尼哈尔根本没有时间关注周围发生的一切。

最后，她的脑子终于放空了。对赛奈尔的思念、内心的孤独还有肩负的使命全都释放了出来，幻化为剑上的每一次攻击和双腿的每一步移动。她甚至连身体上的疼痛都感觉不到了——敌军的大刀刺入她的皮肤，她全然无知。

突然，撤退的吼叫在天空响起。将军在这个时刻发布命令实在是不二选择，因为整个部队确实处在不利的位置。

尼哈尔听在耳里，却没有行动。她觉得这是她个人的战斗，是她在实施报复敌人的计划，对她来说，和其他士兵一起撤退根本没有意义。

她没有听从指挥。其他的士兵迅速撤离了战场，只留下她一个人与敌军针锋相对。当她意识到这点的时候，战士们已经兵分两路跑开了。她一下子变得不知所措。

刹那间，所有的法冥都举着血淋淋的斧头向她砍来。

砰！她的头盔被打飞了。

法冥一起大叫道："半精灵！"

尼哈尔用尽全身的力气向敌军冲去，但是法冥已经将她包围了起来。这些畜生龇着长牙，张着血盆大口一边嘲笑她，一边发动攻击。

她立刻慌了手脚，开始局促不安，步伐紊乱——这么多的法冥，这么多的斧头，她根本招架不来。突然，尼哈尔感觉大腿上被砍了一刀，随即扑通一声跪在了地上。这时，所有的法冥一哄而上，争相攻击地上的俘虏。

"我害怕了吗？"

她的脑海中瞬间闪过这个问题。

随即，伊多的话语又回响在耳畔——害怕是个危险的朋友，你必须学会控制好它，听清楚它对你说了些什么，只有这样，它才会帮助你完成任务；反之，如果你让它左右你的行为，它不但不会帮你，还会将你命送黄泉。

不，她不害怕。

她站起身来，本能地移动着身体，闪躲着法冥的攻击。

“我要死了。”

她什么感觉也没有，只有大腿上的伤口在隐隐作痛。

突然，一大团火焰朝着周围的法冥喷来。尼哈尔感觉自己的头发被一把抓了起来。她用尽最后一口力气抓住向她伸来的手，紧接着就被拉到了维萨的背上。

剩下来的法冥怒吼着扑了过去。

一把斧头无情地砍在了伊多的胳膊上，但是他却毫不在意。趁着维萨喷火的时候，他一下子拔出剑，疯狂地刺杀脚下的法冥。伤口上的鲜血汩汩地流淌着，他全然不顾，一边继续战斗，一边用另外一只手紧紧地抱着尼哈尔，防止她遭受到弓箭的袭击。

尼哈尔一动不动地看着她的老师。尽管她没有听他的话，但是他仍然冒着生命危险冲过来营救她。

“我到底怎么了？为什么我没有害怕呢？为什么我不听从命令呢？”

她瞬间觉得自己的所作所为是多么无知，多么荒谬。想着想着，一行行热泪涌出了她的眼眶，冲刷着她满脸的尘土与鲜血。

飞上天空之后，尼哈尔才发现这次的包围行动并不成功——前方的部队困在了半路上，被敌军围堵得水泄不通。

她闭上眼睛，又开始默默地哭起来。

伊多在战场后方着陆后，将尼哈尔从龙鞍上一把推了下去。

“将她和罪犯们一起关进监狱！”伊多下令。

“可是……她不是我们的人吗？”一名士兵望着脚下的尼哈尔问道。

“照我说的做！”伊多大喊着，随即转过头飞回了战场。

士兵拉着尼哈尔的肩膀，拖到了一只石笼里。一路上，尼哈尔一点儿也没有反抗。

她失声痛哭，甚至连发现自己的“狱友”是五只法冥时也没能停下来。这几个禽兽既没有看她，也没有讥笑她，只是痛苦不堪地蜷曲在那儿。

尼哈尔躲在角落，将头深深地埋进大腿里，不想看见这些畜生。

照理说，她对法冥恨之入骨，看见他们今天的下场应该很高兴才对。但是此时此刻，她的心头涌现的却是痛苦、绝望和愧疚。

她看了看大腿，发现上面已经皮开肉绽，周围的裤子都染成了血红色。

她想用魔法给自己疗伤，却一点儿力气也没有。

她内心彷徨极了，茫然不知所措。“赛奈尔……”

渐渐地，她失去了知觉。

几个钟头后，她被抬到了医务室。军医为她清洗了伤口，还上了些药。她迫切地想要知道最新战果，刚刚感觉好了一些之后，便爬上了附近的一个小山丘俯瞰整个战场。她在上面看了一整天，也哭了一整天，因为她亲眼目睹了部队的惨败。

这场仗打了整整两天两夜，地上血流成河，死尸无数。

最后，盟军以惨败告终，不仅一寸土地也没有从独裁者的手上夺回，反而死了无数士兵。

军队抬着伤兵回到了基地。尼哈尔举步维艰，却不希望任何人帮助她。她拖沓着脚步，头脑昏沉，内心焦急地走着，和两天前的场景一模一样。

伊多坐在小木屋里的椅子上，抽着烟斗等着尼哈尔回来。他的背后垫着几只靠枕，胸口和胳膊上绑着绷带，上面浸满了紫红色的血。

尼哈尔低着头走进了屋子，不敢看伊多的眼睛。

伊多气愤地抽着烟，嘴里不停地吐出一圈一圈的小烟云。他斜着眼睛，一言不发地看着尼哈尔，过了好久才把烟斗从嘴上拿下来。

“你可以告诉我你当时到底怎么想的吗？”

尼哈尔抬起了眼睛，“我……我当时想战斗。”

伊多大吼道：“你不听我的话也就算了，竟然还违背将军的指令，害得整个计划都落空了！你让敌军占了便宜啊，尼哈尔！”

尼哈尔小声回答道：“原谅我吧，伊多。我当时不知道……”

“别和我撒谎了，小姑娘！你当时完全知道自己在做些什么！你完全知道！你想让我问你为什么那么做吗？因为你不在乎自己的生命，也不在乎别人的生命！你一心只想着杀人！你根本不是一名战士，你是一名杀手！”

尼哈尔握紧了拳头。“你误会了。”

“我误会了？那好，我问你，我们的盟军和独裁者的军队有什么区别？”

伊多的话深深地伤害了她，她想了想，却找不出答案。“我们为了自由而战……”她结结巴巴地说道。

“你从来没有问过自己这个问题，对吧？”伊多冷笑道，“为什么呢？因为你一心只想着自己的复仇计划！”

“不是这样的！”尼哈尔提高了嗓门。

伊多一下子从椅子上跳了下来，指着尼哈尔的脸喊道：“闭嘴！我们和他们的区别就是我们为了生命而战。生命啊，尼哈尔！就是你一直不能理解，一直置之不理的生命啊！我们之所以战斗，是为了让所有人都享有在这片土地上生活的权利，是为了让每个人都可以选择自己想要的生活方式，是为了让大家都能摆脱奴隶的枷锁，是为了获得最终的和平。我们要为那些在广场上和我们跳舞的人战斗，要为接待我们的商人战斗，要为那些和士兵们打情骂俏的女孩儿们战斗。我们之所以战斗，是因为我们知道战争很可怕，是因为如果我们不这么做，我们深爱的家园就会被摧毁！并不是仇恨驱使我们战斗的！而是希望！是希望让我们相信有一天这一切终会结束！只有独裁者才会因恨而战！”

伊多突然坐回到椅子上，低下声音说道：“你不用待在这儿了，因为你连自己为何战斗都不知道。你唯一知道的就是你想死。”

“不！我不是这样的！”尼哈尔喊道。

“你害怕活下去。每次你投身战场的时候，都希望别人能够刺你一剑，让你摆脱生活中的所有责任。你以为死需要勇气吗？你错了。一了百了很简单，只有活下去才需要真正的勇气。尼哈尔，你是个懦夫。”

“在拯救这个世界之前，我是不会死的！”

“你以为自己是女英雄吗？你以为你自己真的是这么想的吗？算了吧，你根本不是！”

尼哈尔捂着耳朵，一下子跪倒在地，眼眶里充满了泪水。“别说了！别说了！”

伊多站起来走到她的面前。尼哈尔以为伊多会来安慰她，可是没想到他竟然抓起她的双手，用力把她的手从耳朵上拿了开来。

“不，你给我听好了！我以为你的内心还有良知，我以为只是日积月累的仇恨将它压在了下面，我甚至以为可以将它挖掘出来。可是你从来不听我的话，还一直假装什么事都没有的样子……”

“不是的！不是的！”

“我再跟你说一遍，这儿没有你的立足之地。如果你想要战斗，那就去独裁者的军队吧。是你自己选择成为一个杀人机器的，你应该去找你的同类！”

“啊……”尼哈尔一声大喊，眼泪夺眶而出。伊多站在她的面前，没有丝毫的同情与怜悯。她蜷缩在地上，一边哭一边颤抖着。她感觉自己失去了控制，将要一直这么哭下去。

“我该怎么做，怎么做？”她抬起哭红的眼睛看着伊多，“当时我还是个孩子，你知道吗？一个孩子！你知道我都做了什么噩梦，看见了什么悲剧吗？”

伊多弯下腰看着她的眼睛，“你在胡扯些什么？这又是什么把戏？”

尼哈尔呜咽着说：“我看见了我的族人被屠杀！孩子，妇女，壮汉，毫无例外！夜复一夜，年复一年！他们一直跟我说我听不懂的话，一直追随我，一直要我为他们报仇！我到底该怎么做？”

伊多思考了片刻，然后坐在尼哈尔的前面，语重心长地对她说：“你是自由的，你知道吗？自由的！我们生活的世界是没有鬼魂的。仇恨是他们的，不是你的。”

尼哈尔振作起来，“那也不能让他们白白送命啊，总得有个人为他们讨回公道！而我是整个半精灵族的唯一幸存者！只有我才能做到。”

“死者已经死了，尼哈尔。被杀死的人不可能再复生，你为他们什么也做不了。但是，你可以为生者，为那些每天遭受独裁者暴行的人做些什么。”

伊多拨开粘在尼哈尔脸上的头发。“你听我说，我也看见过可怕的东西，我也想过是否应该为我内心滋长的仇恨而战斗。但是后来，我发现这些活着的百姓更加需要我。正因如此，我才走上了战场。我不知道你为什么会幸存下来，但是事实就是你现在还活着。你不能放纵自己挥霍生命，因为它不仅仅是你的生命，还是所有半精灵的生命。”

尼哈尔又开始绝望地哭起来，瘦小的身体不停地抽搐着。

伊多搂住她的肩膀，“哭吧，哭个够吧。你多久没有哭过了？”

尼哈尔一边哭一边说道：“我亲眼目睹了爸爸的死，接着又是费恩的死。我爱他，伊多。是他将我和现在这个世界连在了一起，是他给了我活下去的理由。可是他不在了，我的心里除了仇恨，什么也没有了。”

伊多望着这个可怜的孩子，萌生了怜悯之心。“你在仇恨中是找不到答案的，尼哈尔。只有理想才能赋予战争意义。虽然很难找到这个理想，也很难跟着它的脚步一路追随，但是没有理想的人生和战斗是没有意义的。”

他抱着尼哈尔，轻轻地抚摸着她的头。

尼哈尔哭了整整一天。虽然她的身体已经不再颤抖，但是仍然泪流不止。

伊多什么话也没有和她说，坚定地认为现在应当让她自己选择前进的道路。因此，他任凭尼哈尔坐在小木屋的木头地板上，蜷缩着身体埋头哭泣。

一个人吃饭的时候，他想起了那些他以为自己已经忘记但是仍然挥之不去的往事，每一件都刺痛着他的心灵，让他伤痛不已。

等他吃完饭回去的时候，发现尼哈尔的屋子里已经没有声音了。

他轻轻地推开门。

尼哈尔躺在床上，衣服都没脱，手里还拿着剑。她睡着了，终于恢复了平静。

第二天一早尼哈尔醒来的时候，感觉一切和平常没有两样。等她慢慢有了意识的时候，才痛苦地回想起之前发生的事。她有些难受，将头埋进了枕头。

伊多从门外探出了脑袋，“早上好！你已经睡了好久啦！现在感觉如何？”

“我的大腿有些疼。”她抑制住泪水回答道。

“先吃点儿东西吧，等会儿我带你去医务室。”伊多说着，将一碗牛奶送到了她的嘴边。

虽然尼哈尔没有胃口，但还是喝了下去。

到了医务室之后，军医为她施展了治愈魔法，因为她的伤口已经感染了。

看着大腿上的光线，尼哈尔突然想起自己之前处在生死关头的时候，赛奈尔在她身边不离不弃，施了整整三天的魔法才将她从死神手里抢了回来。她多么希望眼前的这双手是赛奈尔的啊！如果是他的，这几个小时很快就过去了，根本不会这么难熬。

接近傍晚的时候，伊多来到了医务室。

尼哈尔正望着窗子发呆。外面万籁俱寂……她觉得这个纯白寂静的风景就像她的心灵——泪水已经洗尽了铅华，现在一切平静如水。

“尼哈尔……”

她转过头看着伊多。

“我有话跟你说。”

伊多坐到床上，靠在她的身边。尼哈尔安静地等待着。

“我觉得你最好离开战场一阵子。”

尼哈尔酸楚地笑了，眼泪又止不住地哗哗流下来。

“我又不是赶你走，傻孩子。你现在留在这儿没有意义，我只是想让你放个假。当然，如果你想留下来，我也不会硬逼着你走。但是如果你真的想为自己的战斗找个理由，我觉得你得出去走走。”

尼哈尔看着伊多，“我需要有个人陪我，伊多。我一个人不行的。”

“瞎说！你知道自己有多大的能耐，也知道自己到底行不行。我也只能帮你这么多了，现在你需要自己选择——你到底想不想请这趟假？”

尼哈尔看着被子，有些犹豫不决。也许伊多说得对，她确实需要一个人静一静，好好想一想。“这个假随便多长吗？”

“随便多长。我会一直等着你的。”

尼哈尔点头同意了。

尼哈尔决定当晚就出发。她突然发现自己很爱伊多，竟然有些不舍得离开。可是回过头来想一想，她都经历了那么多次离别了，再多这一次又何妨？

天还没亮，她就裹着披风溜出了医务室。外面冷极了。她从窗户跳进了伊多的小木屋，蹑手蹑脚地走进了自己的房间。

她没有什么东西好带的——两三件衣服，还有就是剑。

还有画着圣菲尔德的羊皮纸。如今，这张皱巴巴的纸对她来说有着双重含义——这是她的祖先留给她的唯一一件东西，同时也是赛奈尔留下的唯一一个看得见摸得着的记忆。

她盯着羊皮纸看了很久，一遍又一遍地质问自己到底哪里做错了。

这张纸真的包含了她生命的所有意义吗？之前，她一直都是这么认为的，但是此刻竟然有些举棋不定。她小心翼翼地卷起羊皮纸，和其他衣服一同放进了包袱里。这就是她所有的行李。

接着，她又来到了龙厩——她不能不和奥尔夫打一声招呼就离去。

奥尔夫还在睡觉。睡梦中的它看上去少了一份往日的凶猛，多了一份难得的温顺。尼哈尔恋恋不舍地看着它，伸出手轻轻地抚摸它的头。

奥尔夫一下子醒了。在这些日子里，它已经非常了解尼哈尔的心思和她所承受的痛苦。它知道尼哈尔将要离开，瞪着血红的眼睛看着她。

尼哈尔一边抚摸它，一边说道："我要走了，奥尔夫。我必须知道自己到底想要什么，只有这样，我们才能一起在天空翱翔。"

奥尔夫不停地甩着头，嘴里发出一声声的哀鸣。尼哈尔一把抱住了它的脖子，将它的头紧紧地贴在自己的胸口。"原谅我，我会回来的。"

奥尔夫将嘴靠在尼哈尔的头上，来回摩擦着——这就是一条龙和一个女孩的情谊。

太阳渐渐升起来了，青灰色的天空泛起一丝苍白。很快，军营就要开始活动了。

尼哈尔牵了一匹马，艰难地爬上了马背，弄得大腿一阵阵钻心的痛。

还没到基地门口，她就加快了步伐，冲向了森林。

不久，伊多带着一丝不祥的预感醒了。

他连鞋都没穿，直接光着脚丫子踩着松软的大雪跑到了医务室。

尼哈尔的床铺上空无一人。

他不停地咒骂自己为什么没跟尼哈尔说等伤好了再走。

接着，他又焦急地跑回小木屋，冲进尼哈尔的房间，却只在她的床上发现了一封信。

亲爱的伊多：

请原谅我的不辞而别。

我没有和你打招呼，一方面是因为我知道你不会允许我如此匆匆离去，另一方面是因为我确定如果看到你，我一定会改变主意。

我这次离开，没有带走一滴眼泪和一丝痛苦，因为我已经将它们永远地留在脑后。

我不知道自己是否会再回来。

我也不知道自己是否会告别战场。

我唯一知道的是，我有生以来第一次想要认识我自己。

感谢你为我做过的一切。

成为你的学生真的很幸运。你是我认识的最出色的战士，也是唯一擦亮我眼睛的人。

再见。

你唯一的学生——尼哈尔

# 新家

山坡上到处都是白茫茫的一片，溪水汩汩作响，欢快地拍打着两岸的岩石。尼哈尔快马加鞭，径直往山下奔去。

雪天的山路十分湿滑，很不好走。一直到了正午时分，她才到达了平地。森林一下子稀疏了好多，光秃秃的树枝，将天空分成一块块不规则的图案。

马累了，人也累了。她的身体越来越热，大腿的灼烧感也愈发地强烈。她犹豫了一下，转过头看了看——经过半天的奔波，基地已经被远远地甩在了身后。“我应该不会再产生回头的想法了吧。”她心想。

她从马背上跳了下来。瞬间，天旋地转，悠悠忽忽。她赶紧坐到一旁的石头上，大口大口地喘着粗气。等到感觉好一点儿的时候，她试图用魔法给自己疗伤，可是刚一发力，头又开始眩晕起来。要是再这样下去，非出人命不可。现在她必须要找点儿食物填填肚子，然后找个地方休息一会儿。毕竟好好睡一觉，恢复些体力，就什么事都好办了，说不定还能给自己疗伤。

她弯下腰，贪婪地捧起溪水往嘴里送——溪水沁凉甘甜，滋润着她干裂的嘴唇。随后，她又洗了洗脸。“脸上怎么这么烫？看来是发烧了。”突然，她觉得好累好累，不仅仅是身体上的，还有心灵上的——虽然才奔波流浪了半天，但是她却已经迷惘了，仿佛自己从来都没有过家一样。

她抬起头，看着万里无云、纯净湛蓝的天空，好想张开翅膀，远走高飞，永远不再回来……

突然，一声细微惊悚的声音惊醒了她。尼哈尔艰难地站起身来，顺着声音的源头跑了过去。

尖叫声中还夹杂着绝望的哭喊声。是个小孩子！

她竭尽全力加快了脚步，并且拔出了剑。

前方是一块草地，和佛莱斯达森林的那块很像。尼哈尔顾不及回想那段往事，一下子冲了过去。

草地中间站着一个惊慌失色的小男孩，两只灰色的野狼正蹲伏在他的面前，怒吼着准备发动进攻。

其中一只野狼突然跳了起来。尼哈尔纵身一跃，举着剑朝它劈了过去——狼的身上被划开了一道大口子。它刚站稳脚，立马转身扑了回来。与此同时，第二只狼也跟了上去。这次，尼哈尔瞄准目标，狠狠地将它的头砍下。瞬间，雪地上出现了一大片朱红色的鲜血。可是，第二只狼动作迅速，还没来得及让尼哈尔反应，就一口咬住了她的胳膊。

小男孩捂着眼睛，继续撕心裂肺地哭着。

尼哈尔疼痛难忍，大吼了一声扑倒在地，试图挣脱这个饥饿的畜生。但是野狼怎么也不肯松口，紧紧地和尼哈尔扭成了一团。突然，它一使劲儿，将尼哈尔手臂上的肉整个撕扯了下来。尼哈尔咬紧牙关，用尽全身的力气将野狼踢到了一边。

野狼还准备发动进攻，但是尼哈尔已经跳到了它的身上，对着它的喉咙一剑刺了下去。它低吠着，呻吟着，渐渐地声音越来越小。最后，喧闹的草地彻底恢复了平静。

尼哈尔重重地倒在剑旁边，大口大口地喘着粗气。她转过头看了看，发现那个小男孩正蜷缩在树下抽泣着。

她拄着剑，一瘸一拐地走了过去。“没事了。别哭了，没事了。”

小男孩站起身来，紧紧地抱着她的大腿。尼哈尔瞬间想起了过去的自己——孤身一人待在森林里被吓得半死。她伸出手摸了摸小男孩的头。

“乖，你要做个勇敢的孩子。”

小男孩抬起头，泪眼汪汪地看着她。尼哈尔这才发现，这个孩子真的很小。“谢谢你，先生，谢谢！”

“先生？他竟然以为我是男的！”尼哈尔心想。

“你迷路了吗？”

小男孩摇了摇头。“没有。我下午和他们一块出来玩，一起走进了森林。我们正在玩捉迷藏，其他人都躲起来了……然后狼就过来了！”说着，他吸了吸鼻子。

尼哈尔冲着他笑了笑，但是没想到这一笑竟然笑得全身都疼了起来。她开始哆嗦，不只是因为疼痛，还因为浑身冰凉的汗水。“你想让我送你回家吗？”

小男孩点点头。

“你叫什么名字呀？”

“约安，先生。”

“那你骑过马吗，约安？”

他用力摇摇头，像个拨浪鼓似的。

“那好，今天就让你体验一下骑马的感觉。”说着，尼哈尔牵着他的手，走向了森林。

尼哈尔一声口哨，马立刻跑了过来。

“把脚踩在这儿，然后上去。”尼哈尔一边向约安比画，一边用没有受伤的那只手将他抱了上去。接着，她自己也艰难地爬上了马背。

她一只手骑马，一只手抱着约安，好让他躺在自己的怀里。“原来你是女的！你和妈妈一样柔软！”约安惊讶地说道。

尼哈尔强颜欢笑。“嗯，没错……”她浑身颤抖，视线也开始变得模糊。“挺住，尼哈尔。你可以的！”

“你的家远吗？”

“不远，就在村子后面，我带你去。”

“你几岁啦？”

“七岁。”他的声音洪亮。看来，他已经不害怕了。

“森林里是不可以随便进去的，妈妈没有跟你说过吗？”

“说过。但是如果我不去，他们就会说我是胆小鬼……”

“那你就说他们是大傻瓜。今天还好我碰巧路过，要是我不在你该怎么办？”尼哈尔突然想起自己这么大的时候，和萨拉扎的一群捣蛋鬼做过的疯狂事可比这个危险多了。“你家还远吗？”

“不远了，你往右拐吧，这样近些。”

“你带路带得真好，约安。”

尼哈尔不停地和约安说话，希望这样能够麻木自己。但是没多久，她就感觉快要虚脱了。“我没事，因为我还有意识。当时在萨拉扎的时候，情况比这个糟糕多了。我没事……”

她突然听见约安一声尖叫：“妈妈！妈妈！”

一位女士跑了过来，将约安从尼哈尔无力的胳膊里抱了下来。“约安！发生什么事了？你身上的血是怎么回事？”她紧紧地抱住约安，到处检查看有没有伤口。

“我在森林里……狼来了……是这个小姐姐救了我……”约安钻进妈妈的怀抱里，一下子又哭了出来。

“我和你说过多少次不要去森林了啊？”妈妈擦去约安脸上的泪水，问道。

接着，她的耳边传来“扑通”一声——送她孩子回来的姑娘像只布娃娃一样倒在了地上。

尼哈尔醒来后，脑袋一片空白，只觉得自己身上盖着的被子很柔软。她慢慢睁开眼睛，惊讶地发现面前有一个孩子正趴在她的脸前盯着她看。

“妈妈！妈妈！她醒了！”

洪亮的童音刺痛了她的耳膜，震得她头晕目眩。约安继续歪着头，用一种好奇的眼神看着她。这时，一丝光线从门外射了进来，照得尼哈尔眼睛直发胀。

“约安，快下来！让她喘口气儿！”

尼哈尔隐约中看到一位体态丰盈的年轻妇女走了进来，满脸洋溢着热情的笑容。“我这是在哪儿？”她心想。

“你感觉怎么样了？”

年轻妇女的声音婉转优美，语气中透露出一丝情真意切的关心。

“难受。”尼哈尔嘀咕道。

妇女笑了。“这也正常，毕竟你的伤势严重，还发了高烧……”说着说着，她停了下来。“谢谢你救了我的儿子，我都不知道该怎么感激你……”

尼哈尔开始努力回想之前发生的事情——孩子，野狼，森林之旅。可是记忆仿佛出现了断层，她记得约安告诉自己他家住得不远，可是再往后便是一片空白了。

“不用感激我。”尼哈尔小声说道，心里希望他们能够让她一个人静一会儿。

女子看出了她脸上的痛苦，小声说道：“你昨天发了一整天的烧，直到晚上才稍微好些。我用草药给你敷了敷胳膊上的伤口。当时你流了很多血，不过现在已经没事了。好了，我不打扰你了，你睡会儿吧。”

说完，她离开了屋子，关上了门。

寂静笼罩着整个房间。尼哈尔看了一眼窗外——雪花悠缓恬静地飘着。她将被子蒙上了眼睛，感觉格外地惬意。

屋子里飘满了饭菜的香味。约安不时地嚷嚷着，隔着门都能听到他刺耳的尖叫。尼哈尔突然意识到——午饭时间到了。

女子端着一只木头托盘走进了房间，上面放着一只碗和一块黑面包。尼哈尔试图坐起身来，可是一点儿力气也没有。

“等等，我来帮你。”女子说着，将托盘放在了地上，一手扶着尼哈尔，一手将枕头竖在了她的背后。

尼哈尔倚在枕头上，看了看整间屋子。床对面的墙上有一面大镜子，窗户上挂着一幅淡蓝色的棉质窗帘，底下放着一只小木柜。房间其实并不大，甚至有些拥挤，但是在尼哈尔看来却宛如宫殿。她低下头，发现自己竟然穿着一件羊毛睡衣，领口处还扎了一根小带子。

“我的剑在哪里？”她突然问道。

女子指了指房间的一个角落说道：“别担心，剑在那儿呢。”尼哈尔顺着女子手指的方向看了过去，剑果然安然无恙地插在剑鞘里，倚靠在墙上。“我把你的衣服洗了，因为上面都是血。我还给你换了件睡衣，不知道你穿得暖不暖和……”

尼哈尔的脸一下子红了，突然觉得自己刚才很没有礼貌。“嗯，很暖和。谢谢。”她小声说道。

女子把托盘拿到了床上。尼哈尔端起碗，喝了一大口汤，接着又咬了一大口面包，嚼的时候还发出了很大的声响。

约安站在门口，好奇地看着尼哈尔。

女子微笑着说：“你应该好几天没有吃东西了吧……”

尼哈尔咽下满嘴的食物，盯着碗说道：“呃……是的。”女子的热情让她觉得有些不好意思。

“如果我没记错的话，乔纳，你现在该去睡午觉了吧？”女子转过头对约安说。

“哎呀，妈妈……让我再和姐姐待一会儿嘛……”

“没得商量！”

“哼。”约安撅着嘴一脸不情愿地走了。

“这样他就吵不到你了。他呀，就是个话唠子，在哪儿话都说个没完……”

尼哈尔低下头，继续享用托盘上的美味。她觉得自己真是因祸得福——要是可以重新生活，她一定离战场远远的。那儿太危险了，早走早好。

女子看了她一会儿说道："我叫艾露丝，你呢？"

尼哈尔抬起头，满目猜疑。

气氛突然有些尴尬，艾露丝赶紧自己接话，"没事，你不想说也没事……"

汤快喝完了。尼哈尔放下碗，握了握艾露丝伸出的手，"我叫尼哈尔。"

"好奇怪的名字，不像是我们这儿的。你从哪儿……"

"呐，她开始变得好奇了。"尼哈尔心想。"谢谢你为我做的一切……"她试图坐起身来。

艾露丝一把扶住了她，"别别别，快躺下。不好意思，刚才是我问得太多了，我只是想和你说说话。"

尼哈尔觉得浑身不自在，"没有没有，我是真的不能……"

艾露丝轻轻地将她按了下去，"呐，你现在还不能走路。你的烧刚退，身子很虚弱。而且，我还在你的腿上缝了针……"

尼哈尔瞪大了眼睛，"什么？"

她听说过这种事情——每当没有魔法师施加魔法疗伤的时候，就会轮到祭司来看病。通常情况下，祭司会用针线把裂开的伤口缝起来。记得有一次路过基地的医务室，她突然听到里面传来一阵惊悚的尖叫，询问之后才知道有一名士兵正在接受祭司的针线疗法。据说，那名士兵宁可死也不愿意承受如此的痛苦。

"你的伤口又裂开了……"艾露丝解释道，"你至少得休息一个星期。真的，我是为你着想。"

"天啊。"尼哈尔躺在枕头上，"你是一名女祭司？"

"不是。我的爸爸是祭司，是他教我针线疗法的。看你恢复得这么好，说明我的技术还不错呢！"艾露丝开玩笑地说道。

尼哈尔将午餐全部吃完了。

艾露丝看着空碗说道："你还饿吗？想不想吃点儿奶酪？另外，家里还有几个苹果……”

尼哈尔无力地点了点头。

艾露丝立刻跑了出去，没一会儿又端了个盘子跑了回来。一眼望去，偌大的盘子里盛着几个栗子，一些核桃，两只苹果和一小块奶酪。“不好意思，今年收成不好，家里也没什么吃的。”

尼哈尔咬了一口苹果——好甜啊！

艾露丝走到小木柜前，坐了下来。“小时候，我经常在森林里玩儿。那时候的野狼根本不吃人，只是偶尔吃一两只绵羊。可是自从战争将它们赶出家园之后，它们就突然变得凶残无比，甚至开始袭击人类。今年入冬以来，这已经是第四起野狼袭击孩子的事件了。哎，该死的战争……”

尼哈尔吃完苹果，清了清嗓子。“艾露丝……”

“怎么了？”

“我……呃……总之我不想占用你的床，你只要给我些稻草就可以了。”

艾露丝摇了摇头。“你就别客气啦！你救了约安的命，给你睡我的床不算什么。”说完，她就拿起托盘准备离开。

“等等！你真的太热情了，连我是谁都不知道，还为我疗伤给我食物……”

艾露丝走到门口，回过头笑了笑，“我看得出来，你肯定是个好姑娘。”

尼哈尔就这么整天躺在床上，和约安待在一起。这个孩子很有意思，对什么都充满了好奇，而且正如他妈妈所说，是个小话唠子。每天一早，他都会像定时飓风一样冲进屋子和尼哈尔说早安。

他最感兴趣的东西就是剑了，肚子里总是有着问不完的问题。“它重不重呀？”“它是用什么做的呀？”“它锋不锋利呀？”……

尼哈尔发自内心地喜欢这个小孩子。有一天，她对他说：“既然你这么喜欢那把剑，那就去摸摸吧。”

“你说真的吗？我真的可以摸摸它？”他激动地问道。

看着约安的表情，尼哈尔突然想知道自己小时候面对利翁的武器时，是不是也是一样。“当然可以啦。但是你不许碰剑刃，也不许走远哦。”

约安毫不费事地就将和他齐高的剑鞘拿了起来，接着递给尼哈尔，让她帮忙拔出剑。

看到剑的剑身后，约安的眼睛闪闪发光，“哇！好炫……”

“这是用一种叫做黑水晶的材料锻造的。”

约安看来看去，每一个角落都不放过。“那这个白色的呢？”

“它叫眼泪石，是一只小精灵送给我的。”

约安满脸惊讶地问道：“你认识小精灵？”

尼哈尔笑了，“当然啦。”

“他们长什么样子啊？我们这儿没有！”

“他们的个头儿比你的脸稍微大一些，头发是五颜六色的。他们还有一双翅膀，总是飞来飞去的。这块白色的石头是一种标志，象征着我是所有小精灵的朋友。而且它还可以帮助你施展出更加强大的魔法。”

约安张大了嘴巴，“魔法？你会施魔法？”

“呃，不是很会，只懂一点儿……”尼哈尔试图回避这个问题。

“哇哦！我求你了！给我表演一个好吗？”

“现在不行，约安。等我身体好点儿再说吧……”

约安兴奋地鼓起了掌。

康复的日子里，尼哈尔过得很开心。艾露丝是个细心的好主妇，每时每刻都给予着尼哈尔无微不至的关怀。自从上次的聊天过后，她再也没有过问尼哈尔的私人问题。尽管如此，她们之间的谈话却一点儿也没有减少，因为她总是喜欢给尼哈尔讲述她的人生经历。

尼哈尔从她的讲述中得知，这位年轻主妇的丈夫是一名士兵，如今正在风之王国打仗。他每年只回来一次，每次只有一个月的时间。

“他一般会在秋天的时候回来，帮着家里打理打理农田。但是有时候他也会给我们一个惊喜，在冬天或者夏天的时候回家看看。哎，最近不会发生这种事咯……你也知道，战争越来越激烈了。”

尼哈尔惊讶地问道：“你不想他吗？他一直不在家里你不觉得难过吗？”

“我当然想他了。两年前他要走的时候，我们就为这事商量了好久。可是，他再也忍受不了这个不公平的世界了。看着身边的朋友们纷纷奔赴战场，从此不再归来，他怎么能坐着不管呢……每当我难受的时候，我就想他是为了约安的自由生活才去战斗的，心里也就得到了安慰。你说说，在独裁者的统治下，我们的孩子能有什么未来呢？”艾露丝停了好一会儿，“我为我的丈夫而骄傲。”

这番话深深地触动了尼哈尔的心。艾露丝的丈夫知道自己在做什么，也知道自己为什么这么做。他拥有想要保护的对象和奋斗的目标。他为了儿子和妻子，宁可放弃平静的生活。想到这儿，尼哈尔突然有些羞愧。

这个新家温馨幽静，远离世俗的尘嚣，给了尼哈尔很多时间思考人生，整理思绪。

首先，她决定摆脱噩梦的纠缠。尽管这很困难，但是有艾露丝和约安陪伴的日常生活给了她很大的帮助。在此之前，她从来没有体验过一个家庭的真正生活。因此，他们的一颦一笑、热情淳朴都让她觉得格外新鲜。这种气氛，即使和利翁住在一起的日子里她也没有感受过。

对于艾露丝来说，生活就是收拾屋子，烘烤面包，逛市场，织布然后再卖掉。晚上，她坐在壁炉旁边和儿子聊天、讲故事，以她自己独有的方式教育儿子。这样，儿子第二天和其他孩子去学习的时候，就可以学得更轻松。

“这就是一位称职的母亲应该做到的吗？”尼哈尔心想。她还从来没有接触过像艾露丝这样的女性呢！

一转眼，尼哈尔来到这里已经三天了。

早上，艾露丝和往常一样去了市场，只是回来的时候手里多了一副拐杖。

她兴冲冲地跑到尼哈尔的房间，“你看我买到什么了？有了它，你就可以站起来了！”

尼哈尔迫不及待地想要尝试一下这件新玩意儿，一下子坐了起来。可是就在她拿过拐杖准备下床的时候，头部突然一阵眩晕，心跳也猛然间快了起来。

艾露丝担忧地看着她，“可能你的身子太虚弱了。”

尼哈尔摇了摇头。“不，不，挺好的……”她重新拄好拐杖，慢慢将腿伸下床，试图站起身来。一阵摇晃过后，她成功了。

接着，她又小心翼翼地走了两步。清晨的阳光透过窗户照在她的睡衣上，暖洋洋的。这是她第一次穿战服以外的衣服。她目不转睛地看着垂到脚踝的裙摆，呆住了。

“怎么了，尼哈尔？”

“没什么，没什么，只是……这是我第一次穿裙子……”说出了实话，尼哈尔的脸一下子红了。

艾露丝瞪大了眼睛，“你多大啦？”

“快十八了。”尼哈尔嘀咕道。

“你从来都没有穿过女装吗？”

“呃……没有！”

尼哈尔和艾露丝面面相觑了一会儿，接着又都笑了起来。

尼哈尔坚持要拄着拐杖出去透透气。

外面的雪还很厚，像是一床松软的棉被铺在大地上。艾露丝帮助尼哈尔穿上靴子和披风后，和约安站在门口看着她走了出去。

她晃晃悠悠地将拐杖插进雪里，走过来，走过去，非常开心。突然，她一个没站稳，“扑通”一声摔倒在地上。冰冷的雪一下子漏进了她的衣服，冻得她连大腿上的痛都感觉不到了。她艰难地坐起身来，捧腹大笑。一旁的约安也被她的快乐感染了，笑着冲进了雪地，捧起地上的雪往尼哈尔身上砸。

艾露丝也笑了。“你们俩快停下来！约安，快回屋！还有你，想感冒吗？”

尼哈尔看着明净的天空，笑得合不拢嘴。“我出生的地方从来不下雪，这儿真是美极啦！”

这天剩下来的时间里，尼哈尔一直拄着拐杖练习走路。

艾露丝不停地劝她休息一会儿，但是她根本听不进去。她感觉自己在床上躺了那么久之后，都不会走路了，要是现在再不抓紧时间练练，以后一辈子“半身不遂”可就惨了！

后来，她成功地说服艾露丝睡回自己的房间，让她搬到客厅里住下。艾露丝虽然答应了，但是一点儿也没有亏待尼哈尔。她找了个黄麻袋放到壁炉前，往里面塞满稻草充当床垫，然后又铺上干净的床单和两层羊毛被。尼哈尔躺在这张“奢华”的临时床铺上试了试，很快就适应了。

晚饭后，艾露丝和往常一样坐在织布机前织布。

尼哈尔从来没有看过这样的机器——大个子，而且还是木头做的，太神奇了。看着艾露丝手上的小梭子不停地从这头跑到那头，她都有点儿入迷了。

晚些时候，艾露丝放下手中的活儿，扶着尼哈尔躺了下来。“你真是个特别的女孩子，从来不穿裙子，不会织布，短头发，还会舞剑。说实话，我很想知道你是从哪儿来的……我真的很好奇……”艾露丝笑着说，“不过要是你不方便说也没关系。真的。”

尼哈尔坐在床铺上，看着壁炉里渐渐熄灭的柴火，决定说出实话。一方面，她还想在这块儿安静的地方多待一阵儿；另一方面，艾露丝对她真的很好，她不想欺骗这个善良的朋友。她深深地吸了一口气。“我是一名战士，艾露丝。我是从山上的军营下来的，也就是我们所谓的基地。当然了，也许你没听说过。”

“你叛逃了吗？”艾露丝小声嘀咕道。

尼哈尔“扑哧”一声笑了出来。“叛逃？你怎么会想到这样的词？”

“呃，你也知道……我听说军队不会不给受伤的士兵疗伤，然后让他离开……”艾露丝突然有些害怕眼前这个奇怪的小姑娘。

“我没有叛逃。”尼哈尔回答道，“我的老师给我批了个假，然后我就带着伤出来了。就是这样。”

艾露丝这才放心。“这么说，你碰到约安的时候正准备回家！”

“不是。”尼哈尔平淡地说，“我没有家。”

安静了一会儿之后，尼哈尔抬起头，看着艾露丝的眼睛，心想：“我一定要告诉她，一定。”

“我还有件事要告诉你。”尼哈尔鼓起勇气，“我……我是半精灵。”

艾露丝不可思议地盯着尼哈尔看了很久。“我以为……我以为已经没有半精灵了，至少说现在没有了。听说他们都……”她说到一半停了下来，表情有些不安。

“都死了？”尼哈尔冷冷地说道，“没错，他们都死了，除了一个人——我。我的同胞都被独裁者杀死了，我是浮岛大陆的最后一个半精灵族。正因如此，我才想赶快离开，因为我的身份特殊，我不能牵连其他人。”

艾露丝看出了尼哈尔的悲伤和孤独，既想放她离开，而且是赶快离开，又不想抛下这个迷惘的小姑娘不管。经过一段激烈的思想斗争，她终于开口了。“为什么你不在这儿多留几天？继续疗伤，顺便陪陪约安……他可喜欢你了，你知道吗？而且，我们这儿离村庄又远。如果你愿意，你可以藏起来……不让别人看见……”

尼哈尔突然打断了她，“不，艾露丝。我打算下个星期就走。”

艾露丝失望地点点头。她已经习惯和尼哈尔住在一起了，现在听到她要走的消息还真有点儿难过。“那你去哪儿？”她问。

“我也不知道。”

“呃，是不是有朋友，爱人，……或者别的什么人等着你？”

“没有人等我，我将一个人远行。”

听到这话，艾露丝立刻提出了反对意见，“啊，尼哈尔！我说得没错吧！快留下吧！我和约安都希望你能留在我们身边。以后，你可以帮我织布，砍柴……反正就是幸福地生活在一起！”

尼哈尔露出一丝微笑。“谢谢，艾露丝，不过……”

艾露丝一把握住她的手，“别‘不过’了。答应我，好好考虑一下。”

尼哈尔也握住了她的手，“嗯，我会好好考虑你的建议的。”

第二天，尼哈尔趁着没人在家，试图用魔法给自己疗伤。她坐到壁炉旁边，解开大腿上的绑带，然后将手心放在伤口上方，念起了咒语。随即，一道淡红色的光线射了出来。可是没一会儿，门“嘎吱”一声开了。

“你在干什么？”艾露丝的声音里夹杂着一丝惊恐。

尼哈尔吓了一跳，赶紧将手从大腿上拿下来。“没干什么……我就是看看伤口……”说完，她将伤口盖了起来。

可是艾露丝已经看到了她几近痊愈的伤口。“你是魔法师……”她小声嘀咕道。

“不是，真的不是。我只是会一点儿简单的魔法罢了。你也知道，有的时候魔法对一名战士来说很有用，所以……”

尼哈尔注意到，艾露丝的脸色瞬间变了——自从独裁者篡夺大权以来，人们总是对魔法师有着偏见。

艾露丝执意要检查一下伤口，尼哈尔拿她没办法，只好掀开了被子——伤口已经不需要线了。她拿来剪刀，一边给尼哈尔拆掉大腿上的线，一边偷偷地瞄着她，心里还掂量着自己的担心是否多余。不过，做完手术之后，她立刻开朗了起来，看着尼哈尔笑了笑。“你知道你现在最需要做的是什么吗？洗个热水澡！别着急，我马上就去给你准备。”

热水澡？尼哈尔从来不用这么费事，一桶凉水就解决所有问题了。

艾露丝立刻忙碌起来。她跑出屋子，不一会儿将一只巨大的铜盆送进了尼哈尔的房间。接着，她又将家里所有的锅放在炉灶上，并且把每只锅都加满了水。

一切准备就绪，她将尼哈尔拉进了房间，“喂，你怎么这个表情啊？这可是女王的待遇啊！”

尼哈尔站在镜子面前脱下了衣服。她小的时候，有段时间对镜子特别好奇，总是喜欢对着镜子照来照去，猜测里面的那个小姑娘到底是真的自己，还是某个小精灵在跟她开玩笑。

她像是从来没有照过镜子一样，好奇而又仔细地观察着身上的每一个部分——结实的大腿肌肉，扁平的肚子，强壮的胳膊，还有全身上下所有练剑和打仗时留下的伤痕。她惊讶地发现自己的身体竟然长得那么快，不知不觉间她已经变成了一个凹凸有致的女人——尽管胸部可能略显丰满，但是造型仍然十分完美。然后，她又照了照自己的脸。她觉得她的眼睛太大了，不过还好颜色她很喜欢——清澈，深邃。她试着笑了笑，可是眼神中流露出来的只有忧伤。

她伸出一只脚试了试水温——热得刚刚好。她立刻将整个人都泡在了里面，让暖意慢慢地扩散全身。接着，她索性将头也埋了进去，任凭蓝色的头发随着水波冲来冲去。也许，这就是生活。

艾露丝被尼哈尔的问题问得莫名其妙。“借你一件衣服？当然可以啦。但是你的衣服我已经给你洗干净了，你想穿的话我拿给你……”

尼哈尔的脸瞬间红到了耳后根，“其实……其实我想穿一下女装……”

艾露丝“扑哧”一声笑了，“没问题！咱穿女装！”

说完，她从衣柜里将自己最好看的衣服拿了出来——那可是她和丈夫参加村庄庆典时才穿的衣服呢！接着，她帮尼哈尔穿了起来。尼哈尔愣愣地看着艾露丝在她身上忙活，连最简单的束身衣都没看明白是怎么系上去的。时至今日，她一直穿的都是战服，只要扣上皮上衣，拉紧裤子两边的绳子就完事了。但是这身衣服却复杂至极，又是紧身衣，又是衬裙，又是外裙，又是腰裙……一层又一层，没完似的。

尼哈尔照了照镜子里的自己，感觉奇怪极了。她也说不清到底喜不喜欢这样的装扮。

“感觉如何？”艾露丝得意地问道。

“我感觉大腿有点儿冷。而且这个裙子好重！我都没法活动了。”

艾露丝哈哈大笑，“这只是习惯问题，尼哈尔！只是习惯问题！”

这天，尼哈尔突然想和约安玩玩儿。

他们一起坐在屋外的长板凳上，倚着墙，晒着冬天微弱的太阳。尼哈尔还给约安表演了几个以前学过的魔法。她先是放出了几道五彩的光，然后一打响指，点燃了地上的一截干树枝。最后，她又变出了一个闪亮的小球放在手上，送给了约安。

“太美了！太美了！”约安激动地尖叫着。

和约安玩的时候，尼哈尔格外想念赛奈尔。她觉得如果赛奈尔看见此时的自己，穿着女孩子的衣服陪一个小朋友玩儿，肯定会嘲笑她。不过尼哈尔很喜欢现在的自己。她真心希望赛奈尔能够平平安安地回来。现在，赛奈尔不在身边，她才意识到自己是多么需要他，多么爱他。

晚上，约安睡着后，只剩尼哈尔和艾露丝留在火炉旁。她们俩一个望着火苗发呆，一个坐在摇椅上刺绣。

后来，还是艾露丝首先打破了寂静，“你考虑好了吗？”

“嗯。”尼哈尔一边应声，一边摸着身上柔软的百褶裙——比起她的军服，这可轻盈多了。

“所以……”艾露丝的语气中带着一丝忐忑。

“我决定再留一阵子。”

艾露丝放下手中的活，走过去将尼哈尔抱在怀里，欣慰地笑了。

# 永别

在艾露丝的悉心照料和自己的魔法治疗下，尼哈尔很快就痊愈了。冬天的日子并不好过，她不想成为家里的累赘，希望尽快帮上点儿忙。她坚持要求艾露丝给她找点儿活干，可是很快她就意识到自己什么都不会。

艾露丝决定教她烤面包。

“你自己一个人动手，我在旁边指导你。”说着，她将所有的原料放到尼哈尔面前。

没过多久，厨房就降临了一场悲剧——尼哈尔将面粉撒得满身都是。除此以外，还打翻了一壶水。最后，只留下一块发酵不成功的面团。

尽管如此，艾露丝还是让她将面团放进了烤箱。毫无疑问，出来的面包坚硬得像块石头，还有浓重的酵母味。虽然结果很糟糕，她们俩却开心到了极点。

日子就这样一天天过去，尼哈尔体验着这种平凡人家的生活，而艾露丝也因为尼哈尔的陪伴不再孤单。

一天早上，尼哈尔、艾露丝还有约安突然想一起逛逛市场。可是出门前，尼哈尔坚持要乔装打扮一番。她借了一块艾露丝的丝巾裹在头上，不让一根头发露在外面。另外，她还把两只耳朵也塞了进去。一切准备完毕后，她走到镜子前照了照。“不错呀，尼哈尔。不错。”自从那天照了镜子之后，她像是上了瘾似的，经常跑到镜子跟前斜着眼睛看来看去——她也不敢相信自己竟然可以这么有女人味儿。

尼哈尔走出房间后，“一家三口”就出发了。约安非常激动。尽管由于战争的原因，市场上的商贩减少了很多，但是在他看来，不管发生什么，去市场就是过节。

“我小的时候呀，”艾露丝又开始讲述她的过去了，“战争前线离这儿还很远，市场可热闹啦！各个王国的商人都齐聚于此，甚至连村庄的空气里都弥漫着香料的味道，就算是冬天也有很多买卖——布匹，水果，蔬菜，关在笼子里的小动物……真抱歉现在你只能看到这些……”艾露丝叹了一口气。

尼哈尔没有回答。她看上去很紧张，一直低着头，根本没有认真听艾露丝讲话。

“喂，你怎么啦？”艾露丝问。

“没什么，没什么。我只是觉得也许我待在家里会更好些……”

艾露丝安慰她：“你放心大胆地玩儿吧，没人会注意你的。”

可是刚走了没一会儿，尼哈尔就听见身后传来一声闷笑。她转过头，艾露丝立刻恢复了严肃，但是粉嫩的嘴唇上依旧挂着一丝笑意。尼哈尔诧异地看着她。

“我错了。但是……但是你走路的样子真的像个男人！”

尼哈尔一下子停了下来，“哪里像啊？”

“呃，你走的军步……”

尼哈尔撅着嘴说道：“军队里大家都是这么走的啊。”

“对，没错。我也不是批评你，就是觉得有点儿好笑。”

尼哈尔站着不动，让艾露丝和约安走在前面，自己跟在他们的身后。她仔细地观察着艾露丝走路的姿态，没觉得和自己的有什么不同。难道女人就该走成她那样？

“艾露丝！等等，和我说说，到底哪里好笑啦？”

“呃，你走得太用力，而且步伐迈得很大。而且，你的腰臀一点儿也没动！难道你妈妈没教过你男孩喜欢什么样的女生吗？”艾露丝开玩笑。

听到这话，尼哈尔有些闷闷不乐。“我从来没见过我的妈妈，我是在铁匠铺里长大的。”

艾露丝愣住了，一时间不知道说什么好，索性继续往前走。

到了村庄之后，尼哈尔突然陷入了哀愁。

来来往往的人流看得她头晕目眩。她感觉自己一下子回到了萨拉扎的时光，耳边到处回荡着说话声、叫卖声和嬉笑声。思念冷不防地控制了她的情感。在这陌生的人群中，她仿佛看到了城里那些熟悉的面孔：有邻居，有从小玩到大的伙伴儿，还有各个店铺的主人。她甚至看到了赛奈尔穿着随风飘扬的大衣向她走来，而且脸颊上没有任何伤疤。她闭上眼睛，脑子里一片混乱。

“我现在去卖布，你们随处逛逛吧！记得一个钟头后来我的摊位找我，就在这条街的尽头。”艾露丝说着，拿出一些钱给尼哈尔，让她买一些她想要的东西。“啊，尼哈尔……看好约安啊！”

艾露丝一走，尼哈尔立刻拉住了约安的小手。

约安摇了摇她的胳膊，满怀期待看着她说：“快，我们去买点儿甜点好不好？嗯？好不好嘛？”

尼哈尔有些犹豫，“我也不知道……你妈妈知道以后会生气吗？”

“一般情况下，她都会给我买一个小甜点的。”他狡猾地说道。

就算说谎又有什么呢？尼哈尔想了想，决定满足这个淘气包。

他们来到了一位卖饼干和蜜饯的老太太摊前。老太太看到有客人来十分高兴，一边说着谢谢，一边把盛着甜点的小袋子递给他们。

尼哈尔看了看周围，发现其他摊位上的客人也很少。他们努力表现出过着平常生活的样子，穿着艳丽的衣服来到市场，逛来逛去，和商贩们讨价还价。

可是，穷困已经在不经意间渗入到了这个山脚下的小村庄。战争正在一步步向他们靠近。

突然，她的耳边回响起一个声音——你不属于这儿。快握起你的剑！快为我们报仇！

尼哈尔停了下来，闭起眼睛使劲地摇着头，试图驱散这些极端的想法。等她再次睁开眼睛的时候，约安正担忧地看着她。“你不舒服吗？”他的手上正拿着一个蜜饯苹果，上面的糖已经沾满了他的手指。

“没，没事。就是有点儿头晕，没事的。”

约安把袋子递给她，“可能你饿了。吃块饼干吧，快点儿。”

其实这些甜点很普通，但是尼哈尔却喜欢它们平淡的味道。

她拉着约安的手在各个摊位前走来走去，一会儿看看盆里活蹦乱跳的鱼儿，一会儿瞅瞅柳条筐里又红又大的苹果，一会儿又摸摸架子上五颜六色的花布。

尼哈尔发现约安眼里的世界很美好，什么都是新的，什么都是一个重大的发现。他欢呼雀跃地跳来跳去，看到什么都好奇地观望很久，然后叽里呱啦地说个不停。

逛遍了整个市场之后，他们走到了一块矮墙跟前。这是尼哈尔第一次扔掉拐杖之后走这么久，得休息一会儿。他们拨开墙上的积雪，坐了上去，然后把最后一块饼干分成两半吃了。

“你真的是一名战士吗？”约安突然问道。

尼哈尔感觉有人扇了她一巴掌似的，因为她已经习惯了这种隐姓埋名的生活。“嗯。”她漫不经心地回答道。

约安钦佩地看着她，“我爸爸也是战士，你知道吗？妈妈让我不要问你问题，不然你会难过的，但是我看到你的剑之后就什么都明白了！”

尼哈尔继续嚼着嘴里的饼干，假装什么事都没有的样子。

约安又问道：“你杀了很多敌人吗？”

“一些吧。”

“有没有杀法冥？他们真的像人们说的那么丑吗？”

“丑多了。”尼哈尔简洁地回答。

约安停了一会儿，接着畏畏缩缩地说道：“尼哈尔……”

“说吧，约安。”

“等你身体好了，你可以教我剑术吗？”

尼哈尔一下子笑了出来，“剑术？这可不是什么好主意，你明白吗？战争是件可怕的东西，和平比什么都好。”

“但是我特别想和爸爸一样勇猛。如果我当上了士兵，我就可以去找他，然后一起快速地结束战争，这样的话他就可以回来看妈妈了。”

他们俩有什么说什么，丝毫没有拐弯抹角。

“你看着吧，战争很快就会结束了。与此同时，你要做个乖宝宝，在妈妈难过时好好安慰她。”

约安显然对于这个答案并不满足。“好，但是……哪次我们玩儿的时候我们打一仗好不好？就一次！”他的两只眼睛里充满了祈求。

“这么说你想和我打架咯？”尼哈尔说着，在身后捏了一只雪球。

“嗯！”

“你确定？”

“嗯！”约安愈发激动地喊着。

“那就接招吧！”

尼哈尔一下子从墙上跳了下来，将手里的雪球扔在了约安身上。约安尖叫了一声，也迅速投入了战斗。

他们在小巷子里追逐打闹，一边扔雪球一边傻笑，直到筋疲力尽才停了下来。尼哈尔心情大好，仿佛回到了无忧无虑的小时候。她希望自己可以一直这样生活下去。

艾露丝的摊位上陈列着布匹、鸡蛋还有一些蔬菜。由于今年冬天少了丈夫的帮忙，家里能拿出来卖的也只有这么点儿东西。她和约安的生活来源就是这些，偶尔还会加上她给人治病挣来的收入。

尼哈尔坐在她的旁边，看着来来往往的顾客。她发现他们都是人类，没有其他的种族。所有的难民都生活在大城区，因为在那儿更容易找到工作和填饱肚子的东西。

"城里确实很富有！"艾露丝解释道，"有钱的人都住在那儿，除了贵族，还有那些由于战争获得大片土地的战士。其他的人都待在乡下。你看到的大部分农民甚至都没有属于自己的土地，完全是在为别人耕作。在这儿呀，根本没有公平可言。"

突然，一位骑士停在了她的摊位前。

尼哈尔立刻用风帽挡住了脸——这个人是基地里的骑士，和她一起奔赴过前线。看上去艾露丝和他很熟，因为他们竟然聊起了天。

但是，这个骑士却不停地盯着尼哈尔看。他笑着说："你好，我们是不是在哪儿见过？"

尼哈尔低下眼睛摇了摇头。她的心脏剧烈地跳动着。她发现自己害怕这个士兵，害怕他毁了自己在这儿的生活。

"不会吧，她是我的亲戚。"艾露丝撒谎，"从玛克拉塔过来找我的。"

士兵的视线一刻都没有从尼哈尔身上挪开。"很漂亮的亲戚啊……你叫什么名字？"

"拉达。"尼哈尔小声嘀咕道。这是她的第一反应，可能是由于萨拉扎遇难的前几天，她听见一位老头儿一直到处叫唤这个名字的缘故吧。

"拉达。多美的名字啊！你怎么会在这儿……"

艾露丝立刻打断了他们的对话，"拉达，帮我去找找约安好不好？"

尼哈尔点点头，迅速站了起来。没一会儿，她就跑远了。

晚上，他们装好挣来的钱回家了。

看着这么点儿零星的铜子儿，尼哈尔觉得帮不上忙的自己真是个累赘。睡觉前，她严肃地看着艾露丝说："你确定我可以留下来吗？"

艾露丝惊讶地盯着她看，“当然了！你怎么这么说？”

“呃，毕竟多一个人多一张嘴嘛，而且你们又没有很多钱……”

艾露丝笑了，“别担心，我会找到活儿给你干的！现在赶紧睡觉吧，别想这些乱七八糟的东西了。”

尼哈尔默默地睡了下去。

夜里，她躺在床铺上，回忆着这些天来发生的事情。她开始喜欢穿女装，喜欢放下剑行走在人群之中。她感觉自己仿佛经历了重生——也许，她真的可以成为“拉达”，以一个平凡小姑娘的身份过着平凡的日子。

尼哈尔从来没有在这么安宁的环境中生活过。来到这儿后，她体验到了真正的家庭生活，并且觉得现在的家比利翁的铁匠铺温馨得多。她和那个老头儿根本不算是家庭，只是茫茫人海中相互扶持的两个离群者。虽然他们深爱着对方，但是利翁给不了她那份艾露丝给约安的爱。她的人生从来没有平静过，从来没有给予过她家的安全感。甚至连她自己都没有察觉到这种不同。不过，她现在还可以被弥补，还可以拿回自己被剥夺的一切——待在这儿就是一个最好的选择。

进入梦乡前，她幻想自己一直留在了家中，和艾露丝还有约安幸福地生活在一起。

角落里，她的剑安静地躺着，表面已经落了一层灰。

第二天，她早早地就起来干活儿了。虽然她做什么都是一团糟，但是她有着强烈的学习欲望。不管艾露丝做什么，她都跟在后面一点点地学，希望能够帮上一点儿忙。

她还学会了做饭。自从上次失败的烤面包经历后，她开始喜欢上了烹饪。不仅喜欢，而且还很有天赋——她从不按照常理操作，但是做出来的菜却好吃着呢！

她帮的最大的忙就是耕田了。多年的剑术训练让她变得非常有劲，她自己也很乐意为这块喂养全家的土地服务。

晚上，约安眉飞色舞地讲述他从学校学到的东西，还有他和小伙伴儿们游玩的经历。尼哈尔认真地听着，什么也没有多想。

她已经不再痛惜利翁的死，而且将索纳娜放在了脑海里的僻静角落，甚至连费恩的脸庞都成了模糊的记忆。但是她不能忘记所有的人。赛奈尔继续活灵活现地出现在她的梦境，这让她感觉很揪心。她试图将他也从自己的回忆里赶走，但是她做不到。赛奈尔离去的背影总是在不经意间浮现脑海，刺痛她的神经。

严寒的冬天，柴火总是用得很快，没多久就烧完了。“必须得去砍点儿回来。”艾露丝自言自语道。思索了一会儿，她决定去找尼哈尔帮忙。

“我不怎么会用斧头。”她抱歉地说道，“一般都是我丈夫干这活儿的……”

尼哈尔很爽快地接下了这个活。“别担心，包在我身上了。不过，我想把约安也带上，这样我们可以顺便在森林里散个步。”

尼哈尔和约安经常去森林里面玩儿，有的时候互相讲故事，有时候就是简单地散散步。约安总是用一种崇拜的眼神看着尼哈尔。他觉得女兵很独特，因为身边的女生全都胆小娇嗔、矫揉造作，但是尼哈尔却不一样。她喜欢和他打雪仗，她会耐心地听他讲故事，而且和男人一样强壮。约安总是自豪地和小伙伴们介绍尼哈尔，说她是名女战士。

而尼哈尔总是在约安身上看到自己小时候的影子。而且有了他的陪伴，她的心情总是十分舒畅。她喜欢约安天真无邪的眼神，喜欢和他一起玩儿，喜欢施展小魔法逗他开心。有的时候，她甚至答应用小木棍当剑和他打架。但是每当约安让她讲讲战场上的故事时，她总是支支吾吾地回答说她不记得了。

这天早上，他们裹好衣服后就径直朝森林走去。他们一路走一路哼唱着约安教她的歌曲，在雪地上留下了一道长长的脚印。

走到他们第一次见面的草地后，尼哈尔看见了一棵干枯的杨树，做木柴再好不过了。

“你让开点儿，约安。我想我们找到目标了。”

她握紧斧头，内心突然咯噔一声。她愣愣地看着斧刃，感觉仿佛从来没有见过一样。

“你怎么了？”约安问。他注意到了尼哈尔脸上若有所思的表情。

尼哈尔摇摇头，“没事，我只是想起了那段带着它奔赴战场的日子。”

约安不放过任何一个机会，蹦蹦跳跳地说道：“让我看看你当时的勇猛好不好？让我看看嘛！”

斧头似乎在召唤她似的——快答应呀，干嘛不让孩子开心开心？她坚定地握紧斧柄，搜寻着脑海里的记忆舞动起来。

尼哈尔越舞越快，每一个动作都是那么迅速精准。来回旋转的斧刃让她想起了每次的基础练习，每天的学院生活，还有每个钟头的比斗训练。她惊讶地发现自己竟然有些想念那间阴暗的小黑屋，那段除了马赖巴和莱欧没人理会的岁月，那些课程，那把剑，那身臭汗……她开始怀念战场，怀念自己灵活的身姿，怀念阳光下闪闪发光的眼泪石……还有那种自我的感觉……还有厮杀中拼死拼活的血性……不！

她突然扔下了斧头。

“你想要的不是战场，不是战斗！围坐在壁炉边的夜晚，和艾露丝、约安的美好生活，还有优雅淑女的衣服……这些才是你要的未来！”

约安看着尼哈尔忧郁的神情，嘴角的笑容渐渐收了起来。“你生气了吗？”他犹豫了一会儿问道。

“没有。”尼哈尔依旧一副心神不宁的样子。“只是想到了一些不好的回忆。我们快点儿吧，不然要晚了。”她二话不说，干净利落地将那棵树砍了下来。

回家的路上，两个人出奇地安静。

约安偷偷地看了尼哈尔一眼，“我是不是说错话了？”

“错什么啊，约安？”尼哈尔冷冷地回答道。她不想说话。可是没一会儿，她就发现约安的眼睛里充满了泪水。

“我让你难过了……”

尼哈尔停下来，冲着约安笑了笑，接着弯下身子，在他脸上亲了一口。“没有啊，小不点儿。我没有难过，真的。快开心点儿，我们回家去做点心！”说完，她“啪”地打了一下约安的屁股。

约安这才放心地加快了脚步，像是什么事都没发生过一样。只有尼哈尔自己心里知道，她刚才撒了谎。

一天下午，约安跑出去和小伙伴玩儿了，剩下艾露丝和尼哈尔坐在桌边干活。艾露丝突然放下手中缝补的围裙，看着尼哈尔问道：“你是魔法师，对吧？”

“你怎么突然问我这个？”尼哈尔疑惑地回答。

“我想，也许你可以和我一起去给人治病，用你的魔法帮帮我……”

尼哈尔不敢相信自己的耳朵。这种事她想都没想过，更别说去做了。“我不知道……”

“我们就说你是其他王国的人，为了逃避战乱才不远千里来到这儿的。我们还可以说你是仙女的女儿！反正这儿没有人知道仙女长什么样子。然后，你就可以不用一直躲躲藏藏啦，尼哈尔！”

艾露丝希望尼哈尔可以在这儿一直住下来。而且，如果她感觉到自己的价值，也许就不会离开了。

在一个大雪纷飞的夜晚，她们接到了第一次合作的任务。村里的一个小男孩从楼梯上摔了下来，磕到了头，从此便失去了知觉。艾露丝和尼哈尔听到消息后，顶着刺骨的寒风，连夜从林间小道赶了过去。

到了之后，她们小心翼翼地走进了屋子。房间的床上躺着一个面色苍白的小男孩，额头上绑着的绷带已经被染成了红色，而且还不时地渗出血来。这个画面一下子唤起了尼哈尔对战场的记忆，但是她努力让自己不往那边想。

“米拉，是我。别哭了，我来给你的儿子治病了。”艾露丝小声说道。她的手轻轻地搭在母亲的肩膀上，将她从床上拉了下来。房间里还有一个男人，他的背后躲着一个面色惶恐的金发小女孩。艾露丝转过身对他说：“和我说说具体情况吧。”

正当男人激动地讲述事情的经过时，尼哈尔紧张地四处张望着。她觉得自己根本不该来到这儿，因为她既不是什么祭司，也不知道这个孩子到底怎么了。之前，她从来没给别人治过病，只给自己疗过伤，而且还是用的最简单的魔法。就在这时，男人背后的小女孩一直盯着尼哈尔看。

“你们别担心，我觉得情况不是很严重。”艾露丝一边安慰家人，一边示意尼哈尔到小男孩的床前。

她解开男孩头上的绷带，开始检查伤口。她的眼神仔细、专业，不放过任何一个细节。

“现在我想让你去处理一下伤口。”她对尼哈尔说，“一会儿，我来负责让他恢复知觉。他有些发烧，不过应该没有太大的问题。”

尼哈尔点点头。接着，她卷起衣袖，坐在床边合起了双手。屋子里的每一双眼睛都像细针似的盯着她看。她没有多想，集中注意力将手放在了伤口上。还好，伤口不深，愈合应该不会耗费过多的精力。

米拉不安地问道：“你带来的这个姑娘是谁？”

“是我的朋友。她从水之王国赶过来看我，将在这儿住一阵子。”

“她在对我的多兰做什么？”

“别担心，她心里有数。她是我的助手。”

尼哈尔念起了咒语。可是，就在她手上闪现出一道蓝色光圈的瞬间，米拉立刻大叫起来：“女巫！你带了一个女巫到我家来！”说完，她粗暴地将尼哈尔从床上推了下去。

尼哈尔还没反应过来，就稀里糊涂地跌在了地上。她的头巾有些松散，一簇头发从里面露了出来。

“快看，妈妈！她的头发是蓝色的！”金发小女孩指着她大喊。

米拉怒气冲冲地看着尼哈尔嚷嚷道："快把她从我儿子房间带走！"

艾露丝赶紧走了过去，镇定地对她说："你别怕。她是我结交多年的朋友，医术很高明的。"

但是米拉继续嚷嚷着："她是女巫！她是女巫！"

尼哈尔无助地缩到角落里，就像当初在骑士学院一样。她依稀记得那些学生充满敌意的眼神，还有厌恶猜疑的表情。

艾露丝并没有慌。她提高嗓音说道："少了她是救不了你的儿子的。我在村里看了那么多年的病，给你们所有人服务，为什么你现在还不肯相信我呢？"

"我不希望有女巫出现在我的屋子里！"

"随你便吧，米拉。尼哈尔，我们走……"说完，艾露丝转身朝门口走去。

"等等！"米拉不情愿地从男孩的床边站起来，用一种威胁的眼神看着尼哈尔。"我的儿子最好别有什么事，不然你死定了。"

等到小男孩苏醒后，米拉一把抱住他大哭起来。

随后，她又给了艾露丝几个铜钱和一小袋面粉。

而尼哈尔，她看都没看一眼。

好事不出门，坏事传千里。米拉和她的朋友们说起了这件事，消息很快就传开了。

"村里来了个女巫……"

"她的头发是蓝色的……"

"她施加魔法把可怜的艾露丝迷住了！"

"你在乱说什么呀！"

"真的，你没发现她家的门最近总关着吗？"

"也许她是独裁者派来的间谍……"

"我已经和我的儿子说了，要是以后再被我看到和约安在一起，我立马扇他耳光！”

尼哈尔早就料到会有这么一天。在骑士学院的那一年里，她就已经明白了无中生有，以讹传讹，三人成虎的道理。

“艾露丝，我最好还是别和你在一起了，人们都害怕我。”从米拉家里一出来她就提出了自己的想法。

“不行，他们这么做是因为没和你接触过！你别灰心，他们会习惯的……”

可是第二次，她们给一位被刀划伤的妇女看病时，情况还是一样。后来，她们又给一个发烧的新生儿看了一次病，孩子的妈妈吓得差点儿没将她们轰出去。至此往后，村里再也没有人让艾露丝去看病。为了能有活儿干，她只有前往附近的村庄，而且是独自一人。

一开始，尼哈尔还假装若无其事的样子陪艾露丝逛市场，和约安一起嬉戏，但是很快她就发现，不管她走到哪里，身边都会有村民们充满敌意的眼神。

不久，认识艾露丝的人都开始劝她不要把女巫留在家里。尼哈尔不在的时候，他们还来盘问艾露丝那个陌生人到底是谁。

可是，艾露丝不仅不听村民们的“好心”规劝，反而不停地夸赞尼哈尔惊人的魔法本领和讨人喜欢的个性，甚至还跟她们讲述了尼哈尔将约安从野狼嘴里救出来的英勇事迹。

这些妇女并没有被她的话打动。“理智点儿吧，艾露丝。你在家里藏了一个连你自己都不认识的人啊！你了解她吗？她可是蓝头发，会魔法的女巫啊！”除此之外，她们每个人都说了一个有关女巫的故事，大致情节都是女巫装可怜骗取好心人的同情，然后趁机抢夺家里的孩子。

艾露丝气愤地听着这些胡言乱语。有时候，尽管她自己不承认，内心还是有那么一丝疑惑。她确实不了解这个小姑娘，而且还在一无所知的情况下草率地收留了她。不过一想到尼哈尔跌倒在马腿下满身是伤的样子，她的疑虑就全都消失了。她觉得无论如何也要维护她的新朋友，因为她喜欢她，需要她。

尼哈尔继续着自己的生活，只不过之前美好的幻想渐渐破灭了。

她感到一丝不安，就像是埋藏在内心深处的疼痛又慢慢浮现出来一样。她问自己，到底什么时候产生了这种想法：也许是她握紧斧头的瞬间，也许是她看见人们充满仇恨的眼神的时候。她也说不清。但是她知道，有一个遥远的呼唤在诱惑她，同时也在吓唬她。

一天，她的目光突然落在了躺在墙角的剑上。剑鞘上已然积了厚厚的一层灰。她拔出剑，握在手里来回旋转，观察着它精致的剑柄。从巨龙的图案上，她依稀可以看出利翁捶打的印记和雕琢的划痕。她看了很久，然后走出家门，来到了粮仓。她决定将剑放在一个隐蔽的地方，这样就可以不用天天看到它了。

一天清晨，尼哈尔决定独自出门逛逛市场。这已经不是第一次了，因为她知道艾露丝希望她能够独立一点儿。这天，阳光明媚，空气怡人。她的心情也和天气一样，格外地明朗。她决定到附近的村庄逛一逛。在那儿，没人认识她，她完全可以混在人群中，随心所欲地转来转去。

她从这个摊点看到那个摊点，给约安买了一些糖果，还给自己买了一条手帕。不知道从什么时候开始，她也喜欢上这些小女生的东西了。而且她的头发已经长长了，和之前一样柔软光亮。

买完东西后，她又去附近的广场逛了逛，听听那些“长舌妇”都谈论些什么。她们总是有说不完的闲言碎语——战争，远房亲戚，死去的邻居，冬天的气候，收成，孩子……但是今天，她们却在谈论有一些雇佣兵从盟军的军营里逃了出来，跑到村庄里肆意掠夺的话题。听到这个消息，尼哈尔有些亢奋，但是很快就恢复了平静。“不关你的事，尼哈尔。快回家吧。”

回家的路上，她决定在森林里绕一圈。尽管外面有现成的路可以走，但是她觉得在大树下漫步是一种不可多得的享受。

接着，她在地上看到了马的脚印。很明显，这些脚印是从林子里来的，显然是往村子里去的。

尼哈尔弯下腰仔细地看了看这些脚印——刚走不远。

她的心里有一种不祥的预感。她立刻加快了脚步，越走越快，最后干脆跑了起来。可是突然被裙子一绊，尼哈尔摔在了地上。她毫不犹豫地站起身来，继续往前跑。“先去拿剑。剑就在粮仓里。即使家里没人，不，肯定没人，我也要先去拿剑。”她害怕极了，但是头脑却十分清醒。

终于到家了，她的心一下子沉了下去——两匹马正在打谷场上嗅来嗅去。

她竖起耳朵听，但是只有自己的心跳在不停地回响。

她蹲伏下来，小心翼翼地绕到屋子后面，然后爬进了粮仓。

当她拔出剑时，瞬间感觉自己的手和剑柄融为了一体……经过那么长分别后，他们还是心灵相通的！

突然，屋里传来一阵尖叫和大笑，听得尼哈尔毛骨悚然。

她一下子冲进家里，看见艾露丝正被压在一个男人的身下拼死拼活地挣扎着，而约安则被另外一个男人狠狠地抓在手上。

按住艾露丝的男人突然转过了头。“哟，又来客人啦。不过，人多好办事呀！”他一声淫笑，将艾露丝摔在了角落。“多漂亮的小姑娘啊！没想到你还喜欢剑呢……快来和我们玩玩，快过来啊！”

尼哈尔纵身一跃，一下子将那个猥琐的男人击倒在地。

这个男人就这么倒了下去，一声呻吟也没有。他的喉咙里流出了深红的鲜血。看到这样的场景，艾露丝惊恐地尖叫起来。

另外一个男人见状，立刻挥舞着剑愤怒地扑了上来。

尼哈尔的身体瞬间恢复了之前的灵活，闪躲迅速，攻击准确。她的心兴奋地跳动着。隐姓埋名了这么久，她居然还能像以前那样战斗——这才是真实的自己。

厮打了一个回合后，那个男人气急败坏地退了回去。

尼哈尔擦了擦汗，冷笑道："你就这么点儿能耐吗，混蛋？"说完，她再次发动了进攻，砍伤了那个男人的一只胳膊。随后，又卸下了他手中的剑。

雇佣兵看着尼哈尔的剑直指自己的喉咙，吓得跪在了地上。"别伤害我，求你了，我知道错了……"

尼哈尔不屑一顾地看着他，"带着你的畜生同伴给我滚！我不想脏了我的剑。"

这人赶紧照着尼哈尔的话，抬起地上的同伴往门外跑。但是尼哈尔又突然叫住了他："给我记好了，要是你还敢来这个村庄撒野的话，我发誓肯定要将你砍成碎片！"

"不会了，不会了，谢谢，谢谢……"他哭着说道，随后踉踉跄跄地跑了出去。

尼哈尔看着他们远去的狼狈的背影，一动不动地站在屋子中央。

她又战斗了。她终于又手拿剑了。她很喜欢这种感觉。她感觉自己的剑在手中颤动，正呼唤她重新踏上征程，回到战场。她很欣喜，发自内心的欣喜。

艾露丝蜷缩在角落，紧紧地抱着约安。

"没事了。"尼哈尔说着朝她走去，可是艾露丝竟然尖叫着缩起了身子。

"她害怕我。"尼哈尔的脑海顿时闪过这个念头。艾露丝，这个曾经让她觉得是最后一丝希望的人居然害怕她。"哐当……"剑从她的手中掉了下来。

艾露丝站起身来，想到自己刚刚的表现，肯定伤了尼哈尔的心，走过去想要拥抱她。"对不起，我不想……"但是这次，尼哈尔却退了回去。她晃了两步，看了看地上的剑，还有剑刃上的鲜血，突然跑了出去。

"嘀嗒，嘀嗒。"

昏暗的粮仓里不停地回响着这个声音。也许，雪已经开始慢慢融化了。毕竟，太阳出来了。

尼哈尔将头埋在膝盖里——这个场景在她的生命中已经出现过多少次了？她甚至都有了数一数的冲动。

艾露丝从木梯上探出头来，“原来你在这儿啊！还好，还好。”

没人作答。

“对不起，尼哈尔。呃……他们的力气比我大，非常感谢你救了我，非常感谢……只是那样血腥的场面，那个倒在地上的男人，还有你像变了一个人似的……我当时真的很害怕，你说点儿什么吧，我求你了。”

尼哈尔抬起头，一言不发地望着她。

“你这样把话憋在心里不舒服，说出你自己的想法吧。”

“我也不知道自己在想些什么。”

“你想离开吗？”

尼哈尔伸出一只手托着脸，“嗯。”

艾露丝的眼睛里顿时蓄满了泪水，“好吧。随便你。”

尼哈尔睁开眼睛，看着膝盖缝儿里透出的光线发呆。她只是重新拿起了剑，却毁了一切。

这几个月来她和艾露丝、约安一起度过的五彩记忆瞬间消失了。没错，这段时光确实很美好，但是镜子里那个羞涩的女孩不是真实的尼哈尔。

这几个月的生活都不是她的，是拉达的。她始终都是那个拿着剑的半精灵，那个永远冲在战场前线的尼哈尔。

“我该怎么办呢？”她不停地用头敲着膝盖，“我该怎么办呢？”

晚饭时间，她回到屋子，坐在板凳上，一句话也不说地吃了起来。

艾露丝看了她一会儿之后拿起勺子，有些不知所措。

约安也出奇地安静，试图从他妈妈的眼神中看出些什么。

尼哈尔吃完后，放下勺子正准备离开。

就在这时，艾露丝突然大喊起来。

“混蛋，你想以沉默解决所有问题吗？至少应该让我知道你心里怎么想的啊！”约安被妈妈的喊声吓了一跳。

尼哈尔愤怒地看着她，“难道你从来不需要片刻的休息吗，艾露丝？难道你从来都不知道话说多了也没有用吗？难道你从来就没有困惑过吗？你说啊！你从来都不需要思考，是不是？”

艾露丝的脸一下子涨红了，突然站了起来，“我……不管我做错了什么，你也不应该这样对我！”

“为什么到现在你都不明白呢？”尼哈尔也提高了嗓音，“你以为全世界都要围着你转吗？你什么也没有做错，我也没有和你生气。只是我有一些其他的问题，说出来也没用。你整天待在家里，过着安逸的生活！你能理解我的脑子里在想些什么，这个世界发生了什么，战场上发生了什么吗？”

“当然了！”艾露丝吼道，“你有什么问题难道不能和我这个愚蠢的农妇说吗？我的家生活安逸，我也没有不喜欢你啊！你至于这么对我们吗？”

尼哈尔没有应答，穿上披风出去了。那天晚上，她没有回去，在粮仓里睡了一觉。

接下来的几天里，时间像是静止了似的。这个本来就不大的房子仿佛被一只玻璃球笼罩了起来，出奇地安静。所有人都在等待着什么。

约安等待着有人告诉他为什么一切都跟以前不一样。

艾露丝等待着发现她的朋友听了那些话之后是否会有所改变。

而尼哈尔则等待着一个答案。她的人生是不是该一直是这个样子？她到底是谁？为什么她会幸存下来？她来到这个世上的任务到底是什么？她一直问自己，可是从来没有找到答案。也许，这些问题根本就没有答案。

吃完晚饭后不久，约安就上床睡觉了。寂静的家中只听得到他平缓的呼吸声。

尼哈尔重新穿上了她的战服，手里拿着剑，一个人坐在屋外。白茫茫的雪地中，她的蓝色短发格外地显眼。艾露丝透过窗户，看着她弯曲的后背，最后顶着冰冻走了出去。

“你不是决定留长发了吗？”艾露丝问。

尼哈尔放下剑，看着她说道："以前我的头发特别长，你知道吗？但是在我第一次奔赴战场的前夜，我把它们都剪了。"

艾露丝装作不明白，"你想说什么？这件事和我的问题有什么关系？"

尼哈尔露出了甜甜的笑容，"你懂的，艾露丝。我不能在这儿待下去了。我得回到我以前的生活。"

艾露丝试图用怒火掩饰住眼眶里的泪水，提高了嗓音喊道："为什么？你不喜欢这儿吗？是不是因为村里的那些流言蜚语？村民们会习惯你的，只是时间问题罢了。你喜欢这样平静的生活，你知道的！你不能走！"

尼哈尔继续保持着微笑。她举起剑，看着上面投射的月光。"前天，当我握住剑时，它和我说话了。它让我跟随它，让我相信它，因为我的命运就在它身上。打仗是我唯一会做的事情。"尼哈尔停了一会儿，接着说道："也是我唯一喜欢做的事情。"

艾露丝沉默了。她心里明白，一切都结束了。尼哈尔的心已经离她远去，再也不属于她这小小的地方了。

"我会永远记住你的，艾露丝。我欠你的太多了。如果不是因为你，我都不知道自己现在在哪儿。"尼哈尔转过身看着她。

艾露丝没有抬头，任凭眼泪一滴一滴地拍打在雪地上。"我以为自己终于不再孤单了，以为你会永远留在这儿。可是我和约安都错了。因为现在你不需要我们了，你要走了。"

"我从来没有向你承诺我会一直留在这儿啊。"尼哈尔小声说道。

"但是你的一言一行都让我这么以为！你想干嘛就干嘛去吧，你走吧，你去杀人去送死吧，你想要的不就是这个吗？"艾露丝突然站起身来，冲进了屋子里。

透过墙壁，尼哈尔听见她哭了很久，很久。

日出前，尼哈尔准备出发了。她准备好马匹，收拾好行李，裹上了披风。然后，她爬上了约安睡觉的小隔间。约安张着小嘴，仍然沉浸在梦乡中。尼哈尔轻轻地摇了摇他，他才慢慢地睁开了惺忪的睡眼。

“怎么啦？”

“我是来和你告别的。”

约安一下子坐了起来，“为什么？”

“我要走了，约安。”

“不要。”他哽咽着，两颗硕大的泪珠顺着脸颊滚了下来。

“别哭，小不点儿。我们还会再见面的。现在我要去‘舞剑’了，但是相信我，我还会回来的。到时候你的爸爸也会回来，然后我和他一起教你怎么舞剑。你要耐心地等我们。”

“不要走。”约安一边哭一边紧紧地抱住了她。

尼哈尔轻轻地将他按躺下，为他盖好被子。“我得走了。你要照顾好妈妈。你是家里的小男子汉，对不对？”说完，她硬挤出了一丝笑容。

她亲了一下约安的额头，然后就冲了出去。在约安撕心裂肺的哭喊声中，她狠狠地抽了一下马的屁股，飞驰而去。

“噌噌，噌噌。”一块石头在刀刃上磨来磨去，发出细小的火花。他喜欢一边磨剑，一边沉浸在自己的世界。尽管摩擦声遮住了其他的声音，但是伊多察觉到有人过来了。他抬起了眼睛。

小木屋的外面站着一个浑身漆黑、体型纤小的身影。他的心跳有些加速。他很高兴，但又不想表现出来，便继续手中的工作。“怎么样？”他问。

“我活下来了，就像你之前和我说的那样。”

“你知道你为何而战了吗？”

“我并不确定自己为何而战，但是我知道了什么是生活，什么是和平，而且我觉得我需要战斗，因为那是我唯一能做的事情。并不是复仇的心在驱使我，而是一种我还没有搞明白的东西。也许我还没有资格恢复训练，但是只要你还愿意收留我，我会明白的，而且……”

“别说了。”伊多打断了她。

尼哈尔站在门口低下了头。她很害怕，感觉到一种生死搏斗般的紧张。

接着，她看到伊多走了过来。“奥尔夫在那儿等着你呢。我们明天开始训练。”

尼哈尔一下子抱住她的老师，开心地笑了。她回来了。

# 人物索引

**尼哈尔**：少女战士和龙骑士，浮岛大陆最后一个半精灵人

**奥尔夫**：尼哈尔的龙坐骑，前任主人是龙骑士杜瓦

**赛奈尔**：魔法议会议员，代表风之王国，尼哈尔最好的朋友

**索纳娜**：女魔法师，魔法议会前任议员，赛奈尔第一任老师，利翁的妹妹

**利　翁**：尼哈尔的养父，索纳娜的哥哥

**伊　多**：侏儒族，龙骑士以及尼哈尔的老师

**维　萨**：伊多的龙坐骑

**莱　欧**：尼哈尔在骑士学院的同学，她的挚友

**瑞　文**：太阳王国骑士公会的最高指挥官

**费　恩**：龙骑士，索纳娜的爱人

**卡尔特**：费恩的龙坐骑

**帕　塞**：龙骑士，尼哈尔在骑士学院的剑术老师

**佛　斯**：小精灵，森林社团的领袖

**艾露丝**：太阳王国的农妇，曾经收留过尼哈尔一段时期

**约　安**：艾露丝的儿子

**葛　拉**：水之王国的国王

**爱丝特莱尔**：仙女族，水之王国的皇后

**巴罗德**：尼哈尔儿时的好友

**达　隆**：魔法议会的元老

**佛罗基斯多**：太阳王国的魔法师，赛奈尔成为议员前，曾受过他的教诲

**雷伊斯**：侏儒族，魔法议会的前任议员，最厉害的魔法师之一

**萨　德**：侏儒族，魔法议会成员，火之王国的代表

**苏腊娜**：太阳王国尤为年轻的皇后

**独裁者**：浮岛大陆世界八分之五王国的专横统治者

## 地名索引

**阿　萨**：火之王国的首都

**萨拉扎**：风之王国的塔城

**劳达梅尔**：水之王国的首都

**玛克拉塔**：太阳王国的首都

**圣菲尔德**：昼之王国的首都

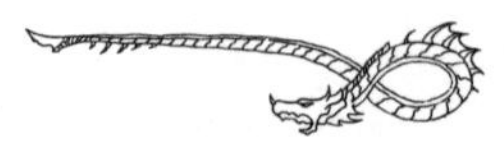